琼 瑶

作 品 大 全 集

# 我的故事

琼瑶

著

作家出版社

琼瑶，本名陈喆，作家、编剧、作词人、影视制作人。原籍湖南衡阳，1938年生于四川成都，1949年随父母由大陆赴台生活。16岁时以笔名心如发表小说《云影》，25岁时出版首部长篇小说《窗外》。多年来笔耕不辍，代表作包括《烟雨蒙蒙》《几度夕阳红》《彩云飞》《海鸥飞处》《心有千千结》《一帘幽梦》《在水一方》《我是一片云》《庭院深深》等。

多部作品先后改编成为电影及电视剧，琼瑶也因此步入影视产业。《六个梦》系列、《梅花三弄》系列、《还珠格格》系列等，影响至深，成为几代读者与观众共同的记忆。

琼瑶以流畅优美的文笔，编织了众多曲折动人的故事。其作品以对于梦的憧憬和爱的执着，与大众流行文化紧密结合，风靡半个多世纪，成为华文世界中极重要的文学经典。

我为爱而生，我为爱而写
文字里度过多少春夏秋冬
文字里留下多少青春浪漫
人世间虽然没有天长地久
故事里火花燃烧爱也依旧

琼瑶

# 缘起

一九八八年四月九日，我在离开故园三十九年后的第一次，从台湾飞抵北京。展开了我为期四十天的大陆之行。

当我初抵北京，就有读者和朋友，拿着坊间出版的各种介绍"琼瑶"的书籍来给我看，我这样一看，才知道自己这"浑浑噩噩"的大半生，已被"糊糊涂涂"地报道过了。其中不少"新闻"，是我从来都不知道的。在阅读这些刊物的时候，我不禁震动，不禁感动，原来在海的两岸，竟有这么多人对我关心着！当时，我就激动地说了一句：

"回台湾后，我要写一本书，来介绍真实人生中的我！"

回台后，这愿望一直缠绕着我。但是，真实人生中的我，是那样难以下笔啊！镜中的我非我，别人眼中的我非我，未来的我不知何在，今天的我仍在寻寻觅觅……那么，能谈的我只有过去的我！

过去的我是怎样的？当前尘往事在我脑中一一涌现，我真不相信自己已走过这么长久的岁月，历经了这么多的狂风暴雨，目睹过生老病死，体验过爱恨别离。至于人人皆有的喜怒哀乐，在我的生命中也来得特别强烈！我的过去，原来堆积着这么多的汗水和泪水、这么多的痛苦和狂欢、这么多的相聚和别离、这么多的寂寞和挣扎、这么多的矛盾和探索、这么多的错误和抉择……还有，这么多的"故事"和"传奇"！我细细整理，前尘如梦！

　　我细细整理，为那些关心我、爱护我的朋友们！

　　且听我"从头细述"！

第一部

# 一、我出生

我的故事，开始在我出生以前。我必须先从我父母的故事说起。

我父亲名叫陈致平，祖籍湖南衡阳，出生于南京，长大于北京。

我母亲名叫袁行恕，祖籍江苏武进，出生于北京，也长大于北京。

北京，可以说是我父母两个人的第二故乡，他们在这儿长大，在这儿相遇，在这儿相恋，在这儿结婚。他们从相遇到结婚，就带着些浪漫和传奇的色彩。那时，我母亲在北京的"两吉女中"读书，父亲在"两吉女中"教书，就这样结下一段师生姻缘。据说，他们的结合，也经过了一番奋斗和挣扎，因为母亲有个大家族，她是典型的大家闺秀，家教非常严谨。而父亲却独居于北京，生活有些潇洒不羁。外祖父对父亲摸不清底细，对于母亲这段婚事，非常迟疑。远在湖南的祖父知道之后，立刻写了一封长长的信给外祖父，代子求婚。据说，外祖父一读完这封信，立刻大大叹赏，说：

"虎父怎会有犬子！父亲有这么好的文笔，儿子还会弱吗？"

于是，父亲和母亲结婚了。他们结婚那年，父亲二十七岁，母亲刚刚二十。

年轻时代的母亲，非常好胜，非常要强，学习力也非常旺盛。结婚后，她仍然不想放弃学业，所以进入北平艺专，开始学画。事实上，琴棋书画、诗词歌赋，是母亲自幼不曾间断的家庭课程，她对于绘画和诗词，爱之如命。

我出生前后的许多事，我都只能用"据说"两个字来开始。

据说，母亲和父亲结婚时，就有个附带条件：婚可以结，学业不能停！所以，母亲一点也不想当"母亲"，她还要继续念书。可是，母亲的愿望被破坏了，她结婚后没多久，就发现她怀孕了（那并不是我）！据说，母亲当时非常恼怒，一心想要拿掉孩子。但，在那个年代，如此"不道德"的行为和思想，简直是荒唐的！绝不允许的。母亲怀着她的第一胎休学了，实在不甘心，也实在不开心。

就在这种不开心又不甘心的情况下，有一天，父亲和母亲不知道为什么吵架了！这一架吵得惊天动地，天翻地覆。母亲在盛怒中，要离家出走。于是，跑进卧室去搬箱子，这一搬箱子就惊动了胎气，当晚，就把已怀孕五个月的一个成形男胎给流产了！父亲这一下伤心欲绝。在祖母的遗像前掉了一夜的眼泪。

提一提我这位早夭的哥哥，只因为，他在我们家庭的传说中，似乎是永远存在的。

失去了我那位哥哥之后，母亲又继续念书，念了没多久，七七事变发生了。父亲和母亲离开了居住多年的北平，迁移到四川成都。这时候，我和我的孪生弟弟来报到了。

关于我们两个，又有许多传说。其中一个说法是：母亲发现自己再度怀孕时，非常震怒。她还没有准备好要当"母亲"，还准备继续求学呢！一怒之下，她就去医院要求堕胎，医生看了母亲一会儿，安抚地说：

"不忙，不忙，你的胎儿看起来有点不寻常，让我先帮你照张 X 光片子，看看为什么胎儿会这么大。"

X 光片子照出来一看，赫然是两个胎儿，清清楚楚地一正一倒地蜷缩在母体中。医生惊喜地对母亲说：

**"你怀了一对双胞胎呀！"**

据说母亲一看到片子，当时，所有的"母性"都在一刹那醒觉，她立即爱极了腹中这对未出世的双胞胎！她欢天喜地地回家了，再也不提要堕胎了，开始为双胞胎准备一切小衣服小被包小枕头，一切都是双份。她兴冲冲地告诉我的姨妈和舅舅：

"我会生一对漂亮的双胞胎女儿！想想看，一对一模一样的小女孩儿，像一对白雪公主一样，多么可爱呀！我要给她们梳一样的小辫子，打一样的蝴蝶结，穿一样的小纱裙……带着她们上街逛公园！"

母亲当时的心态，大概多少有点扮家家酒的味道。毕竟，那时母亲还很年轻！但，母亲要生双胞胎的这个消息，却震动了袁家亲人。那时候，外祖父母都留在北京。有些舅舅和阿姨已纷纷移居四川。我父母就和我的五舅及三姨，一起在成都暑袜街布袋巷中租了一幢屋子合住。在我出世以前，我的舅母和姨妈们，都帮着母亲准备双胞胎的衣物——都是粉红色的，而且全是女孩子的用品。因为，母亲坚持说：

"女孩子才好玩，我要一对女儿，不要一对儿子！所以，我'一定'会生一对女儿！"

母亲的个性那么强，自信心又那么重，谁都不敢提醒她，生儿子的可能性也很大。至于我的父亲呢？我们后来一致猜想，他大概是希望生儿子的。一来，他尚有传统的思想；二来，他对前面失去的那个儿子，余痛犹存。可是，当母亲强烈地表示，她要生一对女儿时，父亲可不敢说什么，就怕扫了母亲的兴，又去卧室搬箱子！

这样，在一九三八年四月十九日晚间八点，母亲开始阵痛，住进成都市四圣祠的仁济医院。距离预产期还有一个半月。我们这对双胞胎在母亲肚子里已经挤得不耐烦，竟提前来到世间！

四月二十日凌晨一点多钟，我先出世。母亲正在产床上痛得呻吟不止，当我一出世，母亲第一句话就是：

"是男孩还是女孩？"

"是个女孩！"医生说。

母亲心中大喜，生一对女儿的愿望显然已经实现。她一放心之下，忘了肚子里还有个孩子，就打起瞌睡来。在医生又鼓励又催促下，足足过了两小时，她才又生出了我那孪生弟弟，当医生惊奇地告诉她：

"第二个是男孩！"

母亲这一惊，真非同小可，差点没有晕倒。再仔细一看两个孩子：弟弟皮肤黑，我皮肤白；弟弟头大，我头小；弟弟浓眉大眼，我小鼻子小嘴。两个孩子别说"一模一样"，简直是没有一个地方相像，何况还是一男一女！刚出世的我和弟弟，因为是早产儿，都瘦弱不堪，我只有三斤七两，弟弟略重，也只有四斤六两，看起来又脆弱又苍白。母亲看来看去，真是失望极了。医生安慰母亲说：

"别难过，他们虽然瘦小，看来情况还不坏，尤其这个男孩，大概可以带大，至于女孩嘛，反正是个女孩子……"

医生的意思，女孩先天不足，不带也罢！这一下，激起了母亲所有的母性，怎可放弃这女孩呢？说什么也要把她带大的！一瞬间，母亲忘记了她所有的失望，只想如何带大她这两个娇弱的早产儿！

至于父亲，当他知道他竟在一胎之内，获得了一儿一女，别提他有多高兴了！据我舅母告诉我，好长的一段时间，他都兴致勃勃地说：

"以前失去了一个儿子，现在不是又来了吗？"

这话可有些玄，好像弟弟是我那个哥哥投胎转世而来的。不过，如果世间真有转世之说，我的孪生弟弟，说不定正是我的哥哥，谁知道呢？瞧，我和弟弟的出世，就带着点传奇色彩！

父亲在喜悦之余，就忙着帮我们取名字。因为我们是双胞胎，父亲决定用双并的字来为我们命名。又因为父母相识于"两吉女中"，就把生为长女的我，取名为"喆"，弟弟取名为"珏"。这两个名字，念起来都有点拗口，当下，又为我们取了两个乳名，我是"凤凰"，弟弟是"麒麟"。

这样，一下子，我们家里，凤也有了，麟也有了。只是，我们这两个小东西，却全然不知我们正来到一个多难的人间，和一个多难的时代。我们的父母，在新生命来临的喜悦里，也暂时忘了生活的困难，和战争的阴影，只是全心全意地抚养我们。因为是早产，我们从呱呱坠地，就必须特别照顾。尤其是我，生下来连吃奶都不会，还在保温箱里放了二十天。这二十天中，母亲就忙着选奶妈，她虽然深爱两个孩子，却无法同时哺乳两个孩子。二十天以后，母亲带着我们一对双胞胎出院，也带回家我的奶妈。奶妈姓区，是从一百多个应征的奶妈中选出来的。

我和麒麟满月的那天，父亲在所有的红蛋上，都画了两个娃娃，分送亲友。有位久婚未育的伯母，一口气吃了六个红蛋，想分沾母亲的"福气"。父亲的一位朋友，还为我们这对双胞胎，写下了一首打油诗，虽然那首诗连韵都没押对，仍然被我们全家津津乐道：


一男一女同时生，
喜煞小生陈致平，
待到男婚女嫁后，
一声阿丈一声翁！


我和麒麟，就这样结伴来到人间。

# 二、四岁以前

从我出生，到我四岁，一直住在成都。

这段童稚的年龄，我几乎没有任何记忆了。所有的事，都是我"听"来的，小时的我，是个安静的、依人的、喜欢听大人谈话的孩子。据父母说，小时的我很"乖"，但是，非常害羞，怕见生人，家中一来客，我就会把自己藏起来。我自我分析，童年的我，一定颇有自卑感。

谈起"自卑感"，我觉得这三个字，一直到现在，还常常缠绕着我。我常常会莫名其妙就犯起"自卑感"来，此症一发作，总觉得自己一无是处，做什么都错！

童年的我，自认为不是一个很漂亮的孩子。母亲希望她的女儿像白雪公主，我和白雪公主差了十万八千里。我的眼睛不够大，鼻子不够挺，右边额头部分，还有一块胎记。五官中，只有嘴巴勉强合格。所以，小时母亲唯一可以对别人夸耀我的地方就是：

"你们相信吗？凤凰的嘴，小得连乳头都放不进去！"那时，审美观念还停留在"樱桃小口"的时代。

乳头放不进去？想必也有点夸张。不过，我因为不会吸吮，确实用滴管喂奶，喂了将近两个月。小时候，姨妈或舅母常抱着我说：

"糟糕，额头边有块胎记，将来一定嫁不出去！"

后来，我六岁的时候，跟着父母逃日本兵，有一次，坐在一辆木炭汽车中，疾驶在贵州一个荒山上，那山路名叫"七十二道弯"，由这名称，就知地形的险恶。我坐在门边，谁知汽车一个急转弯，门竟然开了，我从车中直摔出去。当时，全车人都认为我不死也将重伤，父母都吓坏了。当车子停了，下车去察看时，却惊见我坐在山壁下哇哇大哭，浑身上下，只有鼻子上有好大一个伤口，其他地方都只有擦伤。当时在逃难，荒郊野外，既无医院，也无医药。母亲用牙膏粉扑在我的伤口上，为我消毒。从此，我的鼻子上又多了一道疤痕。亲友们对我更加同情了：

"糟糕，糟糕，脸上有胎记，鼻子上有疤痕，将来一定没人要，一定嫁不出去了！"

小时候，我觉得最严重的事，就是"嫁不出去"，感到好悲哀。（后来，随时间的流逝，鼻上的疤痕越来越淡，以至于完全看不见了，额边的胎记，等到有盖斑膏的发明，我就会把它遮盖起来。等到我中年以后，这胎记也越来越淡，现在已经看不出来了！）


话题扯远了，且回到我四岁以前。

我虽然不是个很漂亮的娃娃，但是，我仍然是我母亲的心肝宝贝。因为我和麒麟结伴而来，一般的中国人又比较重男轻女。母亲为了表示她"一视同仁"，虽然雇了奶妈，却定下了规矩，我和麒麟两个轮流，一个月我吃母奶，一个月麒麟吃母奶。母亲和奶妈，轮流喂我们两个，以免造成"母亲偏心"的错误观念。母亲想得确实很周到，谁知喂到六个月大，我刚好轮到奶妈喂，要换回母亲的时候，我竟然认起人来，不肯换奶了。因而，我是奶妈喂大的，麒麟是母亲喂大的。

我四岁以前，唯一有记忆的，就是奶妈。而我那位奶妈，更是爱我如命。每次我和麒麟打架了，奶妈总是提着嗓子嚷嚷：

"是麒麟的错，麒麟先打凤凰！"

于是，麒麟会被母亲打手板。而我很"乖"的观念，也是由奶妈灌输给每一个人的。

当我和麒麟两岁的时候，母亲的肚子里又有了小宝宝。这时的母亲，已经认命了。对于"母亲"的身份，也十分熟悉了，这次，竟心安理得地期待着又一个小生命的来临。我和麒麟已经都会说话了。提起说话，母亲总是坚持说，我九个月就会说话，会喊妈妈爸爸。两岁半时母亲因小病卧床，我嬉戏于母亲床前，母亲拿着父亲的教科书，指着"国文"两个字教我认字。据母亲说，我从此就认识了"国文"两个字！这说法实在有些离谱，但母亲言之凿凿，我们也就姑妄听之。

一九四〇年秋天，我的弟弟巧三出世了。巧三的名字也是父亲取的。因为这个弟弟和"三"字十分有缘，他在家中是第三个孩子，出生于阳历的八月十三日、阴历的七月初十，正好是七巧后三天，所以，就取了个小名叫"巧三"。我的姨妈舅舅都认为这名字非常女孩子气。我那远在湖南的祖父，听说又添一个孙子，高兴极了。那时抗日战争已进行到第四年，全国上下，渴望胜利。祖父写封信来给小弟弟命名为"兆胜"，这个名字，阳刚得像个军人。于是，小弟弟有了两个截然不同的名字：兆胜和巧三。他成年后画水墨画，又给自己取了个艺名"陈怀谷"，就像我给自己取了个笔名"琼瑶"一样。

小弟弟巧三出世时重达七斤七两，是个胖小子。长得眉清目秀，非常逗人喜欢。我和麒麟一下子就被这个小弟弟给比下去了。小弟弟从小爱笑，胖乎乎的人见人爱。我和麒麟自幼多病，又瘦又小，和这个胖小弟比起来，简直不够看。父亲从巧三弟一出世，就爱极了这个孩子。母亲坚持不偏心，但新生的婴儿总得到较多的照顾，我和麒麟变成了奶妈的工作。这时，我们两个，已经懂得自己开门出去玩，去门前欣赏油菜花，去巷口叫住卖白糕的小贩，"买"白糕吃，吃完了从不懂得付账，抹抹嘴就回家啦！据我五舅母后来告诉我：

　　"那个卖白糕的也是个小孩子，只有八九岁，不敢向你们要钱，每次跟着你们回到大门口，就坐在门槛上等，一等就是大半天，等到有人进出时，才拉长了脸说：'双胞胎吃了我的白糕！'"

　　我已记不得吃白糕的事，记不得在成都的生活，对于成都，我除了记得门前的油菜花以外，就只记得我和奶妈分手时，双双抱在一起，哭得难舍难分的情景。

　　和奶妈分手，是我四岁的时候。

　　那时，抗日战争已经打得如火如荼。但是四川省得天独厚，算是大后方，所有其他各省的人，都迁移到四川来，四川一下子变成了人口汇集之地。我们一家，早早就到了成都，原该好端端地住在成都，不要离开才是。如果我们不离开成都，以后许许多多的生离死别、悲欢离合都不会发生。可是，我们却在一九四二年离开了成都，去湖南老家和祖父团聚，这一团聚，才把我们全家卷入了漫天烽火之中。

　　原来，到了我和麒麟四岁、小弟两岁那年，成都的生活成本，已经越来越高，物价飞涨。父亲当时在光华大学的附中当训导主任，又在光华大学兼了课，还在华西大学附中教课，好几份薪水，仍然不够维持我们这个五口之家。就在这时候，祖父思儿心切，更盼望见到从未见过面的三个孙儿。就三番五次地写信给父母，催促父母早日回湖南老家，让祖孙三代，能有团圆之日。当时，父母分析，抗日战争绝不会打到湖南，在祖父声声催促而成都物价飞扬的双重因素下，就毅然决定，带着我们三个，动身回湖南，去和祖父相聚了！

所以，我必须和奶妈分手了。我只记得，奶妈抱着我，哭得天翻地覆。据说，我也哭得上气不接下气，缠着母亲不停地追问：

"为什么我们不能带奶妈一起走呢？为什么要和奶妈分开呢？我不要和奶妈分开！我们带她一起走！"

我们当然不可能带奶妈一起走的。所以，哭着，哭着，哭着……哭了好几天，我和奶妈终于分别了。**这是我生命中第一次认识"离别"，也是我童年中最早的记忆。**母亲说，以后接下来的许多日子里，我都在半夜中哭醒，摸索着找奶妈。


# 三、祖父和"兰芝堂"


在我印象中，祖父是个很威严、很有气派的老人。

祖父名叫陈墨西，他有五个兄弟，都住在老家衡阳县渣江镇的一栋祖屋"兰芝堂"里。祖父在家乡小有名气，他曾跟随孙中山先生，留学日本，参加北伐，足迹踏遍东南西北。祖父年轻时，一定是风流倜傥的。因为，他在家乡有原配夫人，又在南京娶了我的祖母。据说，祖母并不知道祖父家里还有太太，直到祖父要带祖母回家乡时，祖母才赫然发现，自己不是原配。祖母一怒之下，拒绝跟祖父回家，竟带着我父亲和伯父，去北京定居了。也亏得祖母个性如此倔强，父亲才会在北京长大，才会遇见母亲，也才有了我和弟弟们。

当我们一家五口，到湖南去见祖父的时候，我的祖母和那位原配夫人都已作古。祖父又纳了一位"许姨"作为老年的伴侣。而且在兰芝堂旁边，盖了一栋小小的房子，和许姨同住。兰芝堂的陈家人，都称这幢小屋为"新屋"。

我们一抵家乡，拜见了祖父之后，整个兰芝堂都震动了。大家抢着看第一次回乡的父亲，抢着看那一口京片子的新媳妇，抢着看一男一女的双胞胎，抢着看那个"会让墨西老人拿着照片偷笑"的巧三！（在这儿，要补充说明，据说，我小弟巧三因为生得乖巧，非常得到祖父的钟爱，祖父把小弟的一张照片，贴身藏在胸前的衣兜里，没事时就拿出来看，看着看着就会悄悄笑起来。如果他心情不好，他也会拿出这张照片来看，看完了，就得意地说一句："有这么好的孙子，我还有什么事可烦恼呢！"说完，立即就笑逐颜开了。所以，我家小弟未回乡，已先轰动。）

这样，我们一家人都成了兰芝堂的娇客。祖父成天带着我们，拜见这位爷爷、那位奶奶……还有各房的叔叔伯伯姑姑婶婶。祖父的旧礼教很严，拜见长辈，一律要磕头。我和麒麟、小弟这三个孩子，几乎变成了三个小"磕头虫"。就不知道家乡里，怎么会有这么多的长辈！后来，我才弄清楚，祖父虽是陈家长房，原配却没有生儿子，只生了女儿。我的父亲是祖父四十岁时才生的儿子，所以，我们在兰芝堂的同辈，都比我们大了一截。

兰芝堂在我幼小的观念中，是个深院大宅，有好几个院落，有好多好多间房间，我和弟弟们在这些房间中捉迷藏，常常躲得连父母都找不到我们。祖父对我们这三个孙儿，真是爱极了。麒麟从小就有个"大头"，我和小弟常常拍着手笑他：

"大头大头，下雨不愁，人家有伞，我有大头！"

祖父却欣赏麒麟的方头大耳，认为将来必有后福。小弟巧三非常机灵，嘴巴又十分会说话。我们初抵家乡，和祖父一起住在新屋。祖父买了各种糖果饼干给我们吃，又怕我们吃多了，就把饼干盒糖果盒都放在高高的架子上，让我们拿不到。有天，祖父一进房，就发现我那小弟已从厨房偷了很多白糖吃，白糖沾了满脸，像长了白胡子一样，而他还不满足，正爬上高椅子，在那儿够饼干筒。祖父一见，不禁大惊，生怕他摔了，忍不住大喝了一声。据说，我那小弟回头一看，竟面不红、气不喘地说：

"爷爷，我爬上来拿饼干，要给爷爷吃呀！"

祖父这一听，心花怒放，本就疼小弟，这一来更宠爱无比。至于我呢，我是祖父唯一的孙女儿，再加上我比两个弟弟文静多了，常跟着祖父去拜望朋友，带出带进，不吵不闹。所以，我虽是个女孩子，祖父仍然视我为掌上明珠。

和祖父团聚，那种生活真好！祖父有个长工，名叫黄才余，对祖父忠心耿耿。没事的时候，黄才余就带着我们三个去后山上玩，我依稀记得的，是我最喜欢在松林中捡松果。童年的我，没有多少玩具，我的玩具就是松果、竹叶、狗尾巴草。

我们在新屋住了一段很短的时间，父亲就跟着祖父一起去南华中学教书，连母亲也在南华中学教国文。于是，我们一家五口和祖父，都搬到学校的宿舍里去住。南华中学在衡山的山坳里，风景优美。

回湖南家乡这段时间，是我童年生活中比较幸福的日子。在兰芝堂的院落中，我曾奔来跑去享受大人们的疼爱。在家乡的后山上，我捡松果找鸟窝玩得不亦乐乎。在南华中学的校园里，我学着放风筝和认方块字……但是，好景不长，漫天烽火已逐渐逼向湖南。学校里的气氛一天比一天紧张，大人们的脸上，失去了笑容，堆上了层层阴霾。祖父和父母亲常常聚在一起商讨大计，满面忧愁。

那是一九四四年，中日战争席卷了整个中国，在我初解人事的时候，我的童年就被战争的火舌一下子卷走了。所有的欢乐和幸福，全在一夜间化为灰烬。


# 四、小锦旗


孩子的记忆力是很奇怪的，他们会忘记一些很重要的事，却记得一些芝麻绿豆般的小事。在我印象里，与战争第一个有关联的记忆，是一面小锦旗。

锦旗是父亲的一个同事送我的。一天，学校里开运动会，那些彩色缤纷的小锦旗，悬在操场中随风飘扬，在阳光照射下，闪耀着艳丽的光泽。我迷惑了，缠着母亲，固执地要求给我一面小锦旗。母亲不允，父亲斥我胡闹，我哭哭啼啼，只是要一面小锦旗。父亲的一位同事（不记得姓什么，反正是位好伯伯）取下一面锦旗对我说：

"你跳一支舞，我就送你一面锦旗。"

童年的我，是腼腆而羞涩的，要我跳舞，比登天还难。但是，那面锦旗光滑艳丽，带着那么强烈的诱惑力对我闪耀着，我的占有欲胜过了羞涩感，我跳了一支《弟弟疲倦了》，换得了那面锦旗。

得到了这面锦旗，我的快乐简直难以言喻，似乎我整个人的喜悦，都被这面锦旗所包裹着，我终日拿着这面锦旗，爱不忍释。可是，战火蔓延过来了，学校解散了，我们全家几度迁移，东藏西躲，我仍然随身携带着我的锦旗。一天夜里，我从熟睡中被炮火声惊醒，我爬起床来，看到父母和祖父都聚在窗边，满脸凝重地遥望着衡阳城——那城市已被一片大火吞噬了，连黑夜的天空，都被火映成了红色。

第二天，我们所居住的地方是一片混乱，母亲匆忙地收拾着箱笼，告诉我说，这些箱子要寄放到农家的阁楼上去，因为日本散兵已遍布四周，所有财物，随时可能遭遇洗劫。我望着母亲收拾箱子，想起我的小锦旗——我真担心日本人会抢走我的小锦旗。于是，我郑重地把那面锦旗交给母亲，要她帮我锁进箱子里去，免得被日本兵抢走。母亲把锦旗收进了箱子里，我亲眼看到祖父的长工黄才余，把那几口箱子搬到农家的阁楼上去。我很安慰，觉得我的锦旗已到了世上最安全的所在。因为，母亲说，日本兵不会去抢农舍——农舍中除了鸡鸭猪狗外，只有一些稻谷。

那夜，我睡得很甜，半夜里，却被母亲仓皇地摇醒了。我睁眼一看，父亲正手忙脚乱地给麒麟小弟穿衣服，满屋子的人奔来奔去。我胡乱地下了床，怔忡不已。然后，我听到了枪声，此起彼伏，惊心动魄。我跑到窗户边一看，不得了，农庄中到处都是火光。人声、枪声、追逐声、鸡鸭犬吠声乱成了一团。我还没从睡梦中完全清醒，这时，吓得完全呆住了。父母和祖父已急忙拉着我们三个孩子，匆忙地说：

"嘘！不要出声音，我们要躲到山里去！"

我不知道为什么要躲到山里去，但，已完全体会出周围的紧张气氛。于是，我们摸黑离开了居住的农家。父母扶着祖父，抱着小弟，拉着我们这对双胞胎。大家跌跌冲冲地走入山里。山中遍是荆棘和杂草，我们刺到了，割伤了，却没有人敢哭。一直摸到一个山谷里，大家藏在巨石堆中，紧紧拥抱在一起。整夜中，我们看到火焰冲天，处处都冒着火舌，天空都染成了红色。

慢慢地，天亮了。枪声逐渐远去。当黎明终于来临，四周变得特别地安静。然后，我们听到黄才余的声音，在呼唤着、找寻着我们。我们从躲藏的地方跑了出来，黄才余找到了我们，见我们完好无恙，又惊又喜。接着，却又哭丧着脸告诉我们：一队日本兵连夜侵袭了农庄，他们果然没有抢劫农舍，却很干脆地放了一把火，把整个农庄烧成了平地。烧掉了阁楼，烧掉了我们全部的箱笼，也烧掉了我的小锦旗。

于是，我失去了心爱的小锦旗，于是，我也失去了童年的欢乐和喜悦——在记忆中，这是一连串苦难的开始。


# 五、在山沟里


接下来，日军大量地涌到了乡间，洗劫村落。他们所过之地，杀人放火，搜刮一空。据说，日本兵最恨知识分子，凡是搜到读书人，一概杀无赦。我们家，祖父、父亲和母亲都在教书，又都是积极的反日分子。平时在教室中，祖父和父母都不厌其烦地灌输学生民族观念，此时，想当然耳，会成为日军杀戮的目标。事实上，那时日军铁蹄践踏之处，生灵涂炭，满目疮痍，不论老弱妇孺、士农工商，都惨遭杀害，又岂是读书人而已。但，读书人，尤其是教书的，确实更难幸免！

因而，我们一家六口，祖父、父母，和我们三个孩子，有一段时间，完全藏在深山里。我记忆最深的，是一条山沟。

这条山沟原来是有泉水的，现在水已经干了，我们用油布铺在地上，露天席地而坐，已经坐了整整三天。山沟的出口处直通山下的小路，黄才余砍了许多松柏树木，伪装地种满了那出口，遮住外界视线。我们就待在那窄小的泥土沟中，靠黄才余冒着生命危险，每天送食物来给我们吃，并报告我们外界的消息，那消息一定越来越坏，因为父母的眉头是越皱越紧了。

我真不知头两日是怎么挨过去的，只记得麒麟总是哭，总是吵肚子饿了。母亲为了安抚他，把皮包里的钥匙链、发卡、口红套子、小梳子、小镜子……都搬出来给他玩，他藏了一口袋的叮叮当当，仍然又哭又闹。小弟才只有四岁，更是无法讲道理的年龄，他爱动物，抬起头来，他就研究松树里有没有鸟窝，低下头去，他就在草丛里猛抓蚂蚱，他唯一的好处是爱睡，一无聊就哭，哭哭就睡着了。三个孩子里我最安静，坐在那儿，我一直在追悼我的小锦旗。

第一天，我们全家只吃了黄才余送来的两大碗白饭。第二天，仍然只吃了两碗白饭。第三天，长工一直没有出现，我们饥肠辘辘，麒麟和小弟又开始哭。我听到父亲在悄声对祖父说，他真担心黄才余的安危。时间从清晨一直挨过去，太阳从山沟的那一边移向山沟的这一边，在饥渴交加之下，最安静的我也不能安静了，麒麟叫饿，小弟叫渴，我开始抽抽噎噎地哭。一时间，我们三个孩子闹成一团，父亲喝骂着，祖父直摇头叹气，母亲左手搂着弟弟，右手搂着我，不住口地安慰，整个山沟里都是我们的声音，就在此时，山沟外面，忽然传来一声清脆的枪响，接着，有一个人影从掩护着我们的松柏外面闪过去。我们全吓怔了，忘了哭，也忘了叫，瞬时间，山沟中寂然无声，我从松树的隙缝里望出去，正好看到那奔跑着的人——一个平凡的农人，腿上滴着血，一跛一跛地飞跑着逃走，然后，就是一阵日本人的呼喝声，又一排枪声，那农人倒了下去。我呆住了，第一次了解死亡是怎样突然就能来临的，第一次看到鲜血从一个活生生的人体里流出来。

母亲的脸色雪白，她紧搂着麒麟，用手按住他的嘴，阻止他哭出声来，小弟的头全埋在父亲的长衫里，吓得身子发抖，祖父的嘴唇颤动，在那儿不出声地诅咒。时间似乎过了有一世纪那么久，然后，那批日本兵从山沟出口的松柏掩护之处，一个个地走了，居然没有人发现我们。

目送那群日本兵走得看不见了，母亲长长地吐出一口气来，脸色依然发青，麒麟挣出了母亲的手心，坐在地上直喘气，也忘了吵肚子饿了，小弟抬起头来，那对又黑又亮的眼珠骨碌碌地转着，嘴里结结巴巴地叽咕着：

"枪，枪，好长……好长……的枪！"

母亲伸手要去抱小弟，小弟仍然结巴着：

"枪，枪，有枪！有枪！"

母亲的脸色猛然间僵住了，我们都不由自主地抬头向上看，这才发现，居高临下，一排日本兵站在山沟外，俯身注视着我们，一管管长枪，正对着我们。我和弟弟挤在一堆，全倚进母亲怀里。有几秒钟，山沟里的我们，和山沟外的日军，大家彼此注视着，都没有出声。然后，一个戴眼镜的日本军官，跳进了山沟，拿枪对着祖父指了指，用中文说："站起来，给我检查！"

祖父不得已地站了起来，那军官在祖父的口袋里搜出了钱、名片、钢笔、校徽……一大堆东西，他收起了钱，紧盯了祖父一眼：

"教书的，嗯？"

祖父拒绝答复，那军官也不再问，同样地，他又搜查了父亲，洗劫了父亲身上的钱，母亲早已悄悄地把皮包塞进了草丛中，站起身来，她主动地拍了拍自己的身子，她只穿了件旗袍，实在无处可以藏钱。

那军官仍然握着枪，望着手里的校徽、名片等物，犹豫地看着父亲和祖父。山沟里的空气僵着，母亲的嘴唇越来越白，忽然间，我那孪生弟弟麒麟排众而出，大踏步走到那军官面前，昂着头，清清楚楚地说：

"你不用检查我，我身上的东西，都给了你算了！"

他从口袋里，叮叮当当掏出他那些钥匙链、口红套、梳子、小镜子、发卡、弹珠，还有些小石头子儿，全递给那个军官。一时间，那军官怔着，接着，一丝笑意忽然掠过他的嘴角，同时，山坡上的日军，也发出一阵哄笑。在这突然爆发的笑声里，那军官跳出了山沟，对他的部下挥了挥手，示意离去。显然，祖父和父亲的命是捡回来了。那些日本兵正要走开，其中却有个身材高大、相貌粗鲁的大汉，突然蹿了出来，用日本话吼了几句，就一下子跳进了山沟，直奔母亲而来。这一下变生仓促，我们全呆了，母亲慌忙说：

"我身上没有钱！"

那日本大汉敞着胸前的衣服，军装上一个扣子也没扣，手里没有拿枪，却握着一根大木棒，他咧着嘴，面目狰狞而凶恶，一伸手，他抓住了母亲的手腕，用生硬的中文，口齿不清地说：

"跟我走！"

说着，他就死命地把母亲向山沟外面拖，一向文质彬彬的父亲，立即爆发了，他陡然间冲过来，抱住母亲，对那日本兵大吼大叫：

"放手！你这禽兽！放手！"

一切发生得好快，我看到那日本兵举起木棒，对父亲拦腰一棒，父亲站立不稳，那山沟又是一个往下倾斜的斜坡，父亲摔了下去，顺着斜坡，就一直往下滚。祖父忍无可忍，也冲上前去，日本兵再一棒，把祖父也打落坡下，然后，他继续拉着母亲，往山沟外面拖去。母亲用手抓紧了山沟两壁的青草，哭着往地上赖。我眼看父亲和祖父挨打，母亲又将被掳走，恐惧、愤怒和无助的感觉一下子对我压了下来，我用双手扯住母亲的衣服，放声大哭。同时，麒麟和小弟都扑了过来，分别抱住母亲的腿，也放声大哭，我们三个孩子，这一哭哭得惊天动地，我们边哭边喊着：

"妈妈不要走！妈妈不要走！"

我们哭，母亲也哭，那日本大汉却用日文大声咒骂，顿时间，哭声、喊声、咒骂声，闹成了一片。而母亲的身子，逐渐从我们手中滑了出去，我和弟弟们惊恐之间，哭得更加惨厉。就在这时，那戴眼镜的日本军官似乎动了恻隐之心，忽然用日文喝叫了一声，那大汉立即松了手，抬头和那军官争执着，军官叽里咕噜地讲了一大串，一面用手指着哭成一团的我们，脸色非常严厉。终于，那大汉悻悻然地一甩手，跳出了山沟，背着他的木棒，扬长而去。我们惊惶之余，都扑进了母亲的怀里，母亲用双手紧抱着我们，都哭得上气不接下气。好半晌，才发现那日本军官并没有走，一直站在那儿望着我们发愣。等我们哭声稍歇，他就跳进山沟，把小弟拉到他身边，我们以为他要掳走小弟，又都惊恐地扑过去抓小弟，谁知，他却用手帕拭去了小弟的泪痕，转头问母亲：

"他几岁？"

母亲颤声回答：

"四岁。"

那军官仰头看了看遥远的云天，若有所思地轻声说了句：

"我儿子和他一样大！"

说完，他转身走出山沟，手一挥，带着他的队伍，头也不回地走了。我们惊魂未定，实在不相信就这样渡过了一场大难。**我那时还不能了解，即使是日军，也有妻儿，也有子女，在他们残杀无辜的当儿，也会有几个无法全然泯灭"人性"的军人。这个戴眼镜的日本军官，想必也是个知识分子吧！**

当时，父亲和祖父都从山坡下爬了上来，一家人我望望你，你望望我，刹那间已恍如隔世。父母执手相看，惊吓未消。我们三个孩子，用手臂紧拥着父母，仍呜咽未已。祖父用拐杖一跺地，毅然地对父亲说：

"湖南不能待下去了。我已经老了，不拖累你们，你们还年轻，给我趁早离开！你们到后方去，想办法回四川去！走！一定要走！"

父母和祖父在山沟中默默相对，彼此心中都明白，大难已在眼前，分离是必然的事。只是当时，谁也无法就去面对这个事实！

# 六、在柴房中

从山沟到柴房，这两个不同地点所发生的事，之间到底隔了几天，还是一星期？我已经完全记不清楚。童年的记忆，往往只是一些片段的"面"，而不是一条清晰的"线"。只记得那些日子里，日军整日在乡间搜刮抢掠，杀人纵火之事，更是每个村子中都经常遭遇的。我们一家东迁西徙，到处躲避日军的耳目。主要的，仍然因为父母是"读书人"的缘故，日军可以放过一般农民，却杀掉了无数的知识分子。

似乎在离开山沟后没几天，我们一家就和我表叔一家会合在一起了。表叔是父亲的表弟，年纪很轻，表婶在我记忆里是个娇小玲珑的小美人，他们有个一岁大还抱在襁褓中的儿子。我那小表弟长得白白胖胖，面貌清秀可人。很明显地，他是我表叔和表婶的命根子。当我们结伴迁移的那些日子中，他们最关心和保护的，就是那个怀抱中的小儿子。

那天，我们到了祖父以前的一位老佃农家中，这位老农夫自己有田有地有农庄，是个敦厚朴实善良的典型农人。他的房子占了一个极好的地理环境，是建造在一座竹林的深处，因为单独隐蔽在密林之中，极难被外界发现。更妙的是，这屋子背后就是一座未开发的山林。万一给日军发现，往这深山里一躲，那就更难被找到了。所以，我们投奔到这老农夫家里来。

到了老农夫家里，我们才发现那儿已成为附近所有知识分子及乡绅们的避难所。老农夫热情而慷慨，来者不拒，家里早就挤满了人。这是父母所始料未及的，而最没料到的，是这"避难所"早被日军所发现，据老农夫说：

"昨天一天，来了三批鬼子，到处抓人。我早派了人守在竹林外面，一有鬼子来，我就叫大家躲，十分钟之内，所有的人都可以疏散到山里去。所以，日本鬼子一个人也没抓到！"湖南人称日本人，都称"鬼子"。

那老农夫一股得意样儿，他的太太是个憨厚的老太婆，老夫妇俩对祖父和我们招呼得无微不至，细心地告诉我们如何躲藏，如何走捷径入山，如何在山里找山洞树洞，等等。我们这才知道，他们几日之内，已救了无数人。而那些其他的避难者，也早对入山之路，熟悉万分了。

那是午后，我们走了许久的路，抵达老农夫家里时已又饿又累。老农夫对我们指示完了，就立刻弄了一桌子的饭菜，招呼我们吃饭。我们都饿得头发昏，坐下来就开动，谁知才拿起筷子，就听到门外一阵吆喝，马上就是一阵人来人往、大呼小叫的混乱之声，我们还没弄明白是怎么回事，那老太婆已冲进屋子，对我们挥着手叫：

"快！快！快！去山里！鬼子来了！快快快！"

父母丢下筷子，七手八脚地来抱我们，孪生弟弟麒麟赖在饭桌上不肯下来，小弟弟塞了一嘴的炒鸡蛋。表叔表婶同时扑到床边去抱他们那才睡着的宝贝孩子……混乱中，老农夫也冲了进来，口齿不清、脸色仓皇地喊：

"来不及了，没时间进山里了！鬼子来得好快！找地方躲一躲，快找地方躲一躲！"

说得容易，农家的房子家具简陋，房间都一目了然，我们两家老老小小有九个人，什么地方可以躲？我们正犹豫间，农夫的儿媳妇又冲了进来：

"鬼子已经进来了！这次来得凶，看样子知道我们家藏了人！别人都躲进山里去了，只有陈家……"

再没时间耽误，老太婆当机立断，招手把我们带出屋子，绕到农庄后面，把我们两家老小，全塞进了一间堆柴的柴房，仓促地对我们抛下一句叮咛：

"千万千万不要出声音！"

说完，她带上房门，匆匆而去。

我们挤在那小房间里，大家面面相觑，呼吸都不敢大声，我记得，麒麟手里，还紧握着一双筷子，嘴里叽里咕噜地唠叨着：

"我饿了，我要吃饭！"

母亲用手蒙住麒麟的嘴。父亲试图把柴房的门闩起来，这才发现，这柴房根本没有门闩，乡下人堆柴的房间也实在不需要门闩。而且，那简陋的木板门上有着手指一般粗的隙缝，从内往外看，可以把农庄天井看得清清楚楚，可想而知，从外向内看，也不难发现我们这群妇孺老小。这个"藏身地"，实在是糟透糟透！父亲挥手要我们远离门边，但是，天知道！那柴房一共有多大，挤了我们两家人，已经是密不透风了，还能退到哪儿去？

我们紧倚着柴堆站着，孩子们都瑟缩在母亲的怀里。很快地，我们听到日军走进农庄的声音，一阵大声的吆喝，日本兵立刻分散在农庄各处，显然在大肆搜寻，有个发号施令的军官，似乎就站在柴房外的天井里，在用日语大声下令。于是，我们听到，日兵在每个房间每个房间地搜查，有箱笼倒地声，有桌椅翻倒声，有日军呼喝声，有老农夫喊叫解释声……在这一大片混乱声中，还有日兵在抓老农夫的鸡鸭宰杀，于是鸡飞狗跳，人仰马翻，闹得天翻地覆。而那些挨房搜查的日兵，已逐渐走近了柴房……

我们倾听着那日军的靴声，沉重地敲击在晒谷场上，发出重重的声响，我们听老太婆在赌咒发誓，呼天抢地地乱喊：

"什么人都没有！鸡也快杀光了，狗也给你们杀了，你们还要什么……"

外面很闹，柴房里却静得出奇，母亲紧紧地搂住麒麟，因为这些孩子里，麒麟最会闹。可是，我们却没算到表叔的小儿子，那个在襁褓中的婴儿，会忽然间放声大哭起来。

这婴儿的哭声把我们全体都震动了！表婶也无法避讳，立即解衣哺儿，想堵住他的哭声，谁知那孩子拒绝吃奶，却哭得更加厉害，表婶急了，用手去蒙他的嘴，但是，却蒙不住那哭声，孩子的脸涨得通红，哭得更响了，祖父长吸一声说："命中注定，该来的一定会来！"

表叔的脸色在一刹那变得惨白，他迅速地对我们全家看了一眼，这一眼中包含了太多的意义（在以后很多年很多年后，我才能体会到表叔那一眼的深意）。然后，忽然间，表叔从表婶怀中抢过了孩子，迅速地用手勒住了孩子的脖子，死命地握住，孩子不能呼吸了，脸色也变了，表婶扑过去抢，哭着喊：

"你要做什么？你要弄死他了！"

"是的，我要勒死他！"表叔哑声说，"可以死他一个，不能死我们全体！"

"你疯了！你疯了！你疯了！"表婶忘形地大嚷，眼泪流了一脸，她发疯般扑过去抢孩子，一面哭着喊，"要勒死他！你先勒死我！"

"你要识大体！"表叔叫，"我不能让这一个小小婴儿，葬送了我们两家的性命！尤其是连累表哥一家人……"

"你要杀他，先杀我！先杀我！"表婶是疯了，她的头发披散了，泪流满面，喉咙嘶哑，居然拼命地抢过了孩子，孩子能够呼吸，就更大声地哭了起来，父亲立刻抱住表叔，表叔还要挣扎着去抢孩子，父亲沉着嗓音喝阻着："够了！如果日军要发现我们，这样一闹，他们已经发现，你杀他也没用了！"

真的，在这一时间，孩子哭叫，大人吵闹，表婶狂喊，表叔怒吼……什么声音都有过了，我们大家彼此注视着，父母脸上，都有着听天由命的平静。而忽然间，那婴儿却止住了哭声，柴房里顿时又鸦雀无声了。同时，靴声清脆地停止在柴房的前面。

"打开门！"是日军的日本腔汉语。

"啊呀，老天爷！"是老农夫的太太，那从没受过教育的老太婆，在唉声叹气地叫着，"连茅厕都要检查呀！"她用手推门，声音又平静又自然："门都没有闩，能藏得住什么人？"

（我至今还在想，那老太婆真该得最佳演技奖。）

门已经开了一条缝，我们的心怦怦跳。但是，像奇迹一般，那日军用日本话叫了一句什么，就径自掉头而去。我们几乎不能相信那日本兵是真的走了。难道我们那一阵哭叫和喧闹，他们会听不到？这是不可能的事！父母和祖父以及表叔和表婶都瞪大了眼睛，不信任似的彼此注视着。然后，又一阵鸡飞狗跳，那些日本兵抓了许多鸡，一个军官一声令下，这队日军居然不可思议地走了，不可思议地放过了我们。

好半天，当外面完全平静了以后，老太婆推门走了进来，这时却苍白着脸，又嚷又叫地说：

"老天爷！你们怎么弄的呀！小的哭大的叫，我放了一笼子鸡出来，赶得它们满天飞，才掩过你们的声音呢！"

**我们彼此凝视，又一次厄运被逃过了，又一次灾难被避免了！我太小，还不能了解那种死里逃生的滋味。但是，当表叔知道危机已过，立刻就抱住表婶，不顾一切地、疯狂般地吻她，又抱过那差点死去的儿子，含着泪、满头满脸地乱吻时，我才第一次体会到，人类的"爱"，是多么复杂、多么珍贵的东西！如果说我是个早熟的孩子，大概就由于我自幼体会了太多的东西吧！**


# 七、"中国人"


接下来的几天，我们不知怎的，又和表叔一家分开了。父亲知道老佃农之处已不是藏身之地，事实上，整个衡阳县的境内几乎没有一块净土。我只记得，父母和祖父常彻夜商量，如何越过日军的封锁线，并且讨论又讨论，祖父是否和我们同行的问题，因为祖父已年近八十高龄，如何能承受颠沛跋涉之苦？可是，把耿直的祖父留在沦陷区，父亲却怎样也不放心。

这问题最后终于有了结论，祖父留下，我们走。于是，我们先要把祖父送回老家渣江去。记得我们全体化了装，穿着老佃农给的衣服，打扮成一家乡下人。不过，尽管父母都穿上了粗布短衣，但父亲的文质彬彬，和那近视眼镜，母亲那北平口音，以及风度举止，都很难掩饰原来面目。不管怎样，我们又离开了佃农家，冒着被日军捉住的危险，往老家走去。

这天是倒霉的一天！

这天是充满了风浪与戏剧化的一天！

这天也是我记忆中很深刻的一天！

我们大约在动身后两小时，遭遇了第一批日兵。

"站住！检查！"日军吼着。

我们全站住了，这大约是日本兵来中国之后"必修"的一句中国话。以后我们遭遇了几次日军，都是用这句话来喝止我们的。

带队的日本军官大踏步对我们走来，上上下下地打量我们，父母都不说话，以免暴露身份。那军官指着祖父，对手下的士兵命令了一句，大约是要搜查祖父。祖父的眼睛要喷出火来，却无法阻止日本兵在他浑身摸索。因为我们都化了装，那日本兵主要是想搜查有没有武器。既然找不到武器，他洗劫了祖父身上所有的钱，然后，就轮到了父亲。

这批日本兵没有为难我们，只是，他们把祖父和父亲身上所携带的金钱全洗劫一空，就挥手命令我们离去。我们默默地走着，祖父、父亲和母亲都那么沉默，使我们三个孩子也静悄悄地不敢吵闹。那时，在我们童稚的心灵里，只觉得日军是一群令人恐怖的劫掠者。但，对于父母们那种受异族迫害的耻辱及愤怒却无法深深体会（直到我长大后，童年点点滴滴的回忆，才带给我更深的感受）。

中午时分，我们遭遇了第二批日军。

"站住！检查！"

同样的一句话，同样是日本兵，同样第一个搜查祖父，同样再搜查父亲。所不同的，是祖父和父亲身上找不到金钱了。但，那日军却在祖父身上找到一张写了十行字的纸，他看看，显然并不懂中文，又对祖父那身老农的装束仔细打量了一番，似乎找不到什么嫌疑，他就抛开那字条不管了。叽里咕噜地，他用日本话骂了一大堆，就带着队伍扬长而去。父亲透过一口气来，才对祖父说：

"爹，你那首诗就丢了吧！"

"不！"祖父简单而固执地说，把那张写满字的纸又郑重其事地揣回了怀里（后来我才知道，那是祖父所作的一首长诗，主题是忧国哀民、咒骂日军的。如果落在一个懂中文的日军手里，我们必被枪杀无疑）。

午后，我们"运气"真好，又碰到第三批日军。

"站住！检查！"

父亲忍无可忍了，他翻开自己所有的口袋，把口袋底都拖了出来，愤愤地说：

"你们要检查几次？身上的东西，早被前面检查的人拿走了，再也没有东西了！"

那日军不见得懂中文，但是，他懂得了父亲的意思，知道我们已不是第一次遭遇日本兵，更明显地，是知道我们这疲倦的、老老小小的一家人，身上确实没有值钱的东西可以搜刮了，于是，他又放走了我们。

一天里遭遇三批日军，使我们深深明白，整个乡间已遍布日军了。对我们来说，这天还是幸运的，因为这三批日军都志不在人而在财，除了抢劫以外，没有发生在山沟里那种掳人的恐怖事件，也没有被识穿本来面目，在不幸中，这已是万幸了。

黄昏时分，我们已走得又饿又累又渴，再加上随时可能听到那声"站住！检查！"的声音，使我们都精神紧张而心力交瘁。小弟弟开始哭，父亲只得背着他走。当夕阳衔山，晚风拂面的时候，我们才发现已经越走越荒僻了，乡间四顾无人，只有山林树木，四周安静得出奇。在遇过三次日军的吆喝与跋扈之后，这份"安静"居然也使人惴惴不安，尤其是在这暮色渐浓、山树模糊的景象里。

我们走了一大段山路，什么人都没有碰到，连个农家和茅屋都没有，父亲怀疑我们已迷路了。大家彷徨四顾，犹豫不决是否往前走，尤其，前面是不是没有日军占领？正在磋商而举棋不定时，忽然间像天神下降般，我们迎面走来了一个乡农，这农夫一目了然就是湖南乡间那种最老实憨厚的乡民，他大踏步而来，手上拿着一枝竹枝，背上背着两个叠起来的竹篓，通常，是农夫们用来装鸡鸭或红薯的。

父亲和祖父都兴奋了。有什么事比迷路在荒郊野外——遍布日军的荒郊野外——时，遇到一个自己的同胞、一个中国人，更令人兴奋和快乐的呢？祖父拦住他，几乎是喜悦地问：

"你从前面来，有没有遇到鬼子呀？"

那农夫瞪眼望着祖父，似乎不了解祖父在说什么。湖南人一向称日本人为"鬼子"。父亲怕那乡下人误会我们的来路，又重复了一句：

"前面是什么地方？我们在躲鬼子，前面有没有日本人？"

那农夫的眼光从祖父身上移到父亲身上，他没有笑容（湖南民风憨厚，最爱交友，对陌生人也是笑容满面的）。他慢吞吞地放下背着的竹篓。父亲觉得不对劲了，拉拉祖父，说：

"我们走吧，别问他了！"

那农夫迅速地拦住了父亲，用标准的国语，厉声地说了一句：

"不许走！站住！检查！"

父亲母亲都呆了，祖父的脸色也顿时大变。我们三个孩子，虽然懵懂无知，对这"站住！检查！"四个字已经十分敏感，就也都怔住了，呆呆地望着那个农夫。在这一瞬间，我们都明白了，这农夫和我们一样化了伪装，他不是普通的乡下农民，而是"知识分子"，为日本人做事的知识分子。是的，他是中国人，比日本人更可恶更可怕的中国人，日本人到底是为他们的天皇打仗，这中国人却为日本人来打中国人，这是一个——汉奸！

那"农夫"用手指着祖父：

"你站住，我先检查你！"

每次都是先检查祖父！祖父瞪视着那"农夫"，忽然间爆发了，他高昂着白发萧萧的头，坚决而果断地说：

"不行！我不给你检查！日本人检查我，我无可奈何。你，中国人！不行！我不给你检查！"

那"农夫"脸色立刻变得铁青，把地上那垒着的竹篓打开，里面没有鸡鸭，没有红薯或任何收成，只有一堆稻草，稻草上，赫然是一把手枪！

"很好，"那"农夫"拿起手枪，对祖父扬了扬，"听你的语气，就知道你的身份，农人？你是个老农夫吗？不给我检查？你身上藏着什么吗？"

祖父的脸色更难看了，父亲和母亲交换了一个眼神，空气好沉重好紧张，我想着那张写着字的纸，望着祖父和父母，我知道，他们也在担忧那张纸，一个中国人，他会认得中国字！

"你不许碰我！"祖父严厉地说，"今天我们已被三批日本鬼子检查过！我再也不被中国人检查！"

那"农夫"大大地发怒了，他吼着："不检查，也行，我马上枪毙你！"他舞动着手枪，样子是完全认真的，绝非虚张声势。

祖父挺直了腰，更坚决、更固执地说："你枪毙我，我也不给你检查！"

那"农夫"举起了枪，父亲立刻扑过去，拦在祖父面前，急急地说："爹，让他检查吧，你就让他检查吧！"

"不行！"祖父斩钉截铁地说，"我宁可死，也不给他检查！"他望着那"农夫"说："你枪毙我吧，放掉我儿子和孙子们！"

"你是个顽固的老头，嗯？"那"农夫"有些困惑地看着祖父，"我只要检查你，并不想要你的命，你对检查比生命还看得重？"

"是的，你可以枪毙我，就是不能碰我！"祖父越来越固执，"你开枪吧！"

那"农夫"再度举起枪，脸色严厉，看样子，祖父的生命已系之于一发，小弟弟首先"哇"的一声吓哭了。立刻，父亲对祖父跪了下去，含泪乞求："爹，让他检查吧，请您让他检查吧！"

"检查了是死，"祖父低语，"不如维持尊严，让他枪毙我，你们给他检查，你们到后方去！"

"爹，"母亲看父亲跪下了，就也对祖父跪下了，"要死，就全家死在一块吧！"

小弟弟素来是祖父所钟爱的，此时已明白这"坏人"要打死祖父，就哭着跑过去抱着祖父的腿，一个劲儿地叫："爷爷不要死！爷爷不要死！"

我和麒麟也熬不住，扑过去，和父母们拥成一团，也抱着祖父，哭着叫"爷爷"。一时间，我们三个孩子哭声震野，祖父只是用颤抖的手紧搂着我们，却依旧固执地嚷着："不检查！不检查！不检查！"

那"农夫"大概被我们这一幕弄傻了。半天都直瞪着我们没说话。然后，他忽然粗声吼了一句："别哭了！还不快走！"

"走？"父亲愣了愣，站起身来，望着那"农夫"，"你不是要检查我们吗？"

那"农夫"凝视着父亲，轻轻地摇了摇头，哑声说："检查过了，你们走吧！"

"全体？"父亲不信任地问。

"全体。"那农夫说，忽然叹了口气。低下头来，他用手中的竹杖，在地下的泥沙中，写下"中国人"三个字，指了指自己，又指指我们。接着，他又写下"日本人"三个字，指了指西北方，轻声说了句：

"往东边去吧！"

说完，他迅速地用脚扫掉了泥沙上的字迹，背起地上的箩筐，头也不回地往前走了。

好半晌，我们还呆站在那儿，好半晌，父母都无法恢复神志。最后，我们走了，走往东方。那夜，我们是露宿在一座小山林里的，没有再碰到日本兵。第二天，我们找到了路径，回到了乡间的老家。把祖父平安地送回了"兰芝堂"。

很久很久之后，我还记得那泥沙上的"中国人"三个字，我总是迷惘地想着，那"农夫"是好人还是坏人？是没天良的"汉奸"，还是个有人性的"中国人"？他为何在最后关头放了我们，而且指示我们正确的方向？

于是，我知道，即使一个"坏人"，也有一刹那的"良知"，即使是"汉奸"，也不见得完全忘了自己是"中国人"。


我的国家民族观念，就是在这枪口下建立起来的。所以我常说，别人童年的教育来自学校，我童年的教育，却来自战争。


# 八、夜半，穿越火线


终于到了那一夜。

父母和祖父殷殷话别，我们孩子们一个个地吻别了祖父。门外，夜色深沉，天空中有几颗寒星，和一弯冷冷的月亮。乡下人都睡得早，这时早已入梦，四周鸡不鸣，犬不吠，寂静得令人心慌。

院子里，我们白天雇用的两个挑夫正在等待着，他们每人挑两个大箩筐，箩筐中，只有一个装着我们全家的衣服（是乡农们的衣物，我们仍然化装成乡下人），另外三个箩筐，却是为我和弟弟们准备的。这是一次长途的跋涉，按父母的意思，要从湖南走到四川，这漫长的旅程，不知道要走多久。而正在稚龄的我们，却无论如何禁不起这种步行之苦。因此，竟采取了乡下人的办法，把孩子挑着走。

自幼，我坐过各种交通工具：轿子、车子、轮船、手推的"鸡公车"……而乘坐箩筐旅行，这却是破天荒的第一次。对那箩筐的好奇冲淡了我对祖父的离愁，但是，当我看到父母和祖父都满眶泪水、执手无言之时，我才蓦然兜上一股难解的酸楚，第一次体会到那种"生离死别"的滋味。

我们出发了。盘腿坐在箩筐里，我和麒麟被一个挑夫挑着，小弟和行李被另一个挑夫挑着。我们要"夜行晓宿"。四周早已被日军包围封锁，我们必须连夜穿过敌人的火线，如果被发现了，连挑夫带孩子，一个也别想活着走出沦陷区。我和弟弟们早被父母再三叮嘱，路上绝不可说话、咳嗽，或发出任何声音。事实上，我和弟弟们已被这些日子的各种遭遇惊慑住了。早就知道日军是随时可以出现，刀枪都不再是"玩具"，而生死之间，只有一线之隔。不用父母叮嘱，我们也不敢轻易出声了。大家"静悄悄"地"摸黑"行进，没有火把，没有灯笼，也没有乡下人用的风灯。父母、挑夫和我们孩子都穿着全黑的衣服。

不敢走大路，我们穿小路往前走。两个挑夫显然对路径很熟悉，对日军驻扎的区域也很熟悉，大约他们并非第一次送人出沦陷区。这次我们雇用他们，却不止于送出沦陷区，还要一直把我们送到广西境内，听说，到了广西，就有难民火车，可以到桂林。我们的路线，是乘湘桂黔铁路的火车，越过广西，穿过贵州，再赴四川（多么一厢情愿的打算！我们怎么知道，这条路竟整整"走"了一年之久！当我们在一年之后，终于抵达重庆时，正是家家鞭炮、户户欢声，大街小巷一片旗海，抗战胜利的时候了）。


在暗沉沉的夜色里，我们这一行人悄悄地、小心翼翼地往前移进。许多时候，我们根本不走在路上，而是穿过一人高的稻禾，从田里面走过去，那分开稻禾的沙沙声，以及偶尔踩到一块碎木的破裂声，都足以使我们胆战心惊。从衡阳沦陷起，我们似乎一直有逢凶化吉的运气，这穿越火线的一关，是不是也能安然度过？我想，父母一点把握也没有。支持我们做这样"壮举"的只是父母的那份决心与勇气而已。

那种"夜遁"的日子只有几天，白天，我们会被好心的乡农留宿，夜里，又继续我们的行程。在箩筐里的旅行一点也不舒服，两腿盘坐久了，就酸麻无比。因而，一路上，我们孩子们总是要求"下来走一走"，孩子的腿短步子又小，进度缓慢。所喜的，是这段路程，我们始终没有遇到过日军。但，我们所经之地，已遭日军蹂躏过的村镇却不在少数。记忆中最难忘的，是一个劫后余生的小女孩——小娟。

怎样"捡"到小娟的，我已经记不很清楚。好像是我们听到哭声，追踪而至，她正躺在田里哭泣。她大约和我差不多，或者比我还大一点。父母把她抱起来，她衣衫褴褛，遍体鳞伤，在简短的对话里，我们已知道她父母双双遇害，他们遭遇到一批残暴的日军，在乡间滥杀无辜，她侥幸逃开毒手，孤身飘零，而饥寒交迫。她带哭带说，浑身泥泞，我却大大地"激动"起来，自幼，我就是个感情丰富的孩子。

"妈妈，我们带她一起走！"我说。

那女孩用一对渴求的眸子望着母亲。至今，我对那乌黑的、期望的、无助的眼神仍念念不忘。母亲叹口气，没说什么，却把那孩子揽进了怀中，为她拭净了嘴脸，又找出东西给她吃。我把这种举动看成了"默许"，于是，我兴高采烈地让出了我的箩筐（反正我已坐得腿发麻）。我在她身边走着，悄声地、絮絮叨叨地安慰她，在我的心目中，她已经成为我们家庭中的一员，将会永远跟我们在一起了。因为，她已没有家了。在战争中，收留捡到的孩子是常有的事。

一夜之间，我和小娟已成为好友、姐妹及亲人。凌晨，我们投宿在一个农家。母亲给她洗了澡，换上我的衣服，受伤的地方也搽上了药。于是，我和她躺在一张床上，我挽着她，头靠着头，肩并着肩，就这样亲亲热热地睡了。

那天我睡得不安稳，依稀恍惚地听到，父亲母亲一直没有睡觉，而在研究路线，似乎，当夜我们就可以穿出日军的火线，走出沦陷区了，因而，他们特别紧张，也特别兴奋。然后，他们在讨论捡到的女孩，讨论了很多很多，什么人性、现实、经济、自身难保……我听不懂，后来，我睡着了。

迷糊中，我被母亲摇醒了，我坐起身子，母亲轻嘘了一声，示意我不要吵醒小娟。我睡眼蒙眬地被穿好衣服，带出农舍，天上无星无月，又是一个暗沉沉的夜！直到我坐进箩筐中，我才陡然惊醒了过来。我挣扎着站起身子，惶惑地嚷着：

"妈妈，你们忘了小娟了！"

母亲按住我，她试图对我说明白：

"凤凰，我们没有办法带小娟一起走，我们要走的路太长了，已经自顾不暇，实在没办法再多带一个小孩！这家农人认得小娟的舅舅，我已经留了钱，托他们把小娟送到她的亲人家里，这是我们唯一可以做的事。"

"可是，妈妈……"我慌乱地喊，"小娟以为我们会带她一起走的！你也答应了的……"

"孩子！"母亲长叹了一声，满脸凝肃，"你要懂事一点！"

我不敢再说话了。坐在箩筐中，我们开始了前进。箩筐颠簸着，四周寂然无声，我们涉过小河，穿过稻田……夜风带来深深的凉意。我瑟缩在箩筐里，悄悄地哭泣着。孩子的感情多么奇怪，离开祖父时我没哭，离开小娟时我却哭了。我哭了很久，因为，我总是想着，当小娟醒来后找不到我们，将多么伤心和绝望呢！（事后很多很多年，我才能体会父母毅然留下小娟的那份无可奈何。战争中，生死聚散，原是那样身不由己的事！）

黎明时，我们穿过了火线。

中午时分，我们见到了第一队军人，看到了第一面旗帜，在父母的欢欣雀跃中，我以为，前面都是光明大道了。怎料到前面还有重重困厄，和更多更大的风浪呢！

无论如何，我们结束了"夜遁"的时期，恢复了"晓行夜宿"的生活，开始一段长途的跋涉。那一路上，我始终依依怀念着那女孩——直到如今。

# 九、曾连长

曾连长，那是我一生难忘的人物！

曾连长，那是我们这一次逃难中，命运安排给我们的最大的奇迹！

曾连长，如果我们没有遇到他，我们一家人的历史都必须改写！

曾连长，曾连长是怎样的一个人呢？

当我们穿出了日军的封锁线之后，眼见的是宽敞的大道、耀眼的阳光，和一队队南下的军队。我们不必再偷偷摸摸躲日本兵了，不必再担心被捕和枪杀，天知道我们有多高兴！那些日子，我们孩子们依然被挑夫挑着，沿湘桂铁路的路线往广西走。但是，才走了几天，我们就发现情况完全不像我们想象的那样简单。

首先，这条路上已经少有难民，老百姓要走的早就走了，剩下的农民是根本不预备离开乡土的（湖南人乡土观念极重，轻易不离故乡）。我们这挑着孩子，打扮得不伦不类的一家人，显得非常特殊。其次，我们正赶上了抗战史上的"湘桂大撤退"，各路驻守军队，正撤离湖南，因而整条马路上，有骑兵，有辎重，有步兵，有伤兵……一队一队，不知道有多少人马。这些军人行军速度极快，我们这家人却进度缓慢，杂在军队中前进，难免会妨碍行军。于是，牵牵绊绊、推推拉拉，我们一直被前面的军人往后挤、后面的军人往前推，经常弄得进退失据而狼狈不堪。

母亲生平没有受过这样的罪，没多久，就走得双脚都起了水泡，再两天，水泡磨破了开始出血，一跛一跛的，显得极为痛苦。两个挑夫不堪负荷，也开始抱怨和提出辞意，父亲竭力挽留，一再提高他们的待遇。我们孩子在风吹日晒之下连日奔波，也逐渐困顿了下来。这样，我们的速度是越来越慢了。

就在这艰苦的行程里，日军的轰炸机出现了，经常是一阵隆隆机声，由远而近，然后呼啸着从我们头顶掠过。军人们虽在撤退中，仍然纪律严明，他们背上都背着掩护用的稻草，轰炸机一过来，他们就地一滚，就只看到一片稻草。日本飞机很少投弹（它们多半是奉命去炸城镇的），却偶尔会来上一阵扫射，那就相当可怕而触目惊心了。

危机越来越重，几天后，我们得到消息，日军正沿湘桂铁路追打过来，军人奉命保全实力，尽量撤向广西，而避免正面交战。于是，军队的行军速度更快，我们夹在军队中，也更加行动不便。军人作战之余，饱受风霜之苦，难免都脾气暴躁而易怒，当我们妨碍了行军时，各种吆喝也纷纷而至：

"让开！让开！老百姓别挡住军队！"

"你们不会走小路？一定要妨碍行军吗？"

"你们懂不懂，军队为你们老百姓打了多少仗？你们还在这儿碍事！"

我们被推前推后，说不出有多狼狈。

这样，一天中午，敌机又隆隆而至，军人们都伏下身来，辎重和马匹也被牵往隐蔽的地区。我们一家人没有掩护，就都避向山腰底下的一棵大树下面，站在树下，眼看那些敌机一架架地掠过头顶。

在那大树底下，并不是只有我们一家人，还有几个军官，带着辎重也在那儿掩蔽。其中有一个军官，一直对我们不住地打量着，他手里牵着一匹马。说实话，我对那军官的注意力远没有那匹马来得多。那马是褐色的，高大而魁梧，鼻子里不停地喷着气。

父亲看着敌机掠过，看着满路的军队，又看看委顿不堪的我们，忽然叹口气说：

"不甘异族迫害，要付出多少代价！"

穿着一身农装的父亲，一句话就泄了底牌。那军官把马绑在树上，对我们大踏步走来，望着父亲，他问：

"你们不是普通农民吧？"

对中国军官，父亲不需要掩饰身份，他坦然回答：

"我是一个教员。"

"教书的老师？"那军官眼睛一亮，又望望母亲，"那是你太太？"

"是的，她也是个教员。"父亲说。

"哦！"那军官黝黑的脸庞上涌起了一片肃然起敬的神色，他看看父亲又看看我们，简单明了地问，"你们要到什么地方去？"

"四川！"

"四川？"那军官像听到了什么稀奇古怪的话一般，讶然地大叫了起来，"你知道那有多远？"

"我知道，"父亲冷静而坚决，"离开家乡，我就知道这是条多远的路，但是，我必须走！我不能留在沦陷区，让日本人侮辱！"

那军官紧紧地盯着父亲。我这才注意到他，方面大耳，浓眉大眼，身材高大，肩膀宽阔……他看来和他那匹马一样，雄赳赳，气昂昂，一个典型的、粗壮的军人！一个典型的、抢枪打仗的军人！他对父亲不解地注视着，我想，他一生也没看过像父亲这种书呆子。好半天，他才问：

"你预备就这样挑着孩子，走到四川吗？"

"有难民火车，就搭难民火车，没车，就走了去！"

那军官重重地摇头。

"你们走不动！"

"走不动也要走！"

那军官又蹙眉又怀疑，他仔仔细细地看父亲，又研究着我们，忽然说：

"你们读书人真奇怪，我没念过书，生平就佩服读书人！这样吧，让我指示你们一条路。像你们这样混在军队里乱走根本不是办法，我注意你已经很久了，目前我们在撤退，军队情绪坏、脾气坏，你们迟早要惹麻烦！现在唯一的办法，你们找广西军队，让他们保护你们往广西走，广西军队的路线和你们相同，有军人保护，你们不至于受欺侮，也不会落后，这样，或者能走到目的地！"

"广西军队？"一直不说话的母亲插了进来，"这么多军队，我们怎么知道哪一队是广西军队？"

"我就是广西军队。"那军官推推帽子，忽然朗声地说，"你们如果愿意，我保护你们到广西！"

这一下，父母都呆了，他们面面相对，彼此交换着眼神。乱世之中，人心难测，父母必须面临一个决定，这军官，是好人，是坏人？很快地，父亲下了决心，他伸出手去，坦然地、诚恳地说：

"我姓陈，陈致平，我们诚心接受您的帮忙。感激您的热心！"

那军官用大手一把握住父亲的手，热烈地摇着，爽朗而愉快地说：

"我姓曾，名彪，第二十七团辎重连的连长！"

这就是曾连长！从此，我们成了他保护的老百姓，跟着他的军队走，吃他的军粮，喝他水壶里的水……曾连长，他改变了我们一家人的命运！


# 十、骑马


和曾连长同行的那段日子，是令人刻骨难忘的。

首先，曾连长发现母亲的脚跛了，父亲也步履蹒跚，他立即命令手下一位排长把他的马让给母亲骑。那排长姓王，是位和气而服从的好军人。他把马牵了过来，母亲一看那又高又大、直甩头、鼻子里直喷气、蹄子直踹土的庞然巨物，就已经吓坏了。拼命摇着头，母亲说：

"我走路！我宁愿走路！"

"不行！"曾连长皱着眉，命令地嚷着，完全把母亲当成他手下的"军人"，他横眉竖目，十分威严，"非骑马不可！上去！"

母亲不敢不"听命"，只好压抑着恐惧心，乖乖地往马背上爬，她才碰到马鞍，那马认主人，一声长嘶，吓得母亲回头就跑。军人们忍不住都笑了，曾连长却丝毫不笑，对母亲严厉地看着。于是母亲又乖乖地走回那匹马身边，在王排长的扶持帮忙之下，好不容易总算爬上了马背。可是，才坐直身子，那匹马又一声长嘶，背脊一耸，前蹄直立，吓得母亲尖声大叫，抱着马脖子，死命不放。这一下，连曾连长也忍不住笑了。他摇摇头，示意王排长把母亲搀下马背，拉过他自己的马来，他简单地说：

"换马！"

原来他自己那匹马十分驯良，母亲坐上去之后，它丝毫没闹脾气。但是，母亲仍然战战兢兢，脸色发白，于是，连长又派了一个士兵，帮母亲牵马，并且说："负责保护陈太太的安全！"他自己却骑了王排长那匹烈马。后来，我们才知道，曾连长对他自己那匹马，是十分珍爱的，轻易不肯让给别人骑。

我们就这样跟着曾连长走了。两个挑夫仍然负责挑我们孩子和行李。一经上路，我们才发现行军的速度和我们那慢吞吞的走走停停完全不同，他们可以一连走数小时不休息，而且包括"夜行军"。深更半夜，也可能突然开拔。这样走了两天，两个挑夫开始怨声不断，对父亲表示，他们决定不干了。父亲只是软言相求，希望他们忍耐一点，无论如何要挑下去，两个挑夫猛烈地摇头，不停地说：

"我们不去了，我们要回家了！这笔钱不好赚，我们不干了！"

父亲怎么说好话都没用，两个挑夫执意不做，就在纠缠不清的时候，曾连长大踏步走来，一声怒吼，大嚷着说：

"不干了？谁允许你们不干？事先讲好到广西，没到广西之前，你们敢不干！"

两个挑夫看到曾连长就害怕，畏缩着不敢多说什么，其中一个仍然在念念叨叨地低声诉苦，曾连长"啪"的一声，手重重地按在腰间的手枪上，竖着眉毛问：

"哪一个要不干？"

两个挑夫再也不敢开口了。当天，我们仍然往前行走着。黄昏的时候，我们停下来吃饭。军队都有伙夫，专管做饭，随时随地，就可以搭起炉灶来煮饭吃。吃饭时，一个挑夫露出他肩头的肌肉来察看，父亲才赫然发现他肩上已磨掉了一层皮，正流着血。父亲不禁恻然满面。曾连长站在一边，也看到了，他连眉毛都没皱一下。当军队再度要开拔的时候，曾连长却牵了一匹马过来，对父亲说：

"陈先生，你带你女儿骑马，挑夫的负担必须减轻！"

父亲欣然从命，不为了自己，而为了挑夫。于是，父亲也被送上了马背，我仰头望着父亲，对他骑马的姿势不太信任，他颤巍巍地坐在那儿，样子一点儿也不"威武"。曾连长把我抱到父亲前面，让我坐在父亲怀里，问：

"行不行？陈先生，你会不会骑马？"

"没问题，"父亲愉快地说，"我不是我太太……"

父亲的话没完，那匹马突然一甩头，又一撅屁股，我只听到父亲大叫一声"哎哟！"就抱着我从马背上直滚了下去，我尖声大叫，接着就重重地摔在地上，父亲在我身边直叫哎哟，我却吓得放声大哭，母亲慌忙抱住我检查有没有受伤，而四周的军人却爆发了一场哄然大笑。还好，我没摔伤，只是吓坏了，父亲也没摔到什么筋骨，站起身来，他讪讪地对曾连长说：

"看样子，这马对我没什么好感！"

曾连长哈哈大笑：

"陈先生，念书，你行！骑马，你不行！"

说完，他翻身上了马背，对我说：

"跟我骑马吧！"

我拼命摇头，往母亲怀里缩。

"我不像你爸爸，我不会摔着你！"曾连长对我嚷着，下了马，不由分说地一把抱住我，就又跃上了马背，我连怎么上去的都不知道，就已经稳稳地倚在他怀里了。他用手臂环绕着我，对我说："怎么样？很稳吧？"

我不说话。在我童年的印象中，这位曾连长是个使我又敬又畏的人物，他威武而神勇，粗犷而凶猛，我实在有些怕他。他不再问我什么，一拉马缰，他大喝一声：

"准备——开拔！"

就带领着整队人马，往前行去。我坐在那儿，山风吹着我，马背上一颠一簸，腿伸得直直的，说什么也比坐箩筐舒服。想想麒麟和小弟都想骑马，曾连长却选了我，我心里不禁得意起来，把刚刚摔的那一跤也忘了。悄悄地，我回头去看曾连长，立即，我接触到他的眼光，原来他正对着我笑呢！

"我有两个儿子，"他对我温和地说，"就是少个女娃娃！所以，我喜欢女娃娃！"我笑了，没说话，童年的我又安静又害羞。

"以后，你都跟我骑马！"

于是，从这天起，我不再坐箩筐，我都跟曾连长骑马，羡煞了小弟，气坏了麒麟。而，这一项安排，竟使我和弟弟们，在以后的一个大变故中，扮演了不同的角色！

# 十一、大风坳

后来，我们开始翻越"大风坳"！

大风坳是一个山的名字，这名字在我的记忆中，留下极深刻、极惨痛的印象。

那时候，我们已在湖南边境，正朝向广西进军，虽然有好几条大路可去，但路途遥远，并且日军又节节进逼，情况十分危急。曾连长细细研究地图后，翻越大风坳是到广西的一条捷径。

军队中有向导，但他们也没有翻越这座山的经验，当地人用"上七下八横十里"来描写这座山，这句话到底什么意思，没有人真正知道，只知道这是一座奇怪的山、荒芜之至的山、毒蛇猛兽密集的山，总之是一座没有人能翻越的山！

但曾连长所决定的，绝不改变！

他把马队集中起来，他领先率马队在前面开路，步兵和辎重跟在后面。我母亲本来也有一匹马骑的，那时候，也得把马让出来，给精于骑术的兵士前去开路。

我还是骑在曾连长的马上，一马当先，走在最前面，我颇有些骄傲和兴奋，因为不必像弟弟们那样盘膝坐在箩筐里，可以坐得正正的，任两腿伸得直直的，并且还是开路的先锋呢！

但一上山，我的骄傲与兴奋一下子全给扑灭了！山上长满了比人还高的野草，曾连长和其他骑士穿了长裤和高高的马靴，我穿的是短裙，裸露的两腿被锋利的草缘割出无数伤口。曾连长全心带路，当然不会注意到这件小事，我虽然疼痛不堪，却强忍着夺眶而出的眼泪，咬着牙，哼也不哼。**我觉得，骑在马背上的人是不能流泪的。**

我们从清晨出发，虽然据说上山只有七里路，但走了好几小时，还没到达山顶。烈日当空，人人汗流浃背，军人们的制服都被汗水湿透。山上遍布荆棘石砾，没有水源。大家随身携带的水壶都已喝光了。山路越来越崎岖，越来越陡峻，烈日越来越炙热……有位士兵晕倒了，引起一阵骚动，曾连长这才下令停下来休息一下。

他把我抱下马来，吃惊地发现我两腿上的伤痕，他大惑不解地瞪着我说：

"被刺成这样子，怎么话都不说一声？"

他永远不会了解，在我当时的心目中，他像个神。我怎能在一个"神"的身边，还呻吟叫痛？

他叫医官为我敷药，又解下他的水壶给我喝水。他的水壶还是满满的，一路上，所有的士兵都把自己的水壶喝干了，只有曾连长，始终没动过他那个水壶。我喝了两口水，知道此时水比什么都珍贵，不敢多喝，就把水壶还给了他。他还是没喝，把水壶递给了我父母和两个弟弟，他们也只喝了一两口。曾连长再把水壶递给那晕倒的士兵，等水壶终于传回来的时候，里面的水已涓滴不剩！

曾连长，这奇怪的军官，给了我太深刻的印象。以后，有好长一段时间，我所崇拜的男子汉，都是曾连长这种人物。若干若干年后，我写《六个梦》，其中有一篇《流亡曲》，就是以曾连长为范本来写的。


话说回头，那艰苦的行程，又开始了。

山更陡，无路的荒山上横亘着无数大石块，大家连走带爬，马的进度往往比人还慢。士兵们不叫苦，但都已委顿不堪。曾连长已经下了马，牵着马走，马上坐着我，还有一些行囊。此时，有个身背辎重的工兵，眼看着步伐蹒跚，又快倒下去了，曾连长一句话也没说，走过去卸下那工兵的辎重，回头看看已不胜负荷的马背，他就把那份辎重，全背到自己背上去了。

下午，终于，我们到达了山顶。

我们站在山峰的最高处，居高临下，望着山的下面，大家都怔住了。接着，所有的军人，全都欢呼起来了！

原来，山下已是广西境。"桂林山水甲天下"这句话，只有见过广西"山水"的人才能了解。这大风坳一山之隔，竟是两个世界。

山下，一望无际的平原上，布满了一座座的石峰。那些石峰形状怪异、嵯峨耸立，有的陡峭尖利，有的圆秃光润，一座又一座，全散布在平坦的、绿草如茵的大草原上，真怪极了，也真美极了。但，让军人们欢呼的，并不是这"甲天下"的风景，而是水！好久看不到的水！大家渴求已久的水！原来，在那些石峰之间，一条蜿蜒的河流，正盘旋着一直流经山脚下，水声淙淙，都清晰可闻！

这一下，大家都疯了！

忘了军纪，忘了疲惫，大家狂喊着，蜂拥地往那山下冲去。曾连长第一次没有约束他的队伍，他一任士兵们连滚带爬地冲下山，冲向河流。

不知道是怎样的，我也冲进河水中了，我和父母、麒麟、小弟，我们一家人全在河里。我们泼着水、溅着水，又叫又嚷。流亡以来，这是第一次，全家都笑得好开心。河水又清又凉又舒服，我们人人都浸得透湿透湿。

那天晚上，我们就在水边扎营。

**那夜有星有月，那夜有山有水，那夜的一切都很美，但是，那夜以后呢？**

# 十二、弟弟失踪了

第二天，又开始行军。曾连长的部队不是作战部队，而是辎重部队，沉重的装备，不足的人力，在人疲马乏的情形下，行走那些崎岖的小路，仍是十分艰苦。那天的目的地是广西边境的一个大城东安，但走到东安前的一个小镇，那小镇有个奇怪的名字，叫"白牙"。到了白牙，大家实在疲乏得寸步难行，更何况黑夜早已来临，大家已摸黑走了很久。于是，曾连长下令在白牙的镇外扎营。

曾连长尽量不在城镇中扎营，尽量不使老百姓受到任何骚扰，也避免士兵在城镇中受到物质的引诱而犯纪。记得有一晚我们驻扎在一个小镇，半夜里突然被两声枪声惊醒，一时还以为日军追杀而来，后来才知道是曾连长处决了手下的一个士兵，因为那士兵窃取了农家的一根甘蔗，被曾连长发觉，当场枪决。我父亲为此事深表不满，向曾连长抗议，说一条人命怎可低于一根甘蔗呢？这种处分不太重了吗？曾连长大不以为然，他说行军而不守纪律的话，所到之处，必然像蝗虫过境，为老百姓带来极大灾难，日本人蹂躏人民，还不够吗？还容得了我们自己的军队去骚扰？一根甘蔗事小，但这是一个原则，一个不容许违反的规定！曾连长真是一个奇怪的人物！

话说回头，我们那晚在白牙扎了营，不久后伙夫们已煮好了又烫又香的稀饭，来叫我们吃。接下来，那晚的一切，都清晰得如同昨日。母亲为我装了稀饭，就去招呼弟弟们也来吃稀饭，发现他们不在身边，就高声喊叫他们的名字，竟然没有人答应！

"麒麟！小弟！麒麟！小弟！"母亲的叫声越来越高亢，越来越恐惧，越来越惊惶，"麒麟！小弟！你们在哪里？你们在哪里？挑夫！挑夫！两个挑夫呢？孩子呢？孩子呢……"

父亲加入了呼唤，声音更急更凄厉：

"小弟！麒麟！你们在哪里？"

没有回答。

**箩筐不见了，挑夫不见了，我的两个弟弟也不见了！**

整个队伍都惊动了，曾连长也赶了过来。因为行军的队伍很长，两个挑夫前前后后混杂在队伍里，不一定随时在我父母视线以内，我父母已对他们很信任，又觉得有军队在保护，不怕他们开小差。可是，现在，连挑夫、行李、箩筐，带弟弟们，一起不见了！

我父母几乎要发狂了。他们抓着每一个士兵问：

"有没有看到挑夫？有没有看到孩子？"

曾连长立刻派了两个人，全队搜查，并分别到前后各路去找寻，回报都说，开拔后就没人见过他们。

弟弟们丢了！弟弟们失踪了！我父母急得快疯了。

"别急！"曾连长镇定地说，"我们的目的地是东安，临时决定在白牙停留下来，一定是挑夫走得快，先到了东安，说不定，他们正在东安找我们呢！不要慌，明天我们早一点到东安，保证一找就找到！"

曾连长自有一股镇定人心的力量，我父母听了，大概也觉得言之有理。虽然惶急得坐立不安，粒米难下，也只得眼巴巴地等天亮。

那一夜实在太漫长了！父母和我，都整夜没有合眼，母亲急哭了，一直自怨自艾没有看好两个弟弟，父亲不住地安慰母亲，自己的眼眶也红着。我咬着牙默祷，天快一点亮吧！弟弟们一定在东安城里，一定在东安！

终于挨到天亮，终于大队开拔，终于到了东安城！

一进东安城，父母和曾连长，就都怔住了。

原来，东安是个很大的城，居民很多。但是，东安在政策上，准备弃守，所以，城里的老百姓，早已在政府的安排下，完全撤走了。我们现在走进去的东安城，已没有一个居民，所有的民房都敞着大门，城里驻扎的全是国军。各师各营各连的国军都有，这根本是一个大军营！

城里哪儿有两个挑夫？哪儿有两个弟弟？

曾连长叫来几个士兵，走遍全东安城找！

找不到！根本没有人看到过两个挑夫挑着两个孩子！

父母亲伤痛欲绝，连一向镇静的曾连长，也开始不安起来。他又说，可能他们还在白牙。我们从大风坳山下到白牙走的是小路，路较近，如果挑夫走了大路，或在中途休息，那么可能比我们较晚才到白牙。也可能从白牙到东安走了一条与我们不同的路，尚在路上。于是，他一面安慰我们，一面分派两批快骑，分两路向白牙赶去！

第一批快骑回报：没有踪迹。

我们把希望寄托在第二批快骑身上，等待中时间变得特别缓慢，焦虑也越来越重，然后，第二批的王排长快马跑回来了，他大声叫着说："我们找不到陈家的娃仔，却与一批日军遭遇上了，他们向我们放枪，我们也向他们放枪！我想找娃仔事小，回来报告日军的动向更重要！"

据说，政府为了保持抗战的实力，不愿意作无谓的消耗战，军队都奉命退守到各地。东安既不是迎战的战场，又知道日军加速进逼，于是，顿时间，东安城乱成一团。各路军队都纷纷提前向各自目的地开拔。曾连长率领的是辎重部队，更不能不与其他部队一起撤离！

眼看别的部队都已撤离，曾连长不能再犹豫，一面大声下令自己的部队撤退，一面飞快地把我抱上马，对我父亲大叫着说：

"陈先生，年纪轻轻的，还怕没儿子吗？生命要紧，快走吧！"说着便拍马疾驰。也许在他想来，只要把我带走，我父母也就会跟上来了！

这些日子来，我一直跟着曾连长骑马，也因为跟着曾连长骑马，我才没有和弟弟们一起失踪。曾连长马背上的位子，我都坐熟了。可是，这次，我惊惶回顾。只看到我那可怜的爸爸妈妈，呆呆地站在路边，像两根木桩，动也不动。我心中大急大痛，那位子就再也坐不稳了。我嘴里狂叫了一声：

"妈妈呀！"

一面，就挣扎着跳下马去，曾连长试图拉住我，我早已连滚带跌地摔下马背，耳边只听到连长那匹骏马一声长嘶，再回头，那马载着曾连长，已如箭离弦般，绝尘而去。我没被马踩死，真是古怪！

我从地上爬起来，跌跌冲冲地爬到母亲身边。

母亲用双手紧拥住我，父亲愣愣地站在旁边。我们一家三口，就这样呆呆地、失魂地，眼看着军队一队队飞驰而去。

一切好快，曾连长不见了，所有的驻军都不见了，只有滚滚尘埃，随风飞扬。

偌大的东安城，在瞬间已成空城。城里只有我们三个人。四周变得像死一样寂静。

风吹过，街上的纸片、树叶、灰尘……在风中翻滚。家家户户，房门大开，箱笼衣物，散落满地。

我们伫立在街边上，听而不闻，视而不见，心里想的，只是那两个现在不知流落何方的弟弟！


# 十三、投河


我不知道我们在东安城里站了多久。只知道，最后，我父母终于开始走动了。他们牵着我的手，一边一个，很机械地、很下意识地、很安静地向城外走去，没有人说一句话。

我从马背上摔下时，把鞋子也滑掉了。跟着父母走出东安城，在那种摄人心魄的肃穆气氛下，我想也没想到我的鞋子。出了东安城，地上满是煤渣和碎石子，我赤足走在煤渣和碎石子上，脚底彻骨地刺痛，但我咬紧牙关，不说也不哼。父母的沉默使我全心酸楚。虽然我那么小，我已深深体会出当时那份凄凉、那份悲痛，和那份绝望！

城外有条河，叫作东安河，离城要经过东安河上的那座桥——东安桥。

我们像木头人一样，慢吞吞地走上桥，母亲走到桥的中央，便停下步子，站在桥栏杆边，痴痴地凝视着桥下的潺潺水流！

我还不知道母亲要做什么，父亲已闪电般扑过来，一把抱住母亲，他们虽然没说一句话，但彼此心中已有默契，父亲知道母亲要做的事。

"不行！"父亲流着泪说，"不行！"

"还有什么路可走吗？"母亲凄然问，"两个儿子都丢了！全部行李衣服也丢了！凤凰连双鞋子都没有。曾连长走了，日本军人马上就要打来……我们还有路走吗？孩子失去，我的心也死了！而且，日本人追来了我们也是死路一条，与其没有尊严地死在日本人手里，不如有尊严地死在自己手里！"

父亲仰天长叹：

"好吧！要死，三个人就死在一起吧！"

**母亲俯下身来，对我说："凤凰，你要不要跟爸爸妈妈一起死？"**

那时候，我只有六岁，但是已经看过了很多死亡。我知道，死了就不能动了，不能说话了，不能站起来了……至于"死亡"的真正意义，我还是懵懵懂懂的。可是，我既然跟定了爸爸妈妈，爸爸妈妈要"死"，我焉有不死的道理。我只觉得心里酸酸涩涩，喉咙里哽塞着，眼眶里充满了泪水。我想麒麟，想小弟，我知道他们丢了，我们再也不会见面。

所以，我回答说："好！"

说完，我哭了。

母亲也哭了。

父亲也哭了。

我们一面哭着，一面走下桥来，走到岸边的草丛里，我亲眼看到父母相对凝视，再凄然地拥吻在一起，然后从岸边的斜坡上向河中骨碌碌地滚去，一直滚进了河水。

河水并不很深，我看到父亲把母亲的头按在水中，我不知道他为什么这样做。母亲不再动弹，父亲也不再动弹，河水不能使他们沉没，但已使他们窒息。

我开始着急，我不知道父母是否已死，我既然答应说也愿意死，当然也得一死，我不知道怎样才会死。既然父母说要死便滚进河水，谅必要死就得下水。

因此，我一步一步地向河水中走去，慢慢地挨向父母。水流很急，我的身子摇摇晃晃只是要跌倒，我也不知道为什么还要维持身子的平衡。河水逐渐浸没了我的小腿，浸没了我的膝盖，当河水没过我的腰时，我再也无法站稳，就坐了下去。这一坐下去，河水就一直淹到我的颈项了。这样一来，恐惧、惊吓和悲痛全对我卷来，我本能地就放声大哭，边哭边喊：

"妈妈呀！爸爸呀！妈妈呀！爸爸呀！……"

我泪眼迷糊地看到，母亲的身子居然动了，接着，我感到母亲的手，在水底摸到了我的脚。

原来，母亲并没有死，她只是被水淹得昏昏沉沉，这时，被我一阵呼天抢地的哭喊，竟然喊醒了。她母性的本能还想保护我，伸手在水底摸索，正好握住我的脚。顿时间，她醒了，真的醒了。

我看到母亲挣扎着从水里坐起来，又去拉扯父亲，父亲也没死，从水中湿淋淋地坐起来，怔怔地看着母亲。母亲流泪说："不能死！我们死了，凤凰怎么办？"

一句话说得我更大哭不止。于是，三人拥抱着，哭成一团。突然间，父亲和母亲决定不死了。

我们三个，又从水里爬上岸。

那天，有很好的太阳，我们三个人，从头发到衣服都滴着水，除了身上的湿衣服以外，三人都两手空空，别无长物。离开家乡以来，这是第一次如此"一贫如洗"。我们还真是入水"洗"过了。顶着满头的阳光，我们大踏步地往前走去。因为我没鞋子，父亲心疼，常常把我背在背上，我对亲情的感受从没那时来得深厚。尤其，失去了两个心爱的弟弟！

父母都走得很安静、很沉默，也很轻松，因为他们真的一点"负担"也没有了。他们似乎连顾忌和害怕也没有了。对一切都不在乎了（事实上，以后许多年，父母都常谈起这次"死后重生"，认为那是一生中最"海阔天空"的一刹那，将生与死、得与失，都置之脑后）。

我们就这样又"活"过来了。

# 十四、老县长

一家五口，现在只剩下三个人。我喉咙中始终哽着，不敢哭，只怕一哭，父母又会去"死"。

以往，我们的旅程中虽然充满了惊险，也曾在千钧一发的当儿，逃过了劫难。但是，总是全家团圆在一块儿，有那种"生死与共"的心情。现在，失去了弟弟，什么都不一样了。麒麟爱闹，小弟淘气，一旦没有他们两个的声音，我们的旅程，一下子变得如此安静，安静得让人只想哭。

我们忍着泪，缓缓而行，奇怪的是，一路上居然一个人也没有碰到，连那队被王排长所遭遇的日军，也始终没有追来。

**东安城外，风景绝美，草木宜人，花香鸟语，竟是一片宁静的乡野气氛。谁能知道这份宁静的背后，隐藏着多少的腥风血雨！发生过多少的妻离子散！**我们走着，在我那强烈的对弟弟的想念中，更深切地体会到对日军的恐怖和痛恨！

平常我也常和弟弟们吵嘴打架，争取"男女平等"（湖南人是非常重男轻女的）。而现在，我想到的，全是弟弟们好的地方。我暗中发过不止一千一万次誓，如果我今生能再和弟弟们相聚，我将永远让他们、爱他们、宠他们……可是，战乱中兵荒马乱，一经离散，从何再谈团聚？他们早已不知是生是死，流离何处。

那一整天，我们就走着，走着。母亲会突然停下脚步，啜泣着低唤弟弟们的名字。于是，我和父亲也会停下来，一家三口，紧拥着哭在一起。一会儿，我们就继续往前走。在我的记忆中，从没有一天是那么荒凉，那么渺无人影的。郊外，连个竹篱茅舍都没有，国军都已撤离，日军一直没有出现……**仿佛整个世界上，只剩下了我们这三个人。**

我们似乎走过一座小木桥，似乎翻过了一座小荒山，黄昏的时候，我们终于听到了鸡声和犬吠，证明我们已来到了人的世界！加快了脚步，我们发现来到了一个相当大的村庄。

那村庄房屋鳞次栉比，像一个小小的市镇（可惜我已忘记那村庄的名字），在村庄唯一入口的道路上，却站着好几个身强力壮的年轻人，像站岗般守在那儿。我们跋涉了一天，在剧烈的哀痛中，和长途步行的劳累下，早已筋疲力尽而饥肠辘辘。再加上一路上没见到一个人，现在，看到了我们自己的同胞，心里就已热血翻腾，恨不得拥抱每一个中国人。我们感慨交加地往村庄中走去，谁知道，才举步进去，那站岗的年轻人就忽然拿了一把步枪，在我们面前一横，大声说："什么人，站住，检查！"

我们愕然止步，父亲惊异和悲伤之余，忍不住仰天长叹，一迭声地说：

"好！好！好！我们一路上听日军说这两句话，想不到，现在还要受中国人的检查！只为了不甘心做沦陷区的老百姓，才落到父子分离，孑然一身！检查！我们还剩下什么东西可以被检查！"

父亲这几句话说得又悲愤，又激动。话才说完，就有一个白发萧萧、面目慈祥的老人从那些年轻人后面走了出来，他对父亲深深一揖，说：

"对不起，我们把村子里的壮丁集合起来，是预备和日军拼命到底的。检查过路人，是预防有汉奸化了装来探听消息。我听您的几句话，知道您一定不是普通难民。我是这儿的县长，如果您不嫌弃，请到寒舍便饭，我们有多余的房间，可以招待您一家过夜！"

老县长的态度礼貌而诚恳，措辞又文雅，立刻获得父母的信任和好感。于是，那晚，我们就到了老县长家里，老县长杀鸡杀鸭，招待了我们一餐丰盛之至的晚餐。席间，老县长询问我们的来历和逃难经过，父亲把我们一路上的遭遇，含泪尽述。老县长听得十分动容，陪着父亲掉了不少眼泪。最后，老县长忽然正色对父亲说：

"陈先生，您想去后方，固然是很好，可是，您有没有为留在沦陷区的老百姓想过？"

父亲不解。老县长十分激昂地说：

"您看，陈先生。中日之战已经进行了七年，还要打多久，我们谁都不知道。日军已向东安进逼，打到我们村里来，也是弹指之间的事，早晚，我们这里也要像湖南其他城镇一样沦陷。我已经周密地计划过了……"他完全把父亲引为知己，坦白地说，"我把附近几个村庄联合起来，少壮的组织游击队，发誓和日军打到底。老弱妇孺，必须疏散到深山里去，我们在山里已经布置好了，只要日军一来，就全村退进深山，以免被日军蹂躏。那深山非常隐蔽，又有游击队保护，绝不至于沦入敌手。可是，我一直忧虑的，是我们的孩子们，这些孩子需要受教育，如果这长期抗战再打十年八年，谁来教育我们的孩子？谁来教他们中国的文化和历史？谁来灌输他们民族意识？陈先生，您是一个教育家，您难道没有想过这问题吗？"

父亲愕然地望着老县长，感动而折服。于是，老县长拍着父亲的肩膀，热烈地说：

"陈先生，留下来，我们需要您！您想想，走到四川是一条漫长的路，您已经失去了两个儿子，未来仍然吉凶难卜！与其去冒险，不如留下来，为我们教育下一代，不要让他们做亡国奴！"

老县长的话显然很有道理，因为父亲是越来越动容了。但是，父亲有父亲的固执：

"为了逃出沦陷区，我已经付出了太高的代价，在这么高的代价之下，依然半途而废，未免太不值得了！不行！我还是要走！"

"留下来！"老县长激烈地说，"留下来比走更有意义！"

"不行，我觉得走比留下来有意义！"

那晚，我很早就睡了，因为我已经好累好累。可是，迷迷糊糊地，我听到父亲和老县长一直在争执，在辩论，在热烈地谈话，他们似乎辩论了一整夜。可是，早上，当老县长默然地送我们出城，怅然不乐地望着我们的时候，我知道父亲仍然固执着自己的目标。父亲和老县长依依握别，老县长送了我们一些盘缠，他的妻子还送了我一双鞋子，是她小脚穿的鞋子。我只走了几步路，就放弃了那双鞋。我至今记得老县长那飘飘白发，和他那激昂慷慨耿直的个性。**长大之后我还常想，一个小农村里能有这样爱国和睿智的老人，这才是中国这民族伟大和不朽的地方！**

我记下老县长这一段，只因为他对我们以后的命运又有了极大的影响。我们怎知道，冥冥中，这老县长也操纵了我们的未来呢？

和老县长分手后，我们又继续我们的行程，在那郊外的小路上，行行重行行，翻山涉水，中午时分，我们抵达了另一个乡镇。

　　这个乡镇并不比前一个小，也是个人烟稠密的村庄，我们才到村庄外面，就看到一个三十余岁的青年男人，正若有所待地站在那儿。看到了我们，他迎上前来，很礼貌地对父亲说：

　　"请问您是不是陈先生？"

　　父亲惊奇得跳了起来，在这广西边境的陌生小镇上，怎会有人认得我们而等在这儿？那年轻人愉快地笑了，诚恳地说：

　　"我的父亲就是您昨夜投宿的那个村庄的老县长，我父亲连夜派人送信给我，要我在村庄外面迎接您。并且，为了我们的孩子们，请您留下来！"

　　原来那老县长的儿子，在这个镇上开杂货店，老县长虽然放我们离去，却派人送信给儿子，再为挽留我们而努力。父亲和母亲都那么感动，感动得说不出话来。于是，我们去了这年轻人的家里。

　　在那家庭中，我们像贵宾一样地被款待，那年轻人有个和我年龄相若的女儿，他找出全套的衣服鞋子，给我重新换过。年轻人不住口地对父亲说：

　　"爸爸说，失去您，是我们全乡镇的不幸！"

　　父亲望着母亲，好半天，他不说话。然后，他重重地拍了一下桌子，下决心地说："好了！你们说服了我！我们留下来了！不走了！"

　　于是，我们在那不知名的乡镇里住了下来。

这一住，使我们一家的历史又改写了。假若我们一直住下去，不知会怎样发展。假如我们根本不停留，又不知会怎样发展。而我们住下了，不多不少，我们住了三天！为什么只住了三天？我也不了解。只知道，三天后，父亲忽然心血来潮，强烈地想继续我们的行程，他又不愿留下来了，不愿"半途而废"。虽然，老县长的儿子竭力挽留，我们却在第四天的清晨，又离开了那小镇，再度开始了我们的行程。

这三天的逗留，是命运的安排吗？谁知道呢？

# 十五、难民火车

我不知道有没有人记得抗战时期的"难民火车"，我不知道坐过那火车的人能不能忘记那种经验。

我们离开那小乡镇后，翻过了一座荒山，就第一次看到了去桂林的难民火车！初听汽笛的狂鸣，初次看到那么多的人，车厢里，车厢顶上，车厢下面……人叠着人，人挤着人……我们兴奋得大叫。有火车，我们不必再走路了！有火车，我们就安全了！有火车，可以把我们带往四川！于是，我们爬上了车顶，挤进了人潮里。

在我记忆中，那难民火车有"上""中""下"三等位子。"上"位是高踞车厢顶上，坐在那儿，无论刮风、下雨、大太阳，你都浴在"新鲜"的"空气"中。白天被太阳晒得发昏，夜晚被露水和夜风冻得冰冷。至于下雨的日子，就更不用去叙述了。"中"位是车厢里面，想象中，这儿有车厢的保护，没有风吹日晒雨淋的苦恼，一定比较舒服。可是，车厢里的人是道道地地地挤沙丁鱼，男男女女、老老少少，混杂在一个车厢中，站在那儿也可以睡着，反正四面的人墙支撑着你倒不下去。于是，孩子们的大小便常就地解决，车厢里的汗味、尿味、各种腐败食物的臭味都可以使人生病。何况，那车厢里还有一部分呻吟不止的伤兵和病患。"下"位是最不可思议的，如今回忆起来，我仍然心有余悸。在车厢底下，车轮与车轮的上面，有两条长长的铁条，难民们在铁条上架上了木板，平躺在木板上面，鼻子顶着的就是车厢的底，身侧轰隆轰隆旋转的就是车轮。稍一不慎，滚到铁轨上去，就会被碾为肉泥。

这，就是难民火车。

我和父母还算幸运，我们在"上"位上找到了一块位置。我想，三种位子里还是上位最好。但是，当时选择车顶的人比选择车厢的人仍然少得多。因为车顶上极不安全，一根凸出的树枝可以把你扫下车子，电线可以挂住你，打个瞌睡，也可能滑下车子。所以，每个动作都要小心翼翼，坐好了就不能移动。

我们有了"上位"，本以为是一段"徒步跋涉"的终止，谁知道，搭上了车，我们才发现高兴得太早。姑不论坐在那种车顶上有多少限制和恐惧，那车子是烧煤的，阵阵煤烟，随风而至，车子开了没多久，我们也都成了黑人，而且被煤烟呛得咳个不停。再加上，时时刻刻，可以听到一阵惨呼或哭叫，使我们明白又发生了一件"意料之内"的"意外"。在一个大的战乱里，生命是那么渺小而不值钱。

过了没多久，我们又有个新发现，这难民火车并不是挨站停车，而是"随时"停车，高兴走的时候走，高兴停的时候停，停多久也不一定。因为燃料的不继，常常一停就停上好几小时，又因为火力的不足，常常会把整节车厢抛下来不顾了。我们就这样坐在车顶上，走一阵，停一阵，再走一阵，再停一阵……白天，黑夜，黎明，黄昏……一日又一日。

我们坐在那儿想弟弟、想未来、想那早就该到达而始终未曾到达的桂林城。母亲常常啜泣，我用手紧紧地环抱住母亲，父亲再用手紧紧地环抱住我们。父母和我都知道，我们再也不能分散。因而，在那几日搭难民火车的时间里，我们要下车就三个人一起下，要上车也三个人一起上，生怕车子忽然开走，又把我们给分散了。

这难民火车越走越慢，越停越久，我们相信，如果是步行的话，我们早已到了桂林。这火车的速度比步行还慢，可是，母亲的脚创未愈，我的脚上更是伤痕累累，坐车总比走路好，所以我们也就一直搭着那辆火车。

这样，我们居然又遭遇了一件奇迹！

这天早晨，车子又停了。和往常一样，停下来似乎就没有再走的意思。停了一个多小时以后，我坚持下车走一走，因为我又两腿发麻了。父母带着我下了车，怕那火车说走就走，我们沿着车厢，在铁轨边走来走去，活动着筋骨。就在此时，忽然有个声音在大叫着：

"陈先生！陈先生！陈先生！"

我们循声看去，在一个车厢顶上，有位军人正对着父亲又挥手又挥帽子，大呼大叫。我们跑过去，那是个负着轻伤的伤兵！看来似曾相识，那军人上气不接下气地、急促地嚷着：

**"陈先生！我是曾连长的部下！你快去找我们的连长，你家的两个娃仔，被我们连长找到了！"**

不相信我们的耳朵，不相信我们的听觉。父母一时之间，竟呆若木鸡。然后，是一阵发疯般地狂喜及雀跃，父母忘形地大跳大叫，夹杂着父亲紧张、兴奋、语无伦次的询问声：

"真的，你亲眼看到吗？他们好吗？但是……但是……你的连长在什么地方？"

"连长在桂林！他今天才去的桂林！你们去桂林找他！孩子们找到了！找到了！他们好好的！我亲眼看到的！"那军人和我们一样兴奋，"快去桂林！快去！"

桂林！啊！桂林！父母相对注视了一秒钟，看了看那毫无动静的难民火车。同时，他们做了一个决定，举起手来，他们对那军人感激涕零地嚷着：

"谢谢！谢谢！谢谢！"

然后，父母一边一个，拉着我的手，我们放开脚步，就沿着铁路，向桂林城的方向狂奔而去。

# 十六、弟弟找到了

桂林！桂林！桂林！

我想，父母和我，都从未这样发疯般地狂奔过，我们跑得上气不接下气，跑得无法呼吸时才停止，休息一两分钟，又再度狂跑，这样，我们一直跑了好几小时。那难民火车，始终没有开上来。

从早上跑到中午，我们终于到了桂林城！

抵达了桂林城，天知道我们有多焦急、多兴奋、多迫切！一进城门，我们就呆住了！

仿佛又回到了当日的东安城，满桂林都是各路驻军，街边上、民房中，全是军人，老百姓几乎找不到，只见到满城满街的驻军。桂林比东安大，这么大一个城中，在成千成万的驻军里，哪儿去找曾连长？父亲顾不得避嫌，看到任何军官就问：

"请问您知道二十七团辎重连连长曾彪驻扎在什么地方吗？"

"不知道！"

不知道！不知道！不知道！没有人知道！父亲越问越急，这消息显然有些靠不住，曾连长确实在桂林城吗？父亲焦灼得满街乱闯：

"你知道曾连长吗？"

"你认识二十七团辎重连连长吗？"

一个军官拦住了父亲。

"老百姓为什么要打听军队？"他狐疑地问，"你的身份是什么？"

父亲惶急地解释着，就在这时，一声熟悉的大吼忽然传了过来：

"陈先生！陈先生！陈先生！"

**我们一抬头，迎面大踏步冲来的，正是曾连长！父亲忘形地**狂叫了一声：

"曾连长！"

冲过去，他们紧拥在一起，父亲顿时泪如雨下。曾连长急急地说：

"好了！好了！这下好了！我正准备今天下午，把你的两个儿子送到乡下我的老家里去，交给我的老婆抚养，如果你们晚来一天，就见不到这两个孩子了！"

"他们好吗？"母亲哭泣着，"你怎么找到他们的？他们没受伤吗？"

"两个小家伙又壮又结实！"曾连长笑着，"怎么找到的？说来话长！我们一直以为两个挑夫落在后面，谁知道他们早已出了东安城，走到前面去了。那两个挑夫准是发现落了单，就不安好心，商量着开了小差了。把两个孩子遗弃在一条小路上！事有凑巧，我出了东安城，就选了这条小路，王排长听到有孩子哭，找了过去，两个孩子正爬在一口荒井上哭呢！说爸爸妈妈不要他们了！"

母亲想笑，却一直哭，父亲也泪盈满眶。曾连长带着我们往他驻扎的院落里走去，一面说：

"我曾经派人奔回东安城去找你们，却没有找到，我想，战争总有一天会结束，结束后，我要在四川、湖南，各大报登启事找你们，把孩子还给你们，如果找不到，这两个孩子，就是我自己的儿子了！"

没有言语可以说出我们对曾连长的感激。我那时虽如此稚龄，却也能体会到父母那刻骨铭心的感谢和激动。

这样，在一间小小的平房里，我们又见到了我那失踪多日的两个弟弟！

至今记得当时的情景：

小弟弟一看到母亲，就"哇"的一声放声大哭，扑奔过来，用手紧紧箍住母亲的脖子，把脸埋进母亲的怀里。麒麟手中有一把玩具小手枪，大约是王排长找来给他的。看到了我们，他瘪了瘪嘴，红着眼睛，举着枪，对我们瞄准，说：

"砰砰砰！打你们，你们好坏，为什么不要我们了？"

父亲跑过去，把他抱进怀里，于是，他也哭了。我跑过去，加入了他们，我也哭了。

**我们一家人拥抱着，哭成一团，抱得好紧好紧。什么叫"喜极而泣"，什么叫"悲欢离合"，我在那一瞬间全了解了。**

我们哭了好一会儿，然后，父母拉着我们三个孩子，转身对曾连长跪了下去。这是我这一生中，第一次看到父母亲这样诚心诚意地跪倒在一位恩人的面前。

我们和弟弟，前后整整分散了七天。在一个大战乱里，分散七天而又重聚，像个传奇，像个神话，像个难以置信的故事！后来和曾连长谈起来，我们才知道，曾连长是当天才到桂林的，如果我们早到桂林一天，碰不到曾连长，晚来一天，弟弟们已被送到遥远的地方去了！

是谁安排我和父母遇到那热心的老县长，在那小镇莫名其妙地逗留了三天？为什么是三天而不是四天？是谁安排我哭醒父母，从河中爬起来继续求生？是谁安排我们搭上那班难民火车，刚好遇到连长的部下？人生的事，差之毫厘，就谬以千里！从此，我虽是无神论者，却相信"命运"二字！我和弟弟们的故事，我只能说："命运"太神奇！

所以我常说，人生的故事，是由许多"偶然"造成的，信不信？

# 十七、别了！曾连长！

在桂林城中，和弟弟们重逢之后，我记得，我们并没有停留多久。因为战火的蔓延，桂林城中，早已重兵驻扎，而日军环伺左右，桂林城早晚要成为一个战场，绝不是个可以停留的地方。

那两天，父母亲和曾连长有谈不完的话，我和弟弟们都三跪九叩地拜倒在曾连长面前，正式认了曾连长为干爹。本来，和曾连长重逢，我们原可以又像以前一样，在连长的保护下往前走。谁知道曾连长奉命"死守桂林"。既有"死守"二字，就等于与桂林共存亡了。曾连长一面部署他的队伍，一面安排我们全家的去路。他用充满信心和希望的语气对我们说：

"你们先去后方，我们把日本鬼子赶走，胜利之后，再好好地团聚！喝它两杯酒，来回忆我们的认识经过！"

我不知道父母心里怎么想，我对曾连长，却已有那份孺慕之情，总记得跟着他骑马翻越大风坳的日子，总记得喝他水壶中的水的情景，总记得他把我失去的弟弟们带回给我们的那种奇迹！可是，我们终于离开了曾连长！

我们是搭难民火车离开桂林城的。曾连长在找到弟弟们的同时，也找到了被挑夫们抛弃的行李，所以，我们的行李，又都回到我们身边了。连长预先派他的部下，在难民火车的车厢中，给我们占了一块不算很小的位置，于是，一天清晨，我们全上了火车，倚着车窗，含泪望着站在月台上的曾连长。

车子终于蠕动了，曾连长仍然站在那儿，一身军装，威武挺拔。他不住地对我们挥手，我们也不住地对他挥手，车子越开越快，越开越远，曾连长的影子就越来越小，终于再也看不见了。

别矣，曾连长！

这是我们最后一次见到曾连长。在我们以后的流亡生活中，不断打听桂林的消息，知道桂林终于失守。但是，我们都很有信心，曾连长一定等着和我们"举杯话当年"，只是，茫茫人海，一别之后，就杳无音讯了。

（胜利后，我们曾经多方寻找曾连长的下落，可惜一直没有找到，这是我们全家都引以为憾的一件事。）

和曾连长告别，搭着难民火车，我们的目标是先入贵州，再往四川。当时，是遵照曾连长的指示，走一条入山的小路，从桂林往西边走。

记忆中，这一段路程相当模糊。难民火车似乎只搭乘了一小段路，就不知道为什么又开始徒步而行了。失去了挑夫，我们不但每个孩子都要步行，而且，连六岁的我，背上都背着包袱，行行重行行，每日徒步三十里路。

只记得那条路上，满坑满谷都是难民，拖儿带女，扶老携幼，是一次大规模的流亡。至今闭上眼睛，还能回忆出那条崎岖山路中的难民群，和那幅背井离乡的凄凉景况。我们走得苦极了，小弟弟总是哭，可是，我们一家人是团圆的！弟弟的哭声也变得可爱了！我想，在那么多难民中，可能只有我们家，在凄凉之余，还有一份劫后重生的喜悦吧！

可是，好景能维持多久呢？喜悦又能维持多久呢？战乱中朝不保夕，我们的生命力，又能有多强？

# 十八、打摆子

我们沿途的食物和住宿，都是依赖身边仅有的一点盘缠。和曾连长分手时，曾连长又坚持送了我们一点钱。靠这有限的一点资金，我们流亡到了贵州的融县时，终于分文不名了。

融县（不知是否如此写法，记忆已经模糊）是个相当大的县镇，当时也挤满了难民。我们投宿在一家小客栈中，父亲发现城里居然还有当铺，于是，我们的衣物，母亲收藏在内衣中的一些仅有的小首饰，就一一进了当铺。这样，只能勉强日换三餐、夜换一宿。然而，就在这最艰苦的时候，母亲终于病倒了。

当时，贵州、广西一带，都像瘟疫般流行着疟疾，病势凶猛，患者忽冷忽热。普通疟疾都隔日发作一次，而贵州的疟疾，却每日发作，来势汹汹，而且持久不退。当时在难民群中，死于疟疾的人非常多。当地的人称这个病为"打摆子"，几乎人人听到打摆子就变色，因为这种病可以缠绵数年或数十年，而治疗此病的奎宁药片，又十分昂贵。我们真是"屋漏更遭连夜雨"，母亲竟染上了恶性疟疾，病倒在小客栈里了。

没有钱，没有医药，没有食物，举目无亲而前途茫茫。那困守在小客栈中的日子真是凄惨万分。母亲躺在那张木板床上，终日呻吟不绝，父亲每天抱着一些已没有当铺肯接受的衣物，出去想办法，只希望能换得几片药片。我印象中最深刻的就是那间小木板房，我每日守在母亲病床前面，听着母亲一声又一声的呻吟，我心中越来越慌张，越来越恐怖。自从流亡开始，我早就已经体会出"死亡"及"离别"的意义，这时候，当父亲出外奔走，而把照顾母亲的责任交给我的时候，我那么害怕，"死亡"的阴影，似乎笼罩在整个房间里。

一天，我又在这种情绪下守着母亲，那小屋里空气极坏，我一直头昏昏的，心里又急又怕，母亲的呻吟使我紧张得浑身都痛。忽然，母亲睁开眼睛望着我，含着满眼眶的泪水对我说：

"孩子，如果妈妈死了，你们怎么办？"

我再也撑持不住，"哇"的一声，我放声痛哭，我这一哭，把母亲也吓了一大跳，她慌忙搂住我，安慰我，不绝口地说：

"别怕！别怕！妈妈吓你！"

可是，我哭不停了。哭着，哭着，我浑身抽搐而晕倒了。等我醒来，医生在屋里，我躺在母亲身边，头上压着冷毛巾，浑身滚烫……我早已感染了疟疾，只是硬撑在那儿，现在是完全发作了。

这样，在那小客栈里，母亲和我都病倒了。那"打摆子"的滋味，至今还深深刻在我记忆中，它忽而热得你满身大汗，忽而又冷入骨髓，使你周身抖颤，再加上剧烈的头疼和浑身酸痛。六岁的我，毕竟无法忍受这些，我开始哭泣，不停地哭泣。（后来，这病曾折磨我好几年，忽好忽发，直到胜利后复员到上海，才完全治愈。）

一家五口，病倒了两个。请医生的钱再也筹不出来了，客栈的住宿费也欠了很多，客栈老板生怕我们母女死在他的客栈里，不住地催我们搬走。到了这步田地，真正是已经山穷水尽，一家五口，挤在小房间里，彼此面面相觑，不禁都凄然泪下。这时，我们全家，除了身上的衣服之外，都早已典当一空，再也没有东西可以卖了。

眼看全家要结束在这小山城里，母亲显然已放弃了希望，她常常和父亲谈起死亡。我病得昏昏沉沉，总是回忆起在东安河里的情形，当时何以不死？今日难道会死？这样，"奇迹"又再度来临了。

这天，父亲和往日一样，又出去"想办法"。我和母亲都躺在那暗沉沉的房间里呻吟等死。忽然间，门开了，父亲带着一个年轻人走了进来，兴奋地对母亲嚷：

"你瞧！我遇见了谁？"

同时，那年轻人直扑床前，激动地喊：

"陈师母，你们怎么会狼狈到这种地步？"

原来，这是父亲教过的一个学生，姓萧（名字叫什么，我已记不清楚）。当时，萧先生正在广西大学当助教，而广西大学正好疏散到融县。父亲满街乱窜时，竟遇到了这位萧先生！

当时，萧先生一看我们母女都已病得半死，弟弟们也都饿得半死，他毫不迟疑，立即跑出去，请医生，买药，买食物，结清欠客栈的钱……他马不停蹄地为我们全家奔走，那份热心及热情，真令人感动。**我们一家，总在危急关头，有这样的奇遇，也实在是很费解的事。或者，患难之中，人与人之间，更容易发扬潜在的互助之情吧！**

我们的难关，终于在萧先生的全力协助下渡过了。疟疾也被药物所控制了。但是，我们已身无分文，而前面的路还长着呢，如何继续下去呢？为了解决我们以后的问题，萧先生又把父亲介绍给广西大学。当时，广西大学的教授职员，都已经走的走了，散的散了，学校当局，正为师资缺乏而焦虑，虽在战争中，学校仍有复课的信心。他们和父亲一谈之下，认为父亲是难得的人才，立刻聘用了父亲。于是，我们做梦也想不到，在融县那个小地方，只因我们母女一病，父亲竟进入了广西大学，有了职业，有了薪水，解决了我们以后许多困难。

于是，我们跟着广西大学，集体行动，继续往贵州撤退。第一步，就是搭乘一条小木船，沿着山间的一条激流融河，往贵州的榕江前进。在这小船中，我们又度过了惊险刺激的二十天。

# 十九、融河二十日

我们坐的小船，正像国画中老渔翁垂钓江边的那种小船，细细长长的，中间有一个半圆的篷，是用竹片编成的，篷的两头是船头和船尾，篷下便是"船舱"。在图画中，这种船是很诗情画意的，但你必须乘坐这种小船，挨过二十天的激流逆行，就简直苦不堪言了。

广西大学一共租下了二十多条这种小船，编成了一个船队。每两户人家共乘一条船。我们当然也与另外一家人共同使用一条船。"船舱"的中间挂起了一条布幔，作为藩篱。这一半的"船舱"有多大呢？在我的记忆中，比一张方桌大不了多少。白天，我们一家大小五口，围坐在一起，中间用一床棉被盖住腿，说说笑笑，倒也容易挨过。到了晚上，面积怎么也不够五个人平卧下来，必须有两个人轮流睡到船头的"甲板"上去——至少有两个人的头或脚，必须暴露在"船篷"以外——天晴，倒也罢了，到了下雨刮风的天气，可真惨不忍睹。风浪太急的时候，江水也会溅得衣襟尽湿，露水也会浸得你彻骨冰冷。

记忆中，我常常轮到睡在"甲板"上！（也许父母认为我比弟弟们年长一点，比他们更能忍受一点风寒。）记忆中，我常常被冰凉的雨水、河水、露水冷醒！记忆中，我还是倦极而入眠。

那么长时期的"煎熬"，居然没有生病，也可说是奇迹了！

船舱的面积，已不够我们容身，炊事只能发展到船头上去。伙食当然是愈简单愈好，早餐稀饭，用点红糖拌一下就打发过去了，午晚餐，用白饭拌点猪油和盐，就可以充饥了。我们经常就这样没有佐菜下饭的。可能隔一天才有一道"美味"打牙祭——几颗辣椒炒豆豉。那一小瓶辣椒豆豉，实在太珍贵了，全家食用时，定量分配，每人只能分几颗，我记得那几颗辣椒豆豉，比山珍海味还可口，必须在口中嚼上老半天，才舍得吞下肚去！

有一天，船队停泊下来的时候，有些船民，煮了新鲜的玉米来兜售。我们实在抵制不了这么大的诱惑，孩子们吵翻了天，要求父母买玉米。事实上，我们穷得不应该有这样奢侈的享受，但是父母还是狠下心买了一根玉米，像分珍珠一样地大家分食。如果辣椒豆豉是山珍海味的话，那一根玉米，不啻是龙肝凤肉了！

我们这条船，是由父子二人来操纵的，那父亲才三十来岁，儿子只有十岁左右，还是一个孩子，所以实际上，只能算一个半人。这样满满的一船人，这样漫长的路程，由这样一个半人来操纵，前途如何真不可想象。

开船以后，比我们想象更坏。

融河，也称融江，两岸都是千仞峭壁，江水湍急，处处有暗礁，时时有漩涡，真是危机四伏。这种船当然没有机械动力，也没有风帆，全靠父子二人合力用竹篙、用木桨，与江水奋斗，所以船速缓慢，并且只能在白天行舟，入晚就停泊在岸边。为了怕江水把船冲散，停泊时二十多条船都用绳子串联在一起。如果停泊的地方无法上岸，大家只能枯守一夜，如果停在一个大站，有码头可以上岸，这可是一大乐事，就可以去补充一点必须补充的用品，也可以上岸伸展一下手脚。当然，孩子们只许在岸边玩玩，不许走远。我记得我最喜欢在岸边捡各种颜色的鹅卵石。有一天，我捡到一些白得晶莹可爱的石块，人家告诉我是打火石，可把我乐极了。我常常蹲在船头用打火石碰击着玩，看点点火星飞耀，觉得美极了、快乐极了，也帮助我度过不少这些难挨的日子。（后来我常用"火花"形容自己，说不定就是这些打火石打出的小火花，在我脑中种下了的深刻印象。）

有一天，我又蹲在船头玩打火石，船一个颠簸，便把我颠到江水中去了，江水湍急，眼看就要小命归天，幸好船夫眼疾手快，他的泳术是何等高明，一下子就把我救起来了。虽然命是捡回来了，但我失去了这些宝贵的打火石，难过极了。当时，我觉得这些打火石比生命更可贵！我的童年没有什么玩具，可是到现在我还记得清清楚楚，我的小锦旗和我的打火石！

后来，我又掉进水中好几次，几乎每个人都有掉进水的经验，因为我们每个人必须在船舷解决一些"大事""小事"，掉进江水的机会是很多的。好在船夫十分机警，每一次都被他救起来，然后，大家就"有恃无恐"了！

但不幸的事件，终于又发生了，我们生命的保障——那位年轻力壮的船夫突然病倒了，是潜伏的疟疾症发作。英雄只怕病来磨，何况一打起"摆子"，任凭你钢筋铁骨，也禁不起折磨。

虽然，他咬了牙"主持大局"，不过划船、撑篙的重任，也就落在他儿子身上，也就是说，我们两家人的性命，操纵在一个孩子手中了！

船速愈来愈慢，终于脱离了船队，无助地在激流中漂流。

船夫和他的儿子——加上船上其他成人们手忙脚乱地帮忙，勉强把船靠到了岸边，船夫上岸买药。那时候，这条船的主宰就完完全全落在这个十来岁大的孩子身上。

水流太急，绷断了绳缆，船便向下流漂去。孩子用尽了浑身解数，设法把船稳住，他虽然"身怀绝技"，毕竟力气不够，最后，他实在没有办法了，只能用双手抓住岸边的杂草，全船的人也都纷纷抓住可抓的东西——一块大石，或一根树根。

总算在筋疲力尽的时候，救星出现了，船夫买了药回来了，靠着他的经验和技巧，把船稳住。

第二天，我们终于又赶上了船队，大家都不相信我们会归队。已经有两条船离失，而从此失去了踪影。

经过了这次"大难"以后，我们更能忍受生活方面的痛苦。对这条小船，也增进了不少信心，不再羡慕那些坐"大船"的人们了。

对了，这些小船是我们这种贫穷的难民坐的，富有的人家，可以包大船，船舱宽大舒敞。几十个纤夫在岸上拉纤，再由两排船夫在船上撑篙，配合着前进。

我记得那些纤夫躬着身子，拼命地向前一步步迈进，绳子都好像快要嵌进肉里去了。他们那些深沉的呼叫声，单调的、重复的、凄怆的，有韵律的嗨哟、嗨哟的呼叫。这不是歌，这是为生存而挣扎的呐喊。拉纤的在岸上每喊一声，船上的船夫们就应一声。

我中学时学会了一支歌《拉纤行》：

前进复前进，

大家纤在手。

顾视掌舵人，

坚强意不苟。

骇浪惊涛中，

前进且从容。

无涯终可至，

南北或西东。

曲子是洪亮动听的，歌词是快快乐乐的，中间所谓的"骇浪惊涛中，前进且从容"与我小时候目睹的景象完全不同，那前进绝不"从容"，而是"沉重"。我觉得我们宁可多吃一点苦坐上这条小船，而不愿坐那些把舒适建筑在别人痛苦上的大船。

终于，我们愈来愈耐得住苦楚了。

终于，我们到达目的地——榕江。

但是，榕江并不是我们的真正目的地，我们真正的目的地是重庆。从榕江到重庆，还有好长好长的一段旅程。

到了榕江，广西大学本身发生了财务困难，既无法发放薪水，也无法继续整队向内地疏散，于是大家纷纷各奔前程，无形中解散了。父亲又失业了，而我们的生活，仍然要继续下去，行程，也要继续下去。

# 二十、糍粑与红薯

贵州当地人最常吃的一种食物是糍粑，用糯米磨粉做糕，油煎而成。

另一种比糍粑更廉价而足可果腹的食物是红薯，那时候天气太冷，两手拿着蒸得软软热热的红薯，边走边吃也真是乱世中的一大享受呢！

我父母一商议，卖这两种"价廉物美"的食物，可能是最好的生计；再一商议，决定双管齐下——我父亲去卖红薯，我母亲去卖糍粑。全家分成两组，我是归入父亲的一组。因此，母亲卖糍粑的经过，我没法目睹，父亲卖红薯的故事，却使我记忆犹新。

当时的榕江，挤满了难民，大家又都各谋生计，父亲卖红薯，有更多的人也在卖红薯，大家卖红薯，又叫又吼的，生意兴隆。我这位爸爸大人啊，平常在讲台上是滔滔不绝的，在市场上，却真呆若木鸡，完全不知道如何去招揽顾客。他悠闲得很，潇洒得很，姜太公钓鱼，愿者上钩，静待顾客上门。顾客偏偏不上门，一个问津的人都没有，他既不急又不恼，只是静静地等下去。

终于皇天不负苦心人，等到别的红薯摊把红薯卖得差不多后，总算有一条鱼儿自动上钩来了。我们好高兴地招呼这位"贵人"——他要买半斤红薯。

我这位"好好先生"似的父亲兴高采烈地到锅里去捞红薯，锅中的红薯一直用火炖着，所以烫得很。他可不知道如何把如此滚烫的红薯捞出来，好不容易一面捞而一面掉地捞出了一些红薯，包了起来用秤来称，糟了，他不会认秤，不知道怎样才算半斤。称来称去称了半天，也不知道是多重，他满头大汗地对我说："凤凰，怎样才算半斤？"天啊，我那时候才六岁，怎会认秤，后来还是旁边的摊贩实在看得忍不住，帮他称好了半斤红薯。当他把红薯从秤上拿下来的时候，那些红薯全部掉到地上去了。

那位顾客已经忍无可忍，我父亲心一横，干脆把秤往地上一扔，把锅盖一开，对那位顾客说："你自己拿吧，你爱拿多少就拿多少！"

这是唯一的一笔交易。我妈妈卖糍粑的经过如何，不得而知，却只记得以后几天，我们的一天三餐不是红薯，便是糍粑。

# 二十一、瞿伯伯

然后，我们认识了瞿伯伯。

在我们这一路的流亡生涯中，真认识了不少奇异的人物，像曾连长，像老县长，像萧先生……现在，我们又认识了瞿伯伯。

瞿伯伯是个"人物"！

瞿伯伯原是广西大学的一位职员，大约四十岁，带着太太和三个女儿，一家也是五口。他们跟着广西大学撤退到榕江，广西大学解散了。有的教职员留在榕江，有的就近去投奔亲友，而我父亲呢，却坚持要携家带眷，走到四川去！虽然我们现在已到贵州，离四川还有段距离呢！带着稚龄儿女，要翻山越岭，仍然不是一件简单的事。我父亲执意要走，无独有偶，瞿伯伯也执意要走！

瞿伯伯说，我们两家合起来一起走，彼此都有个照应，就不那么孤单了。瞿伯伯说，两家孩子，还可以交朋友，说说笑笑，就走到四川了。瞿伯伯还说，他有很多谋生技能，不怕没饭吃！瞿伯伯最后又透露，他有一项秘密本领，可以逢凶化吉，遇难呈祥，还能治百病……原来他笃信我佛如来，会念《大悲咒》，还会念《金刚经》！

于是，我们一家就和瞿伯伯一家，联合在一起，继续了以后这段行程。

这段路线是怎么走的，我已经都不记得了，只记得沿途妙事一件接一件地发生。有瞿伯伯在，几乎没有任何时候是"乏味"的。

这一路上，难民极多，大家都是把行李扎好后，连锅盘餐具用扁担挑在肩上走，这样，才能随时随地停下来烧锅煮饭。

我父亲本来不可能去挑担的。但是，人家瞿伯伯都挑了，我父亲就不得不挑了。何况，瞿伯伯在旁边一个劲儿地鼓励：

"挑担有什么难？只要是男人都会挑！用一点体力而已！你尽管挑，我帮你念《金刚经》，有我念《金刚经》，你一定挑得平平稳稳！"

于是，我父亲就挑起担来了。挑担这玩意儿，说来容易，事实上可不简单，打包要技术，重心要平衡，我们真担心父亲一介书生，是不是能吃得了苦！但是，他真的把担子挑起来了，也真的走了不少路，只是人家走五步，他走十步，人家走直线，他走曲线。走得我们全家提心吊胆，走得瞿伯伯嘴中喃喃念经念个没停。

好不容易走到黄昏，到了一家废弃的大院子。许多难民都到这院子里去过夜。院子的围墙有个大缺口，可以从缺口处抄近路直接进院子，否则就要绕好长一段路从大门进去。那缺口堆满砖头瓦片，高低不平。我们前面有个挑担的难民，为了走缺口而摔了一大跤，把瓶瓶罐罐都摔碎了。所以，母亲叮嘱父亲说：

"你不要逞能走缺口，我们还是走大门吧！你瞧，人家都摔了！"

"人家摔！我不会摔！"我父亲居然"神勇"起来了，"你看我一路不是挑得好好的吗？"

"是啊！"瞿伯伯在一边吆喝，"你尽管走缺口，有我呢，我帮你念经！"

于是，我父亲就大踏步地跨上缺口，瞿伯伯大声地念经，说时迟那时快，扁担的两头摇晃得像个疯狂的钟摆，只听到一声"哐啷啷"的巨响，父亲已倒在破砖残瓦中。我们真吓坏了，都扑过去扶父亲，他哎哟哟地爬了起来，居然没有摔伤，只是我们唯一的那个饭锅，已破成两半，碗啊筷啊的碎了满地。瞿伯伯在旁边惊魂甫定地拍着胸口说：

"你瞧！幸好我帮你念《金刚经》，全身都没伤着，否则，不摔断一条腿才怪！"

那晚，我最后的记忆，是母亲用半片锅炒菜给我们吃，我们用半片碗盛饭吃。

# 二十二、捡柴

碗盘都摔碎之后，对父亲而言，倒是减轻了一项大负担，他不需要再挑担了。

我们把行李化整为零，每人——包括我，背上背一个小包袱，其余的剩下东西，扎一个大包里，挂在父亲的脖子上（父亲的背上，常常要背我小弟弟，所以只好挂在脖子上）。

这样的行程，既慢又苦，对我印象最深的，莫过于常常要我们孩子们去捡柴。这真是一件十分艰难而又痛苦的事——至少对我这样一个六岁大的女孩而言。不是找不到合适的，往往找到了又抢不过别的大孩子，即使捡到了也常被男孩子们抢了去。我在捡柴的任务中，屡屡败北。

但是我知道，我非捡到柴不可，否则就煮不了饭！没有饭，大家就得挨饿，所以我常常拼命地去完成任务！

记得有一天，经过了一个锯木厂，父母叫我去捡废材和木屑，但是也有很多别的孩子在抢那些废材。我实在捡不到柴，正在着急，却发现一堆劈得好好的木柴，不管三七二十一就拿。但拿不了多少，就被人逮住了。那人很生气、很凶，问我为什么要偷他的木柴，我吓坏了，却不肯把柴还给他，那人看我可怜，动了恻隐之心，他说：

"只要你唱一个歌、跳一个舞给我看，就把这些柴送给你。"

我全身都没有音乐细胞，也没有跳舞的细胞，但是我还是一面跳舞，一面唱歌：

弟弟疲倦了，眼睛小，

眼睛小，要睡觉……


　　这是我童年中唯一会唱的歌，我一面唱，一面忍住泪。

　　我在前面的故事里曾经提到过一面小锦旗，当初为了要那可爱的小锦旗，我记得也曾在我父亲的同事们面前唱歌，唱的也是这首歌。不过那时候，唱得很高兴，唱完了大家鼓掌，我真快乐。唱完后，得到那面锦旗，更是乐不可支。

　　尽管唱的是同一首歌，我这次的感受可真难过极了。唱的时候，又想起了那面失去的小锦旗，和失去的欢笑，唱着唱着，终于唱哭了。哭得那个人也不忍心再逗我，才放了我！

　　这小小的故事，在我的童年中，印象极为深刻。我曾经写了一篇短篇小说，题名叫《舞》，就是写这段遭遇和心情。


# 二十三、一个猪头大家啃


　　捡柴是孩子们的事，找食物可是大人们的工作，事实上，兵荒马乱的时候，这可真是难如登天的工作，我父亲和瞿伯伯总是分头去找，找到什么吃什么。

　　记得有一个晚上，我们到了一个十分荒凉的小村，大部分人家已弃屋他去，留下两三户人家，也是门窗紧闭，给我的印象仿佛到了一个鬼村。

父亲和瞿伯伯把两家妻小安置在一个破烂的土地庙里，就分头去找吃的。那时候，天昏地暗，他们又没有什么手电筒，点了"火炬"，眼看着他们的火炬愈离愈远，真是担心极了，恐怖极了。

不知等了多久，好像等了一辈子似的，总算瞿伯伯回来了，火炬已熄，大家听到叹息声，心中都知道他已徒劳而返。

大家既担心我父亲，却又把希望寄托在我父亲身上，瞿伯伯又开始一个劲儿地念经，什么《大悲咒》《金刚经》，一遍又一遍，没完没停，如果那些经声真能充饥的话，足以撑死我们这一群人！

在瞿伯伯的经声中，在焦急的期待中，我父亲翩然出现了，看他那副兴奋昂扬的样子，就知道他大有收获。

父亲抱回了一个大大大大的猪头！

记得我从小就会念一首儿歌：

巴巴掌，油馅饼，

你卖胭脂，我卖粉，

卖到泸州蚀了本，买个猪头大家啃，

啃不动，丢在河里乒乒砰！

那个猪头可真不容易啃，（等不及煮得很烂啊！）但大伙儿怎舍得把它丢在河里，大家还是啃得津津有味，在我的印象里，至少那锅汤是鲜美极了！我一生中很少尝到这样鲜美的汤！

大家始终不知道父亲怎样弄来的那个猪头，至少他的功劳大极了！但是瞿伯伯认为是他念经念来的！

瞿伯伯真是一个大大的好人，既幽默又风趣，但信佛可一点儿也不含糊，他相信虔诚可以解决一切问题。

例如：他有一个十岁大的女儿，患了牙痛，腮帮子肿得红红的，痛苦不堪，瞿伯伯发现了，把女儿叫过来，很有信心，也很有权威地说："牙痛？！没关系，我替你念经！"

他在她腮帮子上画了符就大声念起来，念了半天，问他的女儿说："不痛了吧？"问得很有信心，很有权威。

我眼见他女儿痛得龇牙咧嘴，腮帮子肿得愈高了，她还是含着泪，喃喃地说："好点了，好点了！"

瞿伯伯这下子可乐了，笑着说："我说嘛，只要诚心念经，什么都可以解决！"


# 二十四、强盗与县长


我们在贵州的流浪生涯中，一直有瞿伯伯做伴，使我们此行中，多了许多乐趣。在这段行程里，偶尔我们也会搭上一辆木炭汽车，我前面所记载，我曾摔下车子把鼻子上摔了一个大伤口，就在贵州境内（现在回想，我居然没有摔死，可能和瞿伯伯念经有关）。但，绝大部分时间，我们都是步行的。

有一天晚上，我们到了一个小镇，寄宿在一个民家，饭后大家聊天，那民家的人问我们第二天要去哪儿，父亲说计划翻过一个山到另一个叫"剑河"的小县城去。

那家人说："山上有土匪，翻山很危险呢！"

父亲问："我们都是难民，逃难逃得那么惨，身无分文，还有什么可抢的！"

那家人说："其实有些难民把金子、首饰缝在破棉袄里，不一定都是一贫如洗的！"

瞿伯伯除了念经外，最爱说笑话，他说："对，对，对！别看我们这些打满补丁的破棉袄，里面可真缝了不少宝贝呢！"

"那么说，你们明天可要小心，别翻那座山了！"

"强盗有什么可怕的！"瞿伯伯说，"我念经就把他们念跑了！"

第二天，我们还是决定翻那座山，反正我们什么也没有，有什么可怕呢！

**更何况瞿伯伯会念经！**

那座山真的十分荒凉，十分可怕，一上山就觉得不对劲，在草长及膝的小径中行走，真不是滋味。使我想起遍是荆棘的大风坳。

瞿伯伯一路上很认真地念经，又是《大悲咒》，又是《金刚经》，愈念愈大声。

突然，听到一声大喝，草丛中跳出了五六个彪形大汉，不用说，瞿伯伯念经没有把强盗念掉，他们在等着我们呢！（事后我们猜想，头一晚我们大概就投宿在强盗窝里。）

他们非但把各人的包裹抢去，连每人身上打满补丁的破棉袄也被逼脱下来抢了去。

等他们呼啸而去，我们每人穿着单薄的衣服，在山风中发抖。

瞿伯伯说，假使不是念经，强盗不会让我们留下单衣穿，也许还会把我们统统杀了！

所以，他又念起经来了，不过，在念经声中，夹杂不少愤怒的"不平之鸣"，他倒不是骂那些心狠手辣的强盗，他骂的是剑河县的县长，怎可容许在他县境里有强盗出现！

"等我们到了县城，我要到县政府去控告县长渎职！"他十分生气地说，并且意志十分坚决，"到了省城，我还要到省政府去告，到了四川，我还要到中央政府里去告！"

眼前的问题是：天渐入晚，大家又十分寒冷，绝对翻不完这座山，于是在山上捡了树枝，生了火，大家围坐一圈，度过了又恐怖又寒冷的一晚。

第二天太阳出来后，大家赶着下山，到了剑河。

瞿伯伯真的怒气冲冲地找到县政府，告了县长一状。

县长接见了我们，瞿伯伯声色俱厉地责备了县长一顿，说他失职，更可恶的是，在他这样努力念经的情形下，那批强盗居然还敢出现！如果县长不处理这件案子，他要到省政府去告状。

这位忠厚的县长，一再道歉，一再安抚，一面招呼我们吃饱，一面又去找来些衣服，又去找了一幢旧房子，把我们安顿下来。

这样瞿伯伯的怒气，总算又消了一点。

县长真的去追捕那批强盗，但捉了好久，也没有捉到强盗。

那时候，我们再度一贫如洗，又不能一辈子靠县长接济，总得设法活下去。

天无绝人之路，瞿伯伯说，我们得想办法。

在抗战时期，话剧是很流行的，也着实出现了不少优秀的剧作家和演员。

瞿伯伯说，人家爱看戏，我们就演戏给他们看。他居然异想天开地计划演话剧了，而且，他"居然"凭他的三寸不烂之舌，说动了我保守的父母，大家热烈地筹备演出了！

# 二十五、《红薯熟了！》

好戏开锣了！

"舞台"在一条街口搭起来了，我不知道舞台是怎么搭起来的，也许本来就有这么一个舞台，抗战时代的后方，话剧是人人入迷的娱乐。

男主角是我爸爸，女主角是我妈妈。

瞿伯伯是真正的幕后英雄——他是制作人、前台经理、后台经理、布景、道具、效果、配音、服装、灯光，总之，一切的一切，由他一手包办。

当然，更重要的是，他是编剧，兼导演！

现在回想起来，瞿伯伯真的颇有一些戏剧天才。这出话剧，实在"极具水准"呢！

大人们忙于演戏，孩子们可就乐极了。戏开演前，没有人管我们，我们大可尽情地玩乐，戏开演，更乐，看自己父母在台上演戏，那是多么光彩、多么过瘾的事。

我一直是最忠实的观众，他们演出几场，我看几场，看得我把台词都记得滚瓜烂熟。

我记得那出戏叫作《红薯熟了!》。

故事讲一个小家庭，丈夫要出征，与妻子话别，妻子依依不舍，对丈夫说我正在煮红薯，等红薯熟了，吃了红薯再走。

窗外征集的号角响了——瞿伯伯的配音。

丈夫虽然很焦虑，但还是与妻子滔滔不绝地互诉衷情。

婴儿的哭声传来（当然是瞿伯伯的配音），妻子进去哄孩子。孩子哄睡了，妻子又出来情话绵绵。

号角又响了，妻子说我进去看看红薯熟了没有，等了一会儿出来，说："红薯还没有熟，但是快熟了!"

号角又响了! 一会儿孩子又哭了，妻子焦躁地进进出出，但红薯一直没有煮烂。

征集号角更响更急了! 出征的丈夫，实在不忍心再待下去，不忍面对离别的场面，等妻子再进厨房的时候，越窗而去。

妻子手里捧着一盘滚烫的红薯上场，嘴中喊着："红薯熟了! 红薯熟了!"但是发现已经人去楼空，泪满眶，手一松，盘子破了，红薯落满一地。

婴啼声、号角声、马蹄声、啜泣声中幕下。

这出戏非但写出了夫妻深情，也把当时抗战的气氛写得淋漓尽致，小故事看大时代，实在是很成功的呢!

观众倒也十分踊跃，观众的反应也十分热烈，但是在看完戏后，大家就快乐地、满足地一哄而散，很少有人自由乐捐一些演出的经费。

因此，演了几天的戏，非但不能赖以赚出一些家用，连每天必须打破的盘子，和那盘红薯都无法筹钱去补充，也就只好真正落幕了。

我们这一路的"逃难"，实在是高潮迭起，好戏连台。只会教书和念书的父母，为了谋生，简直使出了浑身解数。红薯、糍粑卖过了，粉墨登场也试过了。到此时，已经一筹莫展。这是我们无数次"山穷水尽"后，又面临一次"行不得也"的困境。

好心的县长，看我们戏又演不成，强盗也抓不到，觉得我们弄到这个地步，确实与他管理不善有关。当下，就急忙替父亲和瞿伯伯安排了两份工作，热心地对我们说：

"不要再走了，留下来吧！"

事实上，我们已经走得太累了，经过县长一挽留，大家真的在剑河停留下来。

这一停留，居然留了半年多。


# 二十六、抗战胜利了！


在剑河停留的一段日子，大概是我们流亡以来，最平静的日子了。母亲在这段日子中学会了做鞋子，我们三个孩子都有新鞋子穿了。父亲呢，他依旧忙忙碌碌的，有天，从邻居家抱回一个大牛角，原来他拜了个金石师父，学起刻图章来了。

父亲刻了一大堆牛角图章，兴犹未尽，有天，他砍了一段竹节，用竹根做了个笔筒，他在竹筒上面，精心雕刻了两个大字：

劲节

是这两个大字触动了父亲的心事吧，那些日子，他闷闷不乐，连瞿伯伯的笑话，也不能逗他笑了。于是，母亲明白了，她说：

"你还是想去四川吧！"

"是啊！"父亲长叹着，"一百里已经走了九十里了！现在停下来真没道理。"

"可是，我们没钱哪！"

"从东安河里爬出来的时候，我们有钱吗?"父亲问，"比起那时候，现在不是强多了！"原来，在剑河，父亲还有些小收入呢！

于是，那几天，父母商量又商量，终于决定了：我们要继续走下去，一直走到四川，一直走到重庆。这次，瞿伯伯不肯跟我们一起走了，他坚持要捉到强盗以后再走。但他祝福我们。当我们全家动身的那一天，他依依不舍地直送到城外，并为我们虔诚地念经祝祷！

我们又开始走了！

行行重行行，翻不完的山，走不完的路。

终于，我们到达四川省境内了。

记忆中，进入四川后，我们就开始在翻山越岭。

走山路是很苦的，那些山虽然荒凉，却常有土匪出没。我们一来要担心毒蛇野兽，一方面要担心土匪。虽然我们身上都没财物，但是，如果像上次一样，被土匪连换洗衣服都抢了去，我们又没有个瞿伯伯会念经告状，那岂不是灾情惨重！

这样，有天，我们在山中走着。走啊走的，突然前面出现两个壮丁，抬着个担架，担架上，一块白布连头带脚地盖住那躺着的人，默默地经过我们身边，走进深山里去了。父母有些疑惑，也不敢问什么。再走一会儿，又出现两个人，抬着蒙了白布的担架，走进深山里去。片刻，第三次，担架又出现了……

山风吹在人身上，突然变得凉飕飕的。那沉默的抬担架的人，那白布，那担架……不知怎的，一直让我们背脊发冷，这景象太诡异了。

终于，当又一个担架出现时，父亲忍不住问：

"怎么回事？有人生病吗？"

"生病？"抬担架的人瞪了父亲一眼，"死了！都死了！抬到山里去埋！"

原来，这些都是运尸人，那白布下都是尸体，再经探询，才知道这整个山区，都正在流行霍乱，每天都要死一批人，每天都有更多的人倒下。山区贫困，抗战时药物又缺乏，只能眼看一个个人死去！昨天抬尸的，今天可能就成了被抬的！

父母毛骨悚然，面色凝重，带着我们小心地趋避着那些尸体。整天，我们不停地遇到抬尸人，我和弟弟们，到底年纪小，见多了也就见怪不怪了。

到了黄昏时，我父亲背着我小弟弟，已走得上气不接下气，我和麒麟这对双胞胎，看到已经是下山路了，就手牵手冲下山去。父母都落在后面了。到了出山口，我们两个，早已饥肠辘辘，放眼看去，正好看到一个小贩在路口卖担担面，有个担架放在路边，两个抬担架的正在吃担担面。面香扑鼻而来，我和麒麟禁不起诱惑，就走过去，加入了那两个抬尸人，坐下来，各要了一碗担担面，我还很聪明地告诉小贩，母亲随后即至，会帮我们付钱。

我和麒麟，就这样大吃特吃起来，也不管这是疫区，也不管身旁就是尸体。等母亲赶来一看，吓得尖叫起来：

"啊呀！完了！完了！你们不要命了！万一传染了霍乱，连救都没法救！"

母亲又急又气，拉起我就打了我一掌，又给了麒麟一掌，麒麟每挨打就哭，这时扯开喉咙，就哭个不停了。母亲骂，麒麟哭，旁边的小贩在发愣，有个尸体躺在脚边……就在这种怪异而混乱的情况下，突然，一阵"噼里啪啦"的巨响，连珠炮似的响了起来，震动了整个山边。

"土匪来了！"母亲本能地喊，一把抱住麒麟。

"是枪战！"父亲说，"难道日军已攻到四川了吗？不可能的！"

话没说完，又一阵"噼里啪啦"的巨响。小贩吓得蹲下身子，用四川话和抬尸人大吼大叫，抬尸人站起来，开始往山下的小镇中跑去……眼前一片混乱，我们吓得呆呆地站着，动也不敢动。

然后，有一群人从小镇里跑出来了，他们叫着，笑着，手里高舞着一面旗帜，同时，在放着鞭炮，原来那"噼里啪啦"的巨响是鞭炮声呢！那群人一面放炮，一面大声嚷着：

"抗战胜利了！我们胜利了！日本人无条件投降！无条件投降！"父母呆怔着，不敢相信。

好半天，父亲才抓住一个年轻学生细问。

"真的，收音机已经转播了，抗战胜利了！"学生说。

父亲大叫起来，抱着母亲狂跳，母亲又哭又笑，我们孩子们绕在父母脚前，也跟着大笑大叫……在那一瞬间，兴奋把什么都淹没了，连对瘟疫的恐惧也没有了，全家人疯狂地拥抱着，疯狂地笑着、哭着、叫着：

"胜利了！胜利了！胜利了！"

是的，我们终于走到了四川，终于赶上了胜利！

我实在描写不出那时候欣喜若狂的心情，杜甫有一首七律《闻官军收河南河北》：

> 剑外忽传收蓟北，初闻涕泪满衣裳。
> 却看妻子愁何在，漫卷诗书喜欲狂。
> 白日放歌须纵酒，青春做伴好还乡。
> 即从巴峡穿巫峡，便下襄阳向洛阳。

还有什么句子比这几句话来形容我父母当时的心情更恰当呢？好一句"剑外忽传收蓟北，初闻涕泪满衣裳"！好一句"白日放歌须纵酒，青春做伴好还乡"！

还乡？不！虽然抗战已经胜利，虽然我们"逃难"的日子总算告一段落，虽然我们全家都欣喜若狂，但是，我们距离"还乡"的日子，却还远着呢！


# 二十七、泸南中学


我们一家人终于到达四川，抵达重庆。在万民腾欢中，迎接着胜利。但是，经过这样一年的长途跋涉，我们一家五口，除了身上穿的破衣服以外，真是一无所有，狼狈极了。幸好，重庆有我母亲的堂兄堂妹，我前面就写过，袁家是个大家族。这时，我三舅和三舅母收容了我们。其他在四川的舅舅阿姨也闻讯赶来接济。母亲是袁家长房的女儿，原是极尊贵极娇宠的千金小姐，如今竟然历经这么多风霜。一时间，大家围绕着父母，详问我们"逃难"的经过。人人听得目瞪口呆，简直不相信这么多的"故事"，会一桩桩、一件件地发生在我们身上！

那些日子，父母总是不厌其烦地说，说到伤心处，说的人掉泪，听的人也掉泪。我总是坐在人群中，听父母一遍一遍地说，我就一遍又一遍地重温这段惊涛骇浪、悲欢离合的岁月。所以，虽然当年我才六岁，这些往事已深深地铭刻在我内心深处。

"逃难"终于成了"过去"。"未来"将何去何从，就又成为父母必须面对的问题。这时，父亲不知道接受了哪个学校的聘书，要到一个名叫"李庄"的县城去教书。因为是战后，百业萧条，那学校连家眷宿舍都没有，只能安排父亲一个人的住宿。父亲虽然极不愿意在抗战刚胜利、我们阖家庆团圆的时候，却抛妻别子去李庄教书！但，分离事小，失业事大。何况我们三个孩子都年幼，嗷嗷待哺。所以，父亲决定去李庄教书。至于母亲和我们三个孩子，将怎么办？这时候，我的勋姨出来说话了：

"一点问题都没有，三姐和孩子们，全跟我到泸南中学去！我正缺少语文教员，三姐不是在湖南也教书吗？现在就去帮我当教员！"

勋姨是母亲的堂妹。母亲在长房中行三，所以勋姨称母亲为三姐。当时，我的勋姨和姨夫在四川的泸县，办了一所私立中学，一切刚刚草创，确实缺少师资。

就这样，我们和父亲暂时分离，跟着母亲，去了泸南中学。

泸南中学（我在《剪不断的乡愁》一书中，曾略略提起过这个学校和我的勋姨），在我印象中，那是一个非常有趣的地方。它是由一座大庙改建为学校的。教室就是庙宇中的大殿，所以每间教室里都有菩萨。我们住的宿舍，是以前和尚修行之处，简单而朴素。

经过了那么惨烈的一段"逃难"，现在，我们在泸南中学定居下来，真像到了天堂。

我的生活，一下子整个改变了。在我记忆中，那一年真是快活极了。母亲的学生们，都成了我的大哥哥（这里，要有一点小小说明，当时的四川，是很保守又很重男轻女的。女孩子全要在家中帮忙做事，没有父母肯把女儿送来读书。即使是男孩子，也是我勋姨和姨夫去一家一家说服，争取他们来念书的。所以学生都是男生，而且年龄很大，十八九岁的大男孩，往往还在念初一。而初一的学生，往往又连小学的学历都没有，母亲教他们，真是教得辛苦极了。但是，他们都是些又憨厚又热情又善良的青年，全成了我的"大哥哥"）。这些大哥哥们会带着我玩，教我养蚕，把我扛在肩上去采桑叶，带我到河边去捡鹅卵石……我童年中失去的欢笑，在这儿又一点一滴地找回来了。

也是在这个时期，母亲忽然发现我对文字的领悟力，在惊喜之余，开始教我念唐诗。我也初次体会到文字的魅力，开始兴奋地在文字中找寻乐趣了。

母亲的这个"发现"，是相当"偶然"的。

经过是这样的：母亲那些学生，年龄都已不小，但，不知怎的，念起书来就是不开窍。母亲常常一遍又一遍地讲解，那些大哥哥们依然听不懂。而我呢，从小就很依恋母亲，当她上课的时候，我总坐在教室的门槛上"旁听"，有一天，她在教《慈乌夜啼》，其中有这样两句话：

夜夜夜半啼，
闻者为沾襟。

因为有三个"夜"字，这些大哥哥们全糊涂了。母亲讲得舌敝唇焦，大家还是摇头听不懂。母亲有些怀疑自己的教书能力了。一急之下，发现坐在门槛的我，把我一把拉进教室里去问：

"凤凰，你知不知道这两句话的意思？"

"知道呀！"我答得干脆，母亲都愣了。

"那么，你说说看！"母亲大概是抱着姑且一试的心理。

我说了。据说，我解释得丝毫不差。从这天起，母亲太得意了，她开始教我李白、杜甫、白居易。我也认真地学习起来，从此，背唐诗取代了儿歌，我七岁已熟读了"梁上有双燕"和《慈乌夜啼》。我想，我后来会迷上写作，和这段背唐诗的日子大大有关。

在泸南中学的时期，我们家还有件大事。那就是我小妹妹的出世。原来，母亲在胜利后，就怀了我的小妹妹，对于这个小生命，母亲充满了期待之情。战争已经过去，苦难也应该随之而去。虽然目前的生活仍然艰辛，夫妻还不能团聚。但，远景是非常美好的。母亲自己也承认说，她孕育小妹这段时间，心中充满了甜蜜和喜悦。

一九四六年二月，我的小妹妹来到世间，参加了我们这个家庭。小妹长得很像母亲，皮肤细嫩，面目姣好，五官端正，脸上毫无瑕疵。她一出世，就成了我们全家的心肝宝贝。母亲爱她，我们做哥哥姐姐的也爱她。那年我已八岁，八岁的女孩子正是玩洋娃娃的年龄，我不玩洋娃娃（也没有洋娃娃可玩），我抱我的小妹妹。我真高兴母亲生了妹妹而不是弟弟，那时的我，已经和男孩子有段距离，我衷心盼望有个妹妹与我为伴，这愿望终于实现了。

远在湖南的祖父，早已知道我们这一路惊心动魄的故事。现在风平浪静，家中又喜添孙女，就忙着给孙女取名字。因为妹妹生在繁花似锦的春天，取了个小名叫"锦春"，父母觉得这名字有点儿俗气，但，是祖父取的，也就用了。不过，在我们家里，

我们都叫她"小妹"而不叫名字，正像叫"小弟"而不叫"巧
三"一样。

我们家里的四个兄弟姐妹，全部到齐。

第二年，父亲接了上海同济大学的聘书，我们全家终于团聚
了。离开了泸南中学，我们一家人迁居到上海，开始了另一段迥
然不同的生活。

# 二十八、在上海

从四川的乡间，到十里洋场的上海，这两个地方，实在有
太多太多的差距。我初到上海，看到鳞次栉比的高楼大厦，看到
满街穿梭不停的车水马龙，简直看得眼花缭乱。童年的我，从成
都，到湖南，经广西，越贵州，回四川，再来上海，我真走了一
条漫长的路！这条路不仅漫长，而且充满了狂风巨浪。

终于来到了上海，我们流浪的日子应该结束了吧！父母带着
我们四个孩子，开始在上海布置起一个全新的家！

"全新的家"很小，只有一间房间，在上海市外白渡桥的一
栋大楼里。这栋大楼有个很洋化的名字：礼查大楼。

礼查大楼是栋五层楼的楼房，很可能以前是个旅馆什么的。
因为，它每层楼都有很长很长的走廊，走廊一面是天井，另一面
就是一间一间的房间，每个房间都一模一样。房里附带一个极小

的浴室，奇怪的是，浴室里有洗澡盆而没有马桶，"大事""小事"都要到走廊尽头的公用厕所里去。

这礼查大楼，是同济大学的教职员宿舍。我们分配到的这间房间，在四楼。一家六口，大大小小就挤在这一间房间里生活。房里有一张床一个大书桌，白天父亲在书桌上改考卷，晚上铺上棉被就是床，我和弟弟们在上面睡觉。至于那间小浴室，母亲在浴盆上面架上木板，买了炉子烧锅煮饭。每隔几天，移开炉灶，孩子们集体洗澡。

似乎从我出世开始，贫困一直是我们家的问题。这会儿到了上海，情况丝毫没有好转。上海生活成本高，小妹嗷嗷待哺，奶粉贵得惊人。我们三个大的，正在飞快地长大。衣食住行，样样需要钱。父亲那份微薄的薪水，显然无法支持我们这六口之家。但是，在上海，我却有嫡亲的大舅舅、小四姨等。

这个时候，我的外祖父母都已与世长辞。母亲的大哥当律师，生活很宽裕，住在亚尔培路一栋非常讲究的房子里。兄妹已经许多年不曾见面，此时一见，不禁抱头痛哭。大舅看到我们一家，如此穷困潦倒，孩子们都面黄肌瘦。当下，就力劝父亲改行，不能再教书了，再教下去，孩子们都会饿死了。一篇谈话，把我那固执的父亲，谈得勃然大怒，拂袖而起，十分激动地说：

"人各有志！我念了一辈子书，也只会教书。穷，是我的命！做了我的妻儿，就只好跟着我过穷日子。改行，是绝不可能的事！"

父亲大怒而回，从此和大舅行迹疏远，话不投机。大舅劝他改行一事，深深伤了他的自尊。偏偏大舅的脾气也很倔强，看父亲如此食古不化，害苦了他的妹妹，对父亲也有许多埋怨。这样一来，我们和大舅家的来往，就变得很稀少了。只有我的大舅母，常常带着大包小包的衣服来我家，里面有许多小纱衣小纱裙，还是外祖母为我的出生而定做的，我始终没拿到，如今，却正好给比我小了八岁的小妹穿。看到这些衣物，别提了，母亲又哭了好几天。

我们终于安定了下来，苦虽苦，总是阖家团圆的。父亲开始考虑到我们三个大孩子的教育问题。于是，有一天，父亲带着我们三个，走进上海市第十六区国民小学。

这是我生平第一次进学校，接受学校教育。那年我九岁，算年龄，应该插班念小学三年级。学校给我做了一个简单的入学考试，就把我分配到三年级班，麒麟背不出书，降到二年级，小弟一年级。

活到九岁，我这才开始进学校念书，记忆中，念得真是辛苦极了。其实，不只是"辛苦"，简直是"痛苦"极了。

原来，我从四川来上海，讲的是一口四川话，而学校里，从老师到同学，大家都讲上海话。我语言不通，老师说什么我不懂，同学说什么我也不懂。再加上，我来自乡间，难免土里土气，上海的孩子，都精明能干，对比之下，我是相形见绌。再有，我从小，只有母亲教我背唐诗，我的阅读能力很强，但是，数学却连加法都不会，成绩完全跟不上。在这诸多原因下，我在学校中，真是苦极了。

上海的孩子会欺生，上课第一天，大家在操场中排队。前面的孩子把我往后推，后面的孩子把我往前推，我傻傻地站在队伍外面，手足失措，不知如何是好。老师走来，见我不排队，把我痛骂一顿。全班同学，窃窃偷笑，而我，哭着跑回家说："不要上学了！"

不上学是不行的。父母正要训练我们的独立精神和适应能力。我哭了一晚，又乖乖地回到学校去。逐渐地，一天又一天，同学不再欺侮我了。我也学着去交朋友，因为语言的隔阂，交朋友真太难了。

我上学上得很不顺利，两个弟弟也不顺利。麒麟从小脾气就坏，总是和同学打架。小弟弟更绝了。他一生没有规规矩矩在教室中坐上好几小时的经验，此时，要他坐着听老师讲课，他怎么坐得住？不知怎的，他发现只要举手对老师说：

"我要尿尿！"

老师就会让他去上厕所。结果，他每节课都要举十几次手，去上厕所。有一次，老师忍无可忍，生气地说：

"不许去！"

小弟见计谋不成，如坐针毡，居然威胁起老师来：

"你不让我去，我会尿裤子！"

"尿就尿！"老师说，"不许去就不许去！"

谁知，老师的话才说完，我那小弟真的就"就地解决"起来，弄得全班师生大惊失色。那时，学校里有个规定，学生讲了粗话或做错事，要用红笔在嘴上画一个圈，那红墨水画在嘴上，洗好几天都洗不掉。老师这一气，就在小弟嘴上画了好几个红圈。那天麒麟因为打架骂人，也被老师用红笔在嘴上画了圈。结果，我正上了一半的课，训导主任跑来通知我说：

"你今天不要上课了，把你两个弟弟带回家去吧，他们一个尿了裤子，一个打了架！"

学校离我们家，要走一大段路。平常，都是我带着两个弟弟上课下课。那天，我领着两个弟弟回家，看到他们嘴上画的红圈，和小弟的湿裤子，真是觉得丢人极了。两个弟弟还气呼呼地嘟着嘴，路人都回头看着我们笑。我又羞又恼，对两个弟弟说：

"早知道，你们两个在东安城丢掉就算了，找回来干什么，这么麻烦！"

话才说完，想起两个弟弟在东安失散后的凄凉惨状，不禁大大后悔起来，心中一酸，泪水就滴滴落下。小弟见我哭了，就也哭了，用手拉着我的衣襟说：

"你不要哭，我以后再也不敢了！"

麒麟见我们两个都哭了，眼眶就也红了起来。我在那一瞬间，体会出我是这个家庭的"长姐"，两个弟弟，终生都是弟弟，不论他们怎样，我再也不要和他们分开。于是，我一手揽住一个弟弟，三人一路哭着回家。到了家里，我急忙把两个弟弟藏进浴室，拼命帮他们两个洗掉嘴上的红圈，就怕父母看到了，会和我一样伤心。

在上海的生活就是这样的。记忆中，属于欢乐的事情实在不多。**贫穷会把欢乐从身边偷走**。冬天的上海，冷得出奇，我和弟弟们缺乏冬衣，冷得牙齿和牙齿打战。每天三个人手牵手地去上学，经过卖糖炒栗子的摊子，真想买一包糖炒栗子来暖暖手、甜甜嘴，但是，身上没有钱，就是吃不到。学校的同学流行跳橡皮筋，人人手中一大串，只有我没有。那时，心里最大的愿望，就是有一串橡皮筋，直到离开上海，愿望都没有实现。

说实话，从小，我就在困苦中长大。但是，只有在上海的这段时间，对困苦的感觉特别敏锐。

在上海住了一段日子，因为父亲的收入实在不够维持（大舅一直想接济我们，父亲骄傲地拒绝了。只有大舅母，变着花样，吃的穿的，经常往我们家送），母亲见这样不是办法，就也去中学里教起书来。这样一来，我就忙了，每天下了课，就飞奔回家照顾小妹妹。我家那张大书桌，已不够我们睡，我们就打起地铺来。从那时候开始，我就成了妹妹的小保姆。

生活里的喜悦实在不多。但是，也就在那年，我发现了写作的快乐。我写了我生平的第一篇小说《可怜的小青》。父亲读了，似乎颇受感动，他帮我寄给了《大公报》的儿童版。当这篇稿子刊登出来之后，我整天捧着那张报纸，兴奋得茶不思、饭不想。把自己这篇短文，读了起码一百遍。《可怜的小青》，到底写些什么？如今已不复记忆。但，顾名思义，那"可怜的小青"，必然有自我的写照吧！

自从在报上发表了作品之后，我开始迷上写作了。每天下课回家，就涂涂写写。那时，我的小四姨参加了话剧社，演出曹禺的《北京人》。当年，小四姨是个胖妞，很有喜感。虽然不是主角，却是重要的次角，我因此可以拿到招待券。去戏院看小四姨演话剧，是记忆中最快乐的事。看完话剧回家，我居然写起剧本来了。不会分场，我全写"独幕剧"。人物一多就搞不清，我全写"双人剧"。好长一段时间，我乐此不疲，父母看了我的"编剧"，只是笑。因为我的取材，全是父亲与母亲间的"对白"，所谈的问题，全是逃难时的点点滴滴。

我这些"剧本"真可怜，从没有发表过、出版过，当然也没有人演出过。最后，都进了垃圾桶。

我在上海念了一年书，渐渐有了朋友，学会了说上海话，也熟悉了上海的大街小巷。我会一个人逛书店，逛得忘了回家吃晚饭。也会抱着妹妹，去外白渡桥上看船，看落日。每到星期天，就和弟弟们去外滩公园奔跑——以发泄我们在一间房间内无法发泄的体力。

但是，父母的脸色又不对了，上海市的气氛也不对了。物价飞涨，金圆券贬值，上海的商店中，发生了惊人的大抢购……这些事情，对幼年的我来说，是根本无法了解的。我唯一熟悉的，是那种紧张的气氛。我知道，战争又逼近了！

果然，战争又逼近了。上次是抗日战争，这次是内战。对我而言，战争代表的就是流浪和苦难。父母脸上又失去了笑容，他们整天讨论着讨论着。最后，父亲决定，把母亲和我们四个孩子，先送回湖南老家去。他继续留在上海，把他未教完的那学期教完。于是，我们离开了刚刚熟悉的上海，又回到了湖南。

这是我们第二次回乡，第二次和祖父团聚。两次都在战争的阴影下，两次，湖南都只是我们的中途站，而不是我们长久栖息的地方。

# 二十九、再度回乡

在衡阳市，我们和祖父重聚了。四个孩子，一排跪下，给祖父磕头。小妹妹还小，不会磕头，母亲扶着她跪下，扶着她磕下头去。上次和祖父离别时，小妹尚未出世，现在，小妹已牙牙学语。祖父拉起了我们，一个个轮流看过去，最后，伸手抱起了小妹。他的头发和胡须都白了。以前那颇为威严的眼光，现在充满了慈祥。他抱着小妹，看着我们，微笑着，哽咽地说了句：

"生当乱世，大家还能团聚，真好，真好！"

那时的祖父，一定没有想到，这次的团聚，只是再一次别离的序幕。

回到衡阳，母亲认为我们三个大孩子，刚刚开始的学校教育不能中断，于是，把我们送进衡阳市的刚直小学，去继续念书。至于她自己，她又接了一个中学的聘书，那中学离衡阳市很远，而我们全家，依然有无法解决的经济问题。母亲毅然丢下我们三个大孩子，带着襁褓中的小妹，远离衡阳，去教书去了。

这是我童年中唯一一段时间，离开了父亲，也离开了母亲。不过，这年的我，已不再是第一次回乡的那个小女孩，我够大了。大得已经能照顾两个弟弟，在他们淘气时阻止他们，在他们伤心时安抚他们。但是，母亲当然不会让我们三人自己照顾自己，她把我们交付给我的表姐王代训和表哥王代杰。

代训表姐和代杰表哥，是我姑妈的儿女。这个姑妈，就是祖父原配夫人所生的女儿。代训表姐那时才新婚，表哥还是个年轻的小伙子。我们大家在衡阳市租了几间房间住，那房间在一个四合院里，记忆中，那栋四合院名叫"怡园"。

我的代训表姐，是个非常温柔、善良、诚恳而真挚的小妇人，她个子不高，说话声音轻柔，做事小心翼翼。那段时间，她受母亲重托，带我们三个孩子，真正做到了"长姐如母"，却也做得非常非常辛苦。因为小弟的淘气，已经出了名，麒麟脾气火暴，不是和同学打架，就是和邻居动手。只有我比较安静，但是也有我的麻烦，那时我已爱书成癖，一天到晚要买书，母亲留下的生活费实在不多，省吃俭用，勉强维持，哪里还有闲钱买书？我就会为了不能买书，整天眼泪汪汪的。

在怡园，还有一件事让我记忆深刻。那就是我们的"吃"。原来，母亲叮嘱表姐，无论怎么穷，必须想尽办法，给我们三个足够的营养。于是，表姐就去腌了一大坛的咸蛋。我们的早饭是咸蛋配稀饭，中午是咸蛋配干饭，晚饭是干饭配咸蛋。吃了好几个星期，小弟一端上饭碗就做各种鬼脸，麒麟直截了当大喊不吃咸蛋，我揉揉肚子声称不饿，就离开饭桌去看书。表姐一看不是办法，慌忙去帮我们烧了一锅红烧肉，用荸荠和肉一起炖。锅端上桌，我们三个欢声雷动，举起筷子，才发现锅中没有几块肉，全是荸荠。

生活就是这样"贫困"的。但是，在这种艰苦的生活中，祖父过八十岁大寿，仍然过得轰动而热闹。

祖父那时在衡阳城内教书，为了过寿，提前就回了老家兰芝堂。我们三个和母亲，都赶回了兰芝堂。这一回到兰芝堂，我才知道祖父是多么"德高望重"。许许多多亲友，总有一百多人，都从湖南各地，赶到兰芝堂来为祖父祝寿。兰芝堂张灯结彩，鞭炮声不断地响。因为客人随时随刻会到，兰芝堂中摆起了流水席，虽然酒席不算丰盛，总是祖父的小辈们一番心意。兰芝堂前面有一汪鱼池，养了许多年的鱼，大家都舍不得吃。这时都捞起来以飨宾客。

除了流水席以外，兰芝堂也扎起了戏台子，请来戏班子演戏。乡下人没有什么娱乐，几十里路方圆中的邻居，都赶过来看戏。我杂在人群中，也看得不亦乐乎。当祖父和母亲都累极了，回新屋去睡觉时，我仍然不肯走，小弟和麒麟当然也不走，声称要看到戏散。戏散时已经深夜十二点，祖父的忠仆黄才余带着我们回新屋，他扛着小弟，牵着麒麟，手里提着盏风灯走田埂小路。我已多年没走过田埂小路，一跤就摔进了路边的水田里，弄得一身都是泥。回到新屋，母亲又着急又叹气，因为我只有身上这一套衣服可穿，第二天还要帮祖父接待来宾呢！母亲连夜洗衣服，衣服不干。第二天我只好穿着弟弟的背带裤去给祖父的朋友磕头。

磕头。谈起磕头，祖父的旧规矩不变。见了长辈，我们这三个孩子照例要磕头。别人给祖父拜寿时我们也要磕头答礼，真是磕不完的头。在这个时候，我的表侄儿唐昭学出现了。唐昭学那时读高中，大约十七八岁，是个很憨厚很守规矩——据说——书也念得一级棒的青年。很不幸，他刚好比我们的辈分小了一辈，虽然年龄比我们大了一截，却成为我和弟弟们胡闹的目标！见了长辈要磕头！小弟拉着祖父，跳着脚兴奋地嚷：

"唐昭学是不是要给我们磕头？快叫他给我们磕头！我们磕

了好多头，才轮到一个来磕还给我们！"

唐昭学不肯磕头，也不肯叫我表姑，别别扭扭地鞠了个躬就逃走了。但是，祖父过完寿，我们回到衡阳继续念书，唐昭学每到假日都到怡园来，成为我最好的朋友。

那一年，我过完了十岁生日，已经很懂事了。十岁以后，是我在衡阳停留的最后一年（事实上，也是我在大陆停留的最后一年），许多事在我记忆中都历历如绘，其中，包括唐昭学的笛子。

唐昭学有一支笛子，他随身带着，一有空闲，他就拿出笛子来吹。他吹得非常好。我从小对音乐、戏剧、文学、艺术都爱。这时，唯一接触到的音乐，就是唐昭学的笛子。我觉得他吹得真是美妙极了，就常常缠着他吹笛子，他也有求必应，一次一次地吹给我听。我得寸进尺，要求他把笛子送给我，他却坚持不肯。原来，这支笛子是他一个好朋友，亲手用竹子雕琢给他的。现在，这位好友已分别了，他为了纪念好友，更是一刻也离不开那支笛子。

有一段时间，唐昭学和他的笛子，陪我度过了许多孤寂的时光。父亲滞留上海，母亲远去教书，那年的我颇感孤独。幸好有表哥表姐和唐昭学。记忆里，我小时并不淘气，战乱和贫穷已经使我早熟。可是，不知怎的，有一天我居然和唐昭学吵起架来。因为他辈分比我低，我对他真是肆无忌惮，我猜想，吵架的理由一定是我在无理取闹，所以他对我不肯让步。吵着吵着，我一时火起，竟抓起他的笛子，用力往桌上敲去。他飞扑上去救笛子，笛子居然裂成了好几片。在那一刹那，我呆住了，他也呆住了。

说真话，我绝没想到，笛子一敲就会裂。当笛子裂了，我吓得目瞪口呆，心里说不出有多后悔。唐昭学脸色发青，抓了破笛子对我又吼又叫。偏偏表姐袒护我，跑出来就对唐昭学大骂一顿：

"一支笛子有什么了不起？那么大的男孩子，和小女孩吵架！你羞不羞？何况人家小凤凰，还是你的表姑呢！"

唐昭学一气之下，拿着破笛子，转身就冲出了房间。接下来好长的一段日子，他都不来理我。

当唐昭学终于又来找我讲话的时候，父亲已从上海匆匆赶回，母亲也从学校辞职回衡阳。衡阳城中，一片乱糟糟，刚直小学停课了，许多同学都回到乡下去了。父母和祖父，又开始夜以继日地讨论。这种气氛，对我来说，是那么熟悉，每当大人们脸色沉重地讨论，每当学校里学生纷纷离去，每当城市中的人们行色仓皇……就是离别的时候到了。

离别的时候确实到了。一九四九年的春天，我们再次离开祖父。四个孩子，和祖父一一拥别，祖父叮嘱又叮嘱：等时局安定了，早日归来呀！我们乘上火车，要到广州，再搭船去台湾。大家都认为，这次的离别，不会比上次久。祖父虽已八十，仍身强体健，团聚的日子，是指日可待的！谁知道，这一次别离，我们和祖父，竟成永诀！

祖父、表哥、表姐、唐昭学都到车站来送我们。表哥还上了车子，送了我们好多站。我倚着车窗，看着衡阳城迅速地消失，真想对唐昭学说一声对不起！真想抱紧祖父的脖子，亲一亲他白色的胡须，真想告诉表姐，我爱吃她的咸蛋……我什么都没做，只是用双手攀住车窗，眼睁睁地看着祖父、亲人和衡阳城，在我的视线中逐渐远去，远去，远去。

当时，我再也没料到，这次的别离会长达三十九年！直到一九八八年四月，我才有机会回到大陆，重新见到表哥、表姐和唐昭学！我这一句"对不起"，迟了整整三十九年，终于在武汉的长江大饭店内，对唐昭学说了。表姐的咸蛋！当我重睹表姐时，她已白发苍苍，握紧了我的手，她泪汪汪地说：

"大概是吃了我的咸蛋，才让你有个好头脑，能够写小说吧！"

大概是吧！一九八八年，我紧拥着我的表姐。小凤凰都已老了，唐昭学两鬓已斑，表哥的儿子都已大学毕业了……而我那亲爱的祖父，早已去世，墓木已拱。

人生，是多么短促。世事，是多么难料呀！

# 三十、初抵台湾

一九四九年夏天，我们一家六口，在几经波折之后，终于来到台湾。（我们在广州，曾经滞留了两个月之久，因为我们在公共汽车上遇到了扒手，把我们的入台证和旅费全部扒走了。父亲在大街小巷中贴启事，呼吁那位"扒手贵人"把证件还给我们。后来，那位"贵人"真的看到了启事，把入台证寄还到旅社。同时，在台湾的王伯伯，又及时寄给父亲旅费，我们才终于成行。记忆中，我们的旅程，总是一波三折的。）

初抵台湾，所有的事物都很新奇。

父亲接受了师范大学的聘书，在中文系当副教授。师大分配给我们家一幢二十个榻榻米大的日式房子。那时的台湾，才从日本人手中接收不久，街上的建筑，都是日式的，住宅区的住宅，也完全是日式的。我们的住宅很小，但是小归小，却"五脏俱全"。前面有小小的前院，前院里有棵大榕树，矮矮的围墙下，盛开着杜鹃和美人蕉。进门处有"玄关"，要脱鞋才能走上榻榻米。我们有三间房间，前面是八个榻榻米的客厅，后面有六个榻榻米的卧房，旁边还有间四个榻榻米的餐厅，餐厅后面有小小的厨房，卧室后面有长廊，长廊尽处是厕所。然后，还有小小的后院，后院中高耸着两株椰子树。

我还记得，迁进这房子的第一天，母亲就非常兴奋。我那可怜的母亲，她自从嫁给父亲，一直颠沛流离、居无定所。这时能住进一幢"独门独院"的房子，她就欣喜若狂了。她说：

"这是我结婚以来，第一次拥有'自己的家'！"

于是，母亲热心地擦榻榻米，擦地板，擦窗台，把整个房子擦得干干净净。我们孩子们，第一次住日式房子，进门要脱鞋，真不习惯。学着穿木屐，摔得七荤八素。最高兴的还是地上铺的榻榻米，反正住在哪儿都要打地铺，这次来到台湾，打起地铺来最简单。这栋日式小屋，我们一住就住了十几年。我们的童年，就在这日式房子中结束。两个弟弟，精力充沛，常在房子里打架，日式房子是纸门，他们一推一摔，就把纸门摔得稀巴烂。于是，父亲买来壁纸，发动全家糊纸门。一年内，我们总要糊好多次纸门。

生活仍然是艰苦的，父亲的一份薪水，依然不够我们全家的生活。母亲每天在算账，想办法缩减开支。我们穿的衣服，缝缝补补，不知改过多少次，大人的改给孩子穿，姐姐的改给妹妹穿，哥哥的改给弟弟穿。母亲一直亲自做家务。家里买不起木炭，都烧煤球炉，那煤球和炉子一样大，中间有许多孔，一个接一个，终年不熄火。但是，煤球的气味非常难闻，我一直睡在那四个榻榻米的餐厅里，夜夜嗅着那煤气，以至于直到现在，喉咙都不好。

我在小说《几度夕阳红》中，曾经形容过女主角李梦竹的生活，那就是我母亲的写照。我还引用过一首诗，那首诗也是我母亲写的：

刻苦持家岂惮劳？
夜深犹补仲由袍，
谁怜素手抽针冷，
绕砌虫吟秋月高！

由这首诗，就知道我们当年的生活了。

一九四九年秋季，我插班进入台北师范附小六年级，继续我那断断续续的学业，麒麟念五年级，小弟念三年级。小妹还不到学龄，喜欢爬上矮围墙，再从围墙爬上大榕树，坐在大榕树上看风景。

每天早上，我依然带着两个弟弟去上学。台湾是亚热带，夏天真是热极了。同学们一下课，就拥进福利社买冰棒吃。我和弟弟们没有钱，无法买冰棒，看到别人吃冰棒，真是羡慕极了。学校规定穿制服，一星期有两次"洗制服日"，就可以穿便服。到了穿便服的日子，同学们个个穿得鲜艳明丽，只有我穿着一件由母亲的旧旗袍改的裙子，不伦不类，说有多难看，就有多难看。整整一学年，我只有这一件裙子，没穿过第二件。每星期最怕的事，就是"洗制服日"。

麒麟和小弟，都到了最顽皮的年龄。别的孩子有玩具，我们没有。初到台湾，我第一次看到树叶上爬着的蜗牛，觉得新奇极了。我大呼小叫地喊弟弟们来看，说：

"台湾的田螺真奇怪，会背着它的壳爬树叶！"

弟弟们没有玩具，觉得蜗牛也很好玩。就把树叶上的蜗牛一个个摘下来，揣了一口袋，两个人比"蜗牛"，看谁找到的比较大。他们还试着要蜗牛"斗牛"，可惜蜗牛不是蟋蟀，一点斗性都没有。弟弟们弄了满口袋的蜗牛，玩得不亦乐乎。那天晚上，母亲照例巡视他们有没有盖好棉被，却发现他们全身爬满了蜗牛。母亲吓得大叫一声，差点没有当场晕倒。从此之后，勒令不许玩蜗牛。但是，不玩蜗牛玩什么呢？他们依然玩蜗牛。

那年我发现了电影。在植物园，每星期六晚上，放一场露天电影，票价非常便宜，只要一块钱。但是，我连一块钱都没有！我每天帮母亲洗碗，要求给我一点零用钱，母亲有时会给我一角钱。积蓄了好久，才积到一块钱。没有余钱搭汽车，我徒步走到植物园，要走整整一小时。看完电影，再走一小时回家。有一次，电影看到一半，下起大雨来。露天电影是禁不起下雨的，立即停演。我淋着雨奔回家，路又黑，雨又大，中途摔了一大跤，膝盖都摔出血来。到家后，我浑身湿透，像人鱼一样滴着水，脚跛着，路都走不稳。母亲见了，大惊失色，慌忙帮我换衣疗伤，一面就下令，以后不许去植物园看电影。不看电影怎么行呢？那是我仅有的娱乐呀！

童年，就是这样苦涩的。

第二年夏天，我十二岁，从北师附小毕业，考进了台北第一女中。

走进中学，童年就悄然而去。**细细想来，童年的天真活泼不多，挨过的风霜雨露却不少；幸福的感觉不多，离别的经验却不少；欢乐的事情不多，痛苦的滋味却不少；安定的日子不多，流浪的岁月却不少。**

**就这样，我走过战乱，走过烽火，走过苦难，走过童年。**

至于童年以后，那是完全不同的另一章了。

——第一部完

不论黑白还是彩色，我的照片大部分都是鑫涛拍摄的。我们一生，只进过一次朋友开的照相馆，为他捧场。拍了两张艺术照。这张鑫涛太酷了，我不敢拿出来，为了《我的故事》，这还是第一次曝光。

让我们红尘作伴，活得潇潇洒洒，骑着骆驼，共享人世繁华！

然后我们到了湖南张家界，和湖南合作，开展长达二十几年在大陆拍摄电视剧的日子。1989年摄于湖南张家界。

全世界都留下我们的足迹。在我们身后，是"耶路撒冷"城。

小庆和女友何珠订婚啦！

孙女可柔、可嘉与我。

陈氏家族一起游美国。右起：鑫涛、麒麟、小妹、我、弟媳小霞、侄儿小麟。摄于夏威夷。

金字塔前的"全家福"。右起：阿飞、鑫涛、小妹、我、大弟媳小霞、小弟媳瑞媛、小弟陈怀谷、麒麟。

《青青河边草》，著名的金铭和叶静！我和鑫涛，和两位童星合影。

《还珠格格》第二部拍摄时，我去北京探班。

第二部

# 一、少年"尝尽"愁滋味

　　我的少年时期，是我回忆中，最不愿意去面对的一段日子。每次提起这段岁月，我都有"欲说还休，欲说还休"的感慨。现在，为了让这本书中有个"真实"的我，我试着来回忆那个时期的我！

　　那个时期的我，真是非常忧郁而不快乐的。

　　生活是安定了，流浪的日子已成过去（我在那栋日式小屋中，一直住到出嫁）。但是，我的情绪，却一日比一日灰暗，一日比一日悲哀。当安定下来，我才真正体会出生命里要面对的"优胜劣败"。原来，这场"物竞天择"的"生存竞争"，是如此无情和冷酷！我的心，像是掉进一口不见底的深井，在那儿不停地坠落。最深切的感觉，就是"害怕"和"无助"。

　　怎么会变成这样子的呢？

　　童年的我，虽然生长在颠沛流离中，虽然见过大风大浪，受过许多苦楚，但，我仍然能苦中作乐，仍然能给自己编织一些梦想。尽管我显得早熟，有孤独的倾向，我还是能在我的孤独中去自得其乐。可是，我的少女时期，就完全不一样了。

一切是渐渐演变的。


进了中学，我才发现我的功课一塌糊涂。童年那断断续续的教育，到了第一女中，简直就变成了零。除了国文以外，我什么都跟不上，最糟的是数学、理化等，每到考试，不是零分，就是二十分。第一女中的课业非常严，考上第一女中的都是好学生（我不知怎样会歪打正着地考了进来，对我而言，简直是祸不是福）。人人都应付裕如，只有我一败涂地。学校里的考试又特别多，从小考，到周考，到月考，到期中考，到期末考……简直是考不完的试。我知道人生像战场，你必须通过每一种考试。而我呢？就在学校教育这一关，败下阵来。

这时，母亲已经去台北"建国"中学教书。父亲是大学教授，母亲是中学教员，我的家庭，几乎就是个"教育家庭"，这种家庭里，怎么可能出一个像我这样不争气的孩子呢？父母都困惑极了，他们不相信我是愚笨的，愚笨的孩子不会写文章投稿（对了，我唯一的安慰，是常常涂涂抹抹，写一些短文，寄到报社去，偶尔会刊登出来，我就能获得一些菲薄的稿费）。父母归纳出一个结论：我不够用功，不够专心，不够努力。

我想，父母是对的。我可以很专心地去写一篇稿，就是无法专心地去研究"X＋Y"是多少；我可以一口气看完一本小说，就是无法看懂水是由什么组成，人是什么碳水化合物。总之，我的功课坏极了，也让父母失望极了。

如果我家的孩子，都跟我一样，那也就罢了。偏偏，小弟在学校中锋芒毕露。他不用功，淘气，爱玩……却有本领把每科学科，都考在八十分以上。麒麟脾气更坏了，动不动就和同学打架，但是，考起试来，总算能勉强应付。小妹进了幼稚园，像奇迹一样，她展现了令人难以相信的才华，认字飞快，写字漂亮，能跳芭蕾，能弹钢琴……在进小学以前，就被誉为天才，进了小学一年级，她更不得了，无论什么考试，她不考九十九分，她考一百分。

　　父亲逐渐把他的爱，转移到小弟身上去。母亲一向强调她不偏心，总是"努力"表现她的"一视同仁"。但是，人生就那么现实。当你有四个孩子，你绝不会去爱那个懦弱无能的，你一定会去爱那个光芒四射的！一天又一天过去，母亲越来越爱小妹，父亲越来越爱小弟。而且，他们也不再费力掩饰这个事实。一举手、一投足、一个眼神、一个微笑，爱会流露在自然而然之中。我和麒麟这对双胞胎，当初的一麟一凤，曾"喜煞小生陈致平"的，现在，已成为父母的包袱。

　　从小，我和整个家庭是密不可分的。我的感情，比任何孩子都来得强烈。我热爱我的父母和兄弟姐妹，也渴望他们每一个都爱我。如今回忆起来，我那时对父母的"需要"，已经到达很"可怜"的地步。我功课不好，充满了犯罪感，充满了自卑，充满了歉疚，也充满了无助。我多希望父母能谅解我，给我一点安慰和支持。

　　初中二年级，我留级了。那年的麒麟就读于"建国"中学，正是母亲教的那个学校，是全台湾最好的男中。就像第一女中是全台湾最好的女中一样。但是，整个学期，麒麟和同学打架，和教官吵架，在训导处咆哮，弄得全校师生，都到母亲面前去诉苦告状。

父母再也无法掩饰对我们两个的失望。把我们两个叫到面前来，他们做了一个"决定"：

"你们两个，都已经十四岁了！十四岁够大，可以练习独立生活了。所以，从下学期开始，麒麟转学到台中一中去住校，寒暑假再回来。凤凰呢，就转学到彰化女中去住校！"

这个"宣布"，对十四岁的我来说，像是一个炸弹，骤然间炸毁了我依恋的那个世界。自从和父母投河不死，在桂林城内一家拥抱团圆，我就认为我们这个"家"是牢不可分的。如今，父母居然要送走我们两个！十四岁并不够大，十四岁还是个孩子，却又足够了解"放逐"的意义。我不要走，我不想走，我也不要麒麟走。我真想对母亲呐喊哀求：

"母亲啊，别放弃我们！"

但是，我太"自卑"了，自卑得不敢说话。至于麒麟，他是男孩子，不像女孩这样纤细，这样容易受伤，他怎么想，我不知道（事隔多年以后，我们这对双胞胎曾谈起这次被"放逐"的感想，麒麟才告诉我说，当时他气极了！恨极了！满怀沮丧和不平。但是，他却因为这次"放逐"，真的学会了独立）。

于是，麒麟被送到台中去了。台中一中收留了他，从此，他只有寒暑假才能回到台北。那时，家里没有电话，麒麟不写信，我们只有寒暑假才能见到他。我呢？我被送到彰化去了，彰化在台湾南部，离台北很遥远。但是，彰化女中却拒绝收留我，因为初三是毕业班，他们不收转学生。这样，我就很意外地被打了回票。父母无可奈何，只好让我继续留在第一女中读书。

我终于留在家里了。但是，从此，我就失去了笑容。我变得那么忧郁，那么强烈地自卑，这种心态，我想，父母到今天都不曾了解。麒麟走了，我更加孤独。在学校里的功课，仍无起色，我的生命，苍白灰暗。这时，我写作，我拼命写作。少年不识愁滋味？谁说的？我的少年时期，却只有忧郁，我的"多愁善感"与日俱增。写作，成为我唯一的发泄渠道。

这样一天天"挨"过去，我初中毕业，考进了台北第二女中。麒麟从台中一中毕业后，考进了省立工专。因为工专在台北，麒麟又住回到台北来，但他大部分时间，都住在学校宿舍里。

小弟也念中学了，他是建中的高才生，又画一手好画，父母特别为他请了师大美术系的孙多慈教授，教他画画。小妹成了母亲最大的骄傲，她每学期拿第一名，奖状奖杯，捧回家无数无数。父母也为她请了老师，教她舞蹈和钢琴。


我十六岁了。苦涩的十六岁。

那年我读高一。课余之暇，我就把自己埋在图书馆里，疯狂般地阅读各种文学作品。我觉得，我那时对文学是一种"饥饿状态"，我"吞咽"中外名著。书看多了，思想也多起来，对人生的爱恨别离，感觉特别敏锐。我常常想，生命的意义到底是什么？我在书中找生命的意义，找不到；我在教室中找生命的意义，也找不到；我在家庭中找生命的意义，更找不到了。

那时，父亲在师大教书之余，又开始演讲著述，生活忙得不得了。母亲又教书又忙家务，深夜还要帮父亲校对。他们实在太忙了，忙得没有什么时间来过问我的心路历程。我觉得寂寞极了。在学校里，我也有几个好朋友，但她们和我比起来，却"天真"太多。我满心满怀的热情，无处发泄；满脑子的疑问，没有解答。然后，有一天，学校发给我一张"通知书"，要我拿回去给父母"盖章"，通知书的内容是：我的数学考了二十分，要家长"严加督导"。这种通知书我是经常拿到的，本就没有什么稀奇。可是，那天我的情绪低落，自卑感发作得特别厉害。我觉得自己不成功、不优秀、不出色、不可爱，简直一无是处！拿着通知书回到家里，却发现我那处处比人强的小妹，正坐在玄关抱头痛哭，父母一边一个，在想尽办法安慰她。我不禁大惊，慌忙问妹妹发生了什么大事，哭得这么厉害？母亲叹口气，用充满怜爱与骄傲的语气说：

"她实在太要强了，她哭，因为考了一个九十八分，没考到一百分！"

我目瞪口呆，揣在口袋里的通知书简直无法拿出来。但是，老师命令，明天一定要盖好章交回。磨磨蹭蹭，到了深夜，我终于拿了通知书去找母亲，母亲一看，整个脸色都阴暗了下去，她抬头对我说：

"你要我们做父母的，拿你怎么办？为什么你一点都不像你妹妹？"

我心中一阵绞痛，额上顿时冒冷汗。我冲出房间，冲到夜色深沉的街头，伏在围墙上，疯狂般地掉眼泪。那一瞬间，我又想起了东安城，弟弟们丢了，父母问我要不要跟他们一起死？童年的我，不早就踏进死亡了吗？如果那时死了，现在就不会这么孤独、痛苦和无助！

当天晚上，我写了一封长信给母亲。这是我成长以来，第一次这样坦率地向母亲"告白"。如今，我已不能完全记起信中的内容，只依稀记得，有这么一段话：

亲爱的母亲，我抱歉来到了这个世界，不能带给你骄傲，只能带给你烦恼。我却无力改善我自己，我真不知道该怎么办才好！但是，母亲，我从混沌无知中来，在我未曾要求生命以前，我就这样糊糊涂涂地存在了。今天这个"不够好"的"我"，是由先天后天的许多因素，加上童年的点点滴滴堆积而成。我无法将这个"我"拆散，重新拼凑，变成一个完美的"我"。因而，我充满挫败感，充满绝望，充满对你的歉意。所以，母亲，让这个"不够好"的"我"，从此消失吧！

写完这封信，我找到母亲的一瓶安眠药，整瓶都吞了下去。

当我醒来的时候，已经是一星期之后了，我躺在医院里，手腕上吊着点滴瓶。母亲坐在我的床边，紧紧握着我的手，睁着一对红肿的眼睛，一瞬也不瞬地盯着我。我立即明白，另一个世界还不准备收留我！张开嘴，我痛喊了一声：

"妈妈啊！"

母亲顿时抱着我的头哭了。我也哭了。我们母女紧拥着，哭成一团。母亲哽咽地说：

"凤凰，我们以前曾经一起死过又重生，现在，我们再一次，一起重生吧！"

我哭着点头，抱紧了母亲。心里疯狂般地喊着："对不起，母亲，我又把你弄哭了！以后，我一定不能让你哭，不论再发生什么事，我不要你哭！"

再过了一个星期，我出院回家。父亲买了一个古筝送给我，庆祝我的重生。我很少收到父亲的礼物，觉得特别珍贵。虽然始终没学会弹古筝，却常常抱着那古筝，随意地拨弄。古筝的声音清脆，带着颤音，袅袅不绝。我每次拨弄古筝时，心里也震震颤颤、绵绵袅袅地浮漾着哀愁。

十六岁过去了。我苦涩的日子仍然没有结束。

（注：走笔至此，我心中依旧酸楚。很多人看到今日的我，总觉得我是一个被命运之神特别眷顾的女人，拥有很多别人求之不得的东西。可是，谁能真正知道，我为"成长"付出的代价呢？）

## 二、绝望的"初恋"

我十八岁到十九岁这一年，在台北第二女中念高三。

我的家庭情况，有了一些变化。父亲教了一辈子的书，此时终于教出一片美好的晴空。他的学生崇拜他、热爱他。他定期在大礼堂演讲，听讲的人挤破了大礼堂的玻璃门，每次都座无虚席。而且，他开始出书了，写"中华历史故事"。母亲辞去了建中的工作，全心全意协助父亲的事业。父亲写书，她负责出版，从校对到跑印刷厂，全是她的工作。每天忙忙碌碌，还要兼顾家务，我的母亲，实在是个肯吃苦、肯努力、要强好胜，而又十分能干的女人。

小妹依然是优秀的小妹，小弟依然是优秀的小弟。麒麟依然住校，不常回家。我依然孤独寂寞，生命里一片贫乏。

十六岁的事已成过去，在父母的记忆中逐渐淡忘。高三后我要考大学，母亲最着急的事，就怕我落榜！父亲是名教授，如果女儿考不上大学，那多没面子！而且，如果考不上大学，将来要怎么办？一个高中毕业生，连工作的机会都没有！母亲在忙碌之余，几乎每天都要对我说一遍：

"你一定要拼出你全部的力量，以你的聪明才智，绝不可能考不上大学！万一考不上，不是你一个人的失败，是全家的失败！你好自为之，千万不要让父母失望！"

我很忧愁，真的很忧愁。我不愿让父母失望，不要让母亲哭。可是，我对那即将来临的大学联考，怕得要死。怕得夜里会做噩梦，梦到全世界的人都在对我耻笑！陈致平的女儿，居然考不上大学！

这个时期的我，已经不只是孤独、寂寞和无助，我还有很深很深的恐惧。我所热爱的写作已全部停摆，因为母亲说那会妨碍我的功课。至于屠格涅夫和莎士比亚，我更是碰也不敢再碰。每天捧着我看不懂的课本，我的自卑和害怕融为一体，紧紧揪着我的心。

十八岁！是花样年华呀，拥有着青春的日子。我的十八岁，是如此暗淡无光。我消瘦、苍白、食欲不振、精神恍惚。面对镜子，我总觉得自己像个纸人，风吹一吹就会破碎。在学校里，同学给了我一个绰号，叫我"林黛玉"，顾名思义，就知道我是何等憔悴。

就在这个时候，我的国文老师，用他的怜爱和鼓励，一下子闯入了我心深处。

老师足足比我大了二十五岁，他结过婚，妻子已经去世。他孤身一人来到台湾，当中学教员，已当了七年。他学问渊博、满腹诗书，带着中国书生的儒雅气质。诗词歌赋以至于书画篆刻，他无一不会。说实话，我对他充满了崇拜之情。这种崇拜，是很容易变质的。他对我，是充满了怜惜之情，这种怜惜，也是很容易变质的。再加上，他也孤独，我也孤独；他正寂寞，我也寂寞。

爱情一旦发生了，就不是年龄、身份、地位、道德……种种因素所能限制的。我带着一份崭新狂喜，体会到在这世间，我毕竟并不孤独！老师已走过一大段人生，深知这段感情不可能有结果，却迷失在我们彼此的吸引里。他越要抗拒，越无法抗拒；越要理智，越无法理智。**这段感情，夹带着痛楚挣扎，一下子就像惊涛骇浪般，把我们两个都深深淹没。**

我知道这是不对的，一定不对的！我知道这段感情如果给父母知道，我们一定是死路一条！我也想过，社会的舆论、人们的看法、学校的立场……我越想越怕。最怕的，还是这段感情，会给老师带来伤害，于是，我几度下决心地对老师说：

"分手吧！就当我们从没有遇到过！"

笨呀！已经相遇，怎能当成从没相遇？已经相知，怎能当成从未相知？已经相爱，怎能当成从未相爱？分手失败，两人在苦海中载沉载浮。四十几岁的老师，比十八岁的我更加惊慌失措。

这份绝望的爱，像排山倒海的巨浪，卷进了我的生命。我无法抗拒，无力挣扎。爱情带来的狂欢很快消退，剩下的就是煎熬和痛楚。我们两个，费力地将这段感情，严严保密。但是，学校里已经风风雨雨。老师诱惑女学生，罪名深重！女生爱慕男老师，不知羞耻！交相指责的声浪，压迫得我们难以抬头。**爱情，爱情应该是甜蜜的，怎么我的爱情，这样痛苦！**到了这个地步，两人痛下决心，再谈分手。很多年很多年以后，我写了一首歌，歌词是这样的：

见也不容易，别也不容易，
相对两无言，泪洒相思地。
聚也不容易，散也不容易，
聚散难预期，魂牵梦也系！

这首歌所写的，正是当时我们的写照。

再分手，又失败了。老师常喝醉，醉了，就用泪眼看着我说："为什么让我们中间，差了二十年！"

喝得再醉一点，他就说：

"二十年有什么了不起？当我八十岁时，没有人会说我不该追求六十岁的你！"

喝得更醉一点，他就笑了：

"我哪里有四十岁？我根本没有四十岁。会为你这个小女孩如此疯疯癫癫，我的心态停留在十八岁！智商只有八岁！"

喝酒不能解决问题。他好多天滴酒不沾，让自己清清醒醒。然后，有一天，他抓着我的胳臂，用力摇撼着我，对我说了一番最恳切的话：

"请你为了我，考上大学！这是你父母的期望，你一定不要让他们失望。等你考上了大学，你会认识很多你同年龄同阶层的男朋友，你一个个看过去，一个个接触，当大学四年后，你如果没有变心，我还在这儿等你！如果你变心了，那证明我们的感情，根本经不起考验！我觉得，我们两个唯一的前途，就是你大学毕业后的选择！到那时，你依然选我，你的父母、家人、社会、舆论……就都无话可说了！所以，"他用力地、恳求地说，"为我考上大学！为我不要变心！帮我，在你父母面前争一席之地！"

**多么绝望和无助的爱，多么矛盾的老师，多么可怜的我。**于是，我们把计划定到五年以后，等我大学毕业的日子。那时，我们一定已奋斗出一片天空！但是，五年是多么漫长！考大学、考大学、考大学，考大学成了我生命中最重要的事，我真不敢去想，万一考不上大学，我的命运会如何？父母的反应会如何？我和老师的前途会如何？

我捧着书本，夜以继日地念。有一段时间，我真的把我的生命都拼在那些书本上！那些我始终弄不清楚的数字游戏，和那些与我毫无关联的西洋文字。有时，会捧着书本发起呆来：**真不相信这些"X ＋ Y"有权利来决定我的爱情、我的前途，和我的生命！为什么？我不懂。生命里有太多为什么，我都弄不懂。我却偏要去弄懂为什么"X ＋ Y ＝ Z"**，我瞪着那些数学方程式，觉得每一个符号代表的都是讽刺。

命定的结果终于来临了。

# 三、落榜

我落榜了！

所有的希望，所有的计划，所有的一切，都随着落榜变成了一无所有。足足有三天，我躺在床上，拒绝下床，拒绝吃饭，拒绝见同学，拒绝父母的安慰，我拒绝一切，只想死掉，只想马上死掉，把这一切的痛楚和失望，统统结束。

母亲坐在我床边，她又哭了。我总是让母亲哭！为什么我不能像小妹，永远让母亲笑？父母辛辛苦苦养育像我这样的子女，值得吗？值得吗？天啊，我真想马上死掉！

母亲强抑着她的失望，握着我的手鼓励我：

"凤凰，你才十九岁呀！来日方长。大学联考，年年都有，今年失败了，明年再来！明年失败了，后年再来！你总有考上大学的日子！只要不灰心，振作起来，继续去努力，我对你有百分之百的信心，你一定会考上大学的！"

母亲啊！你还要我明年再来？后年再来？你对我有信心，我对自己却没有信心呀！如果明年再失败，后年再失败……我必须一次一次去面对自己的失败吗？母亲啊，我没有你想象的那么优秀，没有你期望的那样勇敢……天啊，我只想死去，只想马上死去！

小弟、小妹和麒麟，绕着我的床说悄悄话，小妹捐出她的零用钱，小弟和麒麟拿去买了我最爱吃的牛肉干、花生米和水果，三个人捧着食物，走到我床边来说：

"姐，不要伤心了，考大学又不是什么了不起的事！反正你明年再考就好了嘛！来，吃点东西吧！"

我泪眼看我的三个弟妹，他们都优秀，唯有我失败！他们是父母的骄傲，我却是父母的耻辱！母亲说过，如果我失败，就是全家的失败！我竟连累全家的人，都坠入失败的深井里。这样一个害群之马，怎么还值得弟妹的尊敬和爱？我推开食物，什么都不要吃，我只想死去！


老师，他在哪里？当我奄奄一息躺在床上的时候，他竟无法对我施以援手！不能公然走入我的家庭，不能来探视我，也不能来安慰我，这咫尺天涯，如同万仞千崖，他怎样也不能飞渡！五年计划，终成泡影。绝望的爱，毕竟只有绝望！我几乎不敢想到他，当我想到他时，我心泣血。为什么地球不毁灭呢？不，不，全世界的人都好，唯有我罪孽深重。老天啊！让我死去吧！

在我强烈的求死意志中，什么都变得不重要了。积压了很多年很多年的自卑感，被"落榜"的事实，像点火一样地燃烧了起来，一烧就不可收拾。我本身的忧郁，加上那无助的爱情，都把我推向毁灭的深渊。我写了一首小诗，寄给我的老师，作为诀别的纪念：

我值何人关怀？
我值何人怜爱？
愿化轻烟一缕，
来去无牵无碍。
当细雨湿透了青苔，
当夜雾笼罩着楼台，
请把你的窗儿开，
那漂泊的幽灵啊，四处徘徊，
那游荡的魂魄啊，渴望进来！
请把你的窗儿开，
我必归来，
与你同在！

然后，我又搜集了许许多多安眠药、镇静剂，和其他各种我能搜集到的有毒药片，一起吞下去了。

# 四、无法"死别"，毕竟"生离"

我总觉得人类是很脆弱的动物，别的动物都有皮、毛、角或鳞、甲、壳……的保护，只有人没有，一层薄薄的皮肤裹着血肉之躯，实在是单薄极了。但是，人的生命力却那么强韧！千方百计想死，这个死亡之门，我硬是挤不进去。生命真奇怪，自己一点主权都没有！既没有主权决定自己要不要"生"，又没有主权决定自己要不要"死"！父母操"生"的权，老天操"死"的权。或者，连"生"的权，也是老天操纵的吧！如果我不和麒麟结伴而来，说不定已被母亲"处理"掉了！我却偏偏是双胞胎！注定要来到这人间，挨过种种劫难！连"逃"都不许我"逃"！人生，不是太悲惨了吗？

当我又被"救活"以后，我快要让父母发疯了！三年里两度求死，简直是不可思议！我自己也快发疯了，生既无欢，死而何憾？为何求生不得，求死也无门呢！在我们大家都激动悲愤中，我和老师的恋情也曝光了！

那真是一场惊天动地的大震动。当母亲知道我居然被一个四十几岁的老师"迷惑"之后，她的愤怒像一座大火山，迸发出最强烈的火焰，把我和老师全都卷入火舌之中，几乎烧成灰烬。

母亲把所有的责任，都归之于老师。我的落榜、我的厌世、我的自杀、我的悲观……都是这位老师一手造成！可怜的老师，他比我大了二十几岁，已经是"罪该万死"！他实在没有丝毫的立场和力量来为他自己辩护！他也不敢辩护，生怕保护了自己，就会伤害到我！我们的爱情，到这时急转直下，再也无法保密，已经闹得全天下皆知。我惶然失措之余，告诉母亲，我大学也不要念了，就当我死了吧，让我跟老师结婚算了！我这样一说，母亲的怒火，更加不可遏止了。

母亲采取了最激烈的手段，她一状告到警察局，说老师"引诱未成年少女"。但是，我和老师之间，一直维持"发乎情，止乎礼"的态度，这件"控告"本身不太成立。尽管如此，我却被这举动，深深伤害了。接着，母亲又一状告到"教育部"，说老师"为人师表"，竟"诱拐学生"，师道尊严何在？"教育部"接受了这件案子，老师被解聘了。八年以来，他是最受学生爱戴及欢迎的老师，如今，身败名裂。而且，竟连容身之地都没有！

我直到现在，对母亲当时的种种手段，仍然觉得胆战心惊，对母亲的种种措施，仍然伤痛不已。我曾经听说过，母猫为了爱护它的小猫，当它发现危险靠近时，会把小猫咬碎了吞进肚子里去。当年的我，就有这种感觉。我绝不怀疑母亲对我的爱，却感到自己被撕成了一片一片，粉身碎骨了。

有时我会想，冥冥中一定有个大力量操纵着人类的命运。一切离合悲欢，大概皆有定数。世间的事就有那么巧，我十九岁时和我的国文老师相恋，母亲十九岁时也和她的国文老师相恋。两代的遭遇，像历史的重演。所不同的，只是我的老师不该已结过婚，更不该比我大二十五年！其实，这些也都不是问题。问题在我的父母，竟不能像我的外祖父母那般洒脱。母亲此时最恨我提到她的往事，她连我的名字"两吉"的由来都不愿面对。她用一种作战的精神来对抗我的老师，我害怕了。我是个会为爱情去拼命的女孩，但，我能拼我的命，却那么害怕，会拼掉老师的命！

那真是一段不堪回首的日子。生命里充满了狂风暴雨、痛苦挣扎。当母亲奔波于各个不同的机构，一状又一状地告向社会当局，我的心已碎，完全不知道该如何去应付眼前的局面。那时，台湾的法律规定，二十岁才算成年，二十岁以前都没有自主权。母亲抓住这条法律，告诉我，如果真爱他，等到二十岁以后。到了二十岁就不再管我，否则，她要利用监护权，让老师付出代价！

老师已经付出代价了。工作没了，薪水没了，宿舍没了，朋友没了，学生也没了！短短几个月内，他什么都没了，四面八方，还涌来无数的责备、无数的轻蔑、无数的诋毁。他在这些压力下挣扎，已经挣扎得遍体鳞伤。

我开始怕我的父母，我不知道他们还会做出些什么事。我哭着哀求他们，跪着哀求他们，匍匐于地上哀求他们……请给我们一条生路！父亲心软了，母亲就是不为所动。她义正词严地问我：

"真心的相爱，还怕一年的等待吗？"

我怕！我真的怕呀！我亲眼看到，几个月之内，老师生存的世界已被完全打碎。一年，一年能发生多少事呢？

可是，我无力扭转我的命运。老师终于在台北待不下去，他只有去南部，找一个地方隐居起来，去"舔平他浑身的伤口"。（这句话是他说的，后来，在我很多小说中都有这句话。他说："你看过受伤的动物吗？每个受伤的动物，都会找一个隐蔽的角落，去舔平它浑身的伤口。"）老师必须要走，我们必须离别。老师对我沉痛地说：

"请你为我勇敢地活下去，现在，你是我生命中，唯一仅有的！一年很快，一年以后，到你过二十岁生日那天，我会整天守在嘉义火车站，等你！如果你不来，我第二天再等你！我会等你一个星期！请你，一定要好好活过这一年，一定要来和我相会！让我用以后的岁月，慢慢补偿你这一年的煎熬。请你，一定要来和我相聚！"

可怜的老师，可怜的我！

虽然对未来毫无把握，我却答应了他，一年后去嘉义和他相聚。到离别那天，我太伤心了！心中隐隐明白，这样一别，可能终身难聚！我不敢看他的眼睛，不敢看他的脸，我请求他面对橱窗，背对着我。然后，我哭着跑走了。从小到大，我的境遇坎坷，我曾经有好多次，觉得自己的"心"，真的会"碎"。那天，我已不只是心碎，我奔回家里，觉得整个人都被掏空了。我几乎不相信，我还能挨过明天、明天的明天，以及明天的明天的明天……

几年以后（一九六三年），我把这段初恋，写成了小说，那也就是我的第一部长篇小说《窗外》。书中从第一章到第十四章，都很真实。我的家庭背景，也很真实，只是把两个弟弟，合并成了一个人，以免人物太复杂。十四章以后的情节，和我的真实人生，就大有出入了。所以，看过《窗外》一书的人，一定能了解我这段初恋的经过，和它带给我的伤痛。

# 五、二十岁

从十九岁到二十岁，这一年，对我比一个世纪都漫长。我一天又一天苦挨着日子，真正了解了"度日如年"的滋味。

老师一去无音讯，我收不到他的片纸只字，不知道他人在何方。我失去了支持的力量，只感到彻头彻尾的孤独。父母积极利用这一年时间，开导我，教育我，想尽办法来爱我，希望我能脱离老师的"魔掌"。这些开导、这些教育、这些爱对我源源不断地涌来，我被密密包裹，细细珍藏。可是，我心中只有深深的苦涩。那间四个榻榻米的小房间，成了我的囚笼。不论里面装着多少爱，它实在不是我的天堂。我的心绪总是飞绕于云端，寻寻觅觅，老师啊，你在哪里呢？为什么不给我写信呢？

要勇敢地活下去！

是的，要勇敢地活下去！这一年，我常常在睡梦中醒来，泪水已湿透枕巾。可是，不论多么忧郁，多么无助，我牢牢记着二十岁的约会，而不让自己倒下去，更不允许自己再有轻生的念头。逐渐地，我锻炼出一种本领，每天默默地接受着日升日落，把每一个新的日子，都当成一项新的挑战。要挨过去！日历上画掉的格子越多，我振翅飞翔的日子越近。

我这种沉默的等待，显然让母亲惊骇震动。有一天，她忽然把我揽入怀中，用无限温柔的语气对我说：

"凤凰，我能不能要求你为我做一件事呢？"

"什么事？"我问。母亲的温柔竟让我提心吊胆。

"为我再考一次大学！"

"哦？"我惊愕地看母亲，痛苦地说，"妈妈，你知道我根本不是念大学的料！"

"你为什么不再试一试呢？"母亲轻言细语地说，"你每天无所事事，闲着也是闲着！再考一次对你没有坏处。考不上，没有任何人会怪你，考上了，我们当作是意外之喜。你正年轻，与其浪费这一年，不如准备考大学。这对你没有损失，不是吗？"

我无力地看着母亲，我有一个二十岁之约呀！我的生日在四月，大学联考在七月。亲爱的母亲啊，你一定要毁掉我的约会吗？我满腹狐疑，却不敢说出口。母亲凝视我，居然洞察了我的心事。她不慌不忙地说：

"我知道你在想什么，你放心，我已经说过，到了你二十岁，我就不再干涉你，那时，你要做任何事都可以！不过，这些事情都不阻碍你再考一次大学呀！即使你二十岁生日后的第二天，你就结婚了，你还是可以考大学！结了婚念书的人也很多呀！我想，爱情是一种彼此的奉献，他总不会自私到反对你读大学吧！"

"他一直希望我考上大学的！"我匆忙地帮他分辩。

"那么，就再考一次大学吧！为了我，去再试一次！"母亲那么温柔、那么真挚、那么渴望地看着我，看得我的心都绞痛了。我是怎样一个女儿呢？考大学是我自己的事，母亲没有让我去做工养家，只"哀求"我去考大学。我还这样不情不愿！

我想了一会儿，忽然想通了。

考大学的准备工作就是念书，我闲着也是闲着，念书可能还更好打发时间呢！我尽可以随意地念念书，潇洒地再考一次！这样想着，觉得答应母亲也没关系。最主要的，它不会影响我的二十岁之约！到时候，我可以奔赴嘉义，与他团聚。再回到台北来考大学。考不上，就当成一个游戏，侥幸考上了，我能兼有学业和爱情，不是太完美了吗？

"好，我再试一次！但是，如果我又失败了，请你不要失望！因为，我八成还是考不上的！"

"只要你答应去考，我就不会失望！"母亲兴奋地说。她的兴奋使我有犯罪感，原来，我只要答应去"考"，就能带给母亲这么多的快乐！像我这样一个充满问题和失败的孩子，换了任何一个母亲，一定都对我放弃了。可是，我的母亲不同，她永不放弃！直到如今，我都认为，我母亲实在不是个"凡人"！


我这一点头，家中气氛立刻改变。母亲第二天就为我请了一位"家庭教师"，来为我补习数学。这一举动实在大出我的意料。因为，我家的经济情况始终不好，四个孩子，都已长大，衣食住行加上教育费、医药费，家里月月闹穷。家庭教师的薪水不低，何况，母亲请的不是普通的家庭教师，她硬是把全台北最有名的一位数学老师给请到家里来了！这位老师身兼好几个补习班和省中的课，从来不肯做"家庭教师"。他来教我，完全是受母亲的感动，因为，他也是第二女中的数学老师，他知道我的故事。

这样一来，我原准备随意地念念书，潇洒地再考一次，就完全不是那么一回事了。家庭教师带来数不清的作业和功课，每星期来两次，一本正经地教我这个笨学生。我顿时又掉回到"考大学"的"噩梦"里。弟妹们全面地配合母亲，给我找参考资料，找模拟考题。麒麟念的是五专，逃掉了考大学一关。他自愿帮我补物理。一时间，生物、化学、物理、英文、历史、地理……各种课本往我身上压下来，我又喘不过气来了，我又开始睡不着，我又精神紧张，情绪忧郁。我怎么会把自己再度陷进这种"困兽之斗"里去的呢？"考大学"的悲剧在我身上已经发生过一次，几乎碾得我粉身碎骨。而现在，我又面临第二次碾压，眼看将再度被碾成飞灰。为什么这种悲剧会在我身上轮回呢？

老师啊，你在哪里呢？为什么不想办法给我一点点讯息呢？难道你已经将我忘了？难道离开我的日子，你终于得到了平静，所以，你准备放弃我了？难道……难道……母亲的预料是真的，你对我的感情，只是一时的游戏？

日子一天天过去，我的升学压力一天天加重，对老师的失望和怀疑也一天天加深。我又掉进那个无助的深井里去了。只觉得自己在坠落，坠落，坠落……井底，等待我的，将是冰冷的绝望。

父母绝口不再提我的恋爱，就好像那件事根本没有发生一样。他们提的，全是他们为我塑造的光明远景。

"上了大学，你的眼界就开了，你的世界会辽阔无边，所有最美好的事物，都在大学里等着你！"

母亲哦，父亲哦，不要对我抱的希望太高。大学的窄门，我一定挤不进去，你们何苦跟着我一起去摔跤？

日子缓慢而滞重地，像一辆十轮大卡车那样，从我身上一遍遍地碾了过去。我慢慢地被磨成了一片薄纸，薄得像蝉翼一样，透明的，所有的孤独和无助都写在脸上；轻飘的，随时可以"随风而去"。

老师仍然没消息。我的二十岁生日逐渐接近。嘉义，嘉义是南部的一个城市，感觉上，那城市离我又遥远又陌生，我根本不知道它在哪里。老师啊，你要我孤身一人，扑奔那茫茫的未来吗？我研究地图，研究火车时刻表，搜集我身边仅有的一些零用钱……母亲冷眼旁观，什么话都不说。到了生日前一星期，母亲才郑重宣布：

"今年的四月二十，是双胞胎的二十岁整生日。我们家一直穷苦，孩子们从没庆祝过生日。但是，今年不一样，一儿一女，同时满二十岁，我要给你们这对双胞胎，大大地庆祝一下。"

我还来不及说什么，麒麟已欢呼起来，小弟小妹掌声雷动，全家洋溢着一片喜悦。我勉强地跟着大家笑，看样子，四月二十日那一天，我一定走不了。

生日那天到了，我再也想不到，母亲居然把我们在台湾的亲友，全部请来。我们那二十个榻榻米的房子，挤得水泄不通。叔叔伯伯、舅舅姨妈、表姐表弟、堂姐堂弟……济济一堂。母亲那天真是忙极了，她不但里里外外地奔跑，倒茶倒水，招待嘉宾，她还亲自下厨，做几十个人吃的酒席。台湾的四月底，天气已相当热，我们的日式小屋，从来就没有空调。母亲在火炉前烧烤，汗珠从额上滴滴滚落。我在母亲身边，想帮忙洗洗切切，母亲把我推出厨房，怜爱地看着我，柔声说：

"不要弄脏你的新衣服！去外边客厅里跟大家玩吧，今天，我要给你一个最美好的生日。青春是这么珍贵的东西，我希望你永远记得你的二十岁！"

母亲啊！我的心那样强烈地痛楚起来，犯罪感把我层层包裹。我即将离去，对一个即将背叛你的女儿，你为什么还要对她这么好呢？

终于，到了开席的时间，大家坐满了一客厅。我们临时借了一张大圆桌，桌上全是母亲亲手烹调的山珍海味，那天的菜肴真是丰盛极了。大家坐定，都对我和麒麟举杯，祝我们生日快乐。此时，母亲忽然站起身来，对大家说：

"今天，是凤凰和麒麟满二十岁的日子，我有几句话，必须当着大家，对他们两个说！"母亲转向了我，眼光深刻而哀伤（那天的麒麟，完全是我的配角），继续说，"二十岁，是法律规定的，成人的年龄。从今天开始，凤凰和麒麟，就是成人了。换言之，我再也管不着他们了。他们的翅膀，终于长成。回忆起来，从他们出世，就是一个多难的时代，我拉巴他们到翅膀长成，实在不很容易，在烽火连天中，多少次，大家都可能同归于尽。可是，我总算把他们两个带大了。现在，他们已经有够硬的翅膀，如果他们想飞，我再也不会阻止，就让他们从我身边飞走吧……"

母亲的话没有说完，我的泪水已经夺眶而出，沿着面颊，一直不断地滚落。母亲凝视我，泪珠也从她眼中涌出，湿透了她胸前的衣襟。她一面掉着泪，一面哽咽地对我说：

"凤凰，请你原谅我！我曾经用各种方式，不择手段地破坏你的恋爱，今天我当着所有亲友，向你道歉！请你相信我，我所做的一切，都是为了爱你和保护你！可能我爱得太多，但是，我就做不到不去爱你呀！现在，你总算满了二十岁，我知道你全心全意，就想离开我！凤凰，还记得你坐在泸南中学的门槛上，跟着那些中学生念'梁上有双燕'吗？你才七岁，就能朗朗背诵，记得吗？"

我哭着点头，一屋子宾客鸦雀无声。

"你还会背吗？"母亲的眼泪更多了，"一旦羽翼成，引上庭树枝。举翅不回顾，随风四散飞！"母亲念了其中四句，声音已暗哑难言："去吧！凤凰！如果你真想离开我们！去吧！你能做到举翅不回顾，你就去吧……"

母亲啊！我亲爱的、亲爱的母亲啊！我的泪水疯狂地涌出，模糊了我所有的视线，我的五脏六腑都绞扭成了一团。霎时间，许许多多童年往事，齐涌心头。东安河里，母亲带着我走出死亡；在山沟里，母亲差点被日军掳去；白牙镇上，两个弟弟失散；桂林城内，一家拥抱团圆……从童年到现在，这条路好长好长，我们大家都走得好辛苦。一家人一直手握着手，心连着心，直到我的恋爱发生！

想到这里，我再也控制不住自己，我哭着奔向母亲，抓着母亲的手，我在满屋子宾客的注视下，对母亲跪了下去。我哭着喊："我不飞走，我不飞走！我发誓，从此听你的，只要你不哭！"

母亲，我不要你哭！十六岁那年，我就发过誓，不要让你哭！无论发生什么事，都不能让你哭！那么，就让我的心碎成粉末吧！我投降了！我不飞了！我跪在那儿，紧紧握着母亲的手，感到母亲的手在颤抖着。而满屋宾客，一片唏嘘声。

就这样，我二十岁的生日过去了。就像母亲说的，我一生都不会忘记我的二十岁！直到今天，二十岁生日那天的种种事情，在我眼前心底，都历历如绘！

二十岁生日过去，我没有去嘉义。第二天，我也没去，第三天，我仍然没去。一星期过去了，我依旧没去！

我失约了。老师那边，是一片沉默，什么反应都没有。我已彻底和他断绝了音讯。我的初恋，就这样悄然结束。回忆起来，我和老师的感情，从开始到分手，前前后后，不过只有一年的时间。这一年，却是我生命中最重要的一年，它改写了我这一生的命运！在我后来的遭遇中，扮演着重要的角色。

别了，我的老师。二十岁那年，我常倚着窗子，看天空有没有燕子飞过。心里反复低唱着一首歌：

> 把印着泪痕的笺，
> 交给那旅行的水，
> 何时流到你的屋边，
> 让它弹动你的心弦。
> 我曾问南归的燕，
> 可曾带来你的消息，
> 它为我的命运哭泣，
> 希望如梦心也无依。

二十岁那年，我依然无助。没办法收拾初恋的悲痛，没办法遗忘那一年的点点滴滴；没办法漠视父母的爱，也没办法治疗自己的自卑。当心底的歌萦绕百回千回之后，大学联考仍然在等着我！

（一直到十几年后，我才辗转知道，老师在那一年中，写了几十封信给我，尝试过各种渠道，想把信转入我手中，我却始终没有收到那些信。）

# 六、初试写作

那年七月，我考大学再度落榜。

生命已经够暗淡了，在这样暗淡的岁月中，依然逃不掉落榜的命运！

我尽量抚平自己的情绪，接受了这个无可奈何的事实。自从二十岁生日过后，我变得有些麻木了。**好像"失败"是我命中注定的遭遇，怎样都逃不掉。**我没有像上次那样痛不欲生，也没有把自己像蜗牛般缩到壳里去。我照常过日子。但是，每夜每夜，我注视着屋顶发呆，在许许多多无眠的夜里，思索着我的未来。如果人生是一条无法逃避的漫漫长路，我今后的脚步，应该往哪一个方向走？父母为我铺的路，我显然是走不下去，自己选择的恋爱，已变成心上最深的创痕。而今而后，我当何去何从？

就在我开始认真地考虑我的"未来"时，母亲已打起精神（我二度落榜，她受的打击比我还重）鼓励我明年去"三度重考"！母亲这种越战越勇的精神实在让我又惊又佩。可是，在惊佩之余，我不禁战栗。我眼前立刻浮起了一幅画面，就是白发苍苍的老母，搀着也已白发苍苍的我，两人站在"大学联考"报名处的门前，老母还在对我苦口婆心地鼓励着：

"凤凰，你还年轻，考了五十年，考不上又有什么关系？你还有第五十一次！"

这画面吓住了我。不！我心中强烈地呐喊着：我再也不考大学，我再也不碰那些教科书，我再也不让这"考大学"的悲剧在我身上重演！两次的失败已经够了，我再也不要去面对第三次的失败！

当我把我的想法说出来以后，母亲太失望了。她忧愁地看着我说：

"那么，你以后要做什么呢？一张高中毕业的文凭，在现在这个社会上，一点用处都没有！"

"我要去写作。"我说，"我已经浪费了很多生命去考大学，现在，我可以专心去写作了！"

母亲注视我，更加忧愁了。

"写作，比考大学还难呢！你或者可以把写作投稿当成一种娱乐，如果你要把它当成事业，那条路未免太艰苦了！你看，每年有数以万计的中学生进入大学，每十年，都出不了一个作家！"

"让我去试试看吧！"我无奈地说，"总之，这是我自己的人生呀！"

母亲不再表示意见，却深深叹了口气。她整理起那些大学联考的教科书，一本也不丢掉。小弟已经高三，明年还要用。或者……我也还会用吧！我恐惧地想着，觉得母亲有股强大的、难以抗拒的意志力。她所有的期望，都会达到吧！说不定，我明年又会乖乖地捧着书本，去死啃那些我永远弄不懂的"X+Y"吧！

这想法让我不寒而栗。让我赶快奔出家门，去买稿纸，买墨水，买合用的钢笔。再赶紧奔回家，在我那张小小的书桌上，立刻摊开了我的稿纸，我要写作！

我开始写作了。

我相信我对写作，是有狂热、有毅力、有决心，也有一点点才气的。但是，我最初的写作生涯并不顺利。

我们家的日式小屋，已经略加改善，这些年来，陆续把纸门换成了木板门，把榻榻米换成了地板。我们从打地铺也升格成睡床了。我和小妹睡一张床，合住一间房间，这间房也同时是我们家的餐厅，还是到厨房去的必经之路。我们家始终没有浴室，厨房就是浴室，买了一个大铝盆作为澡盆，每晚全家轮流进厨房洗澡。所以，我的房间经常热闹极了，早上，大家抢进厨房去洗脸漱口，晚上，大家抢进厨房去洗澡。一日三餐，母亲跑出跑进，煎煮炒炸，极其辛苦，饭开上桌，大家再拥进餐厅吃饭。吃完饭，我就忙着收拾善后，洗碗洗厨房。

小妹是家里的才女，用功得不得了。我和她共用一间房，我的"写作"只是我任性的游戏，自然不能妨碍小妹的正经功课，所以，当她书声琅琅时，我只有停笔，当她要用房内那唯一的书桌时，我就收拾稿纸打游击。二十个榻榻米的房子实在太小，走来走去，竟找不到一个可以安心思想及动笔的地方。

父亲是一家之主。母亲的权威虽然很大，对父亲仍然忍让三分。父亲这时的事业如日中天，他教了一辈子书，又是演讲中华历史的专家，因此，养成了他一个习惯，他不会"谈话"，只会

"演讲"。在家里，他不论是对客人还是对家人，他一讲话就"声如洪钟、滔滔不绝"，我们家的木板门无法隔音，所以，每当父亲"演讲"时，我又必须停笔。

麒麟和小弟的年龄只差两岁，这时正值青春期。两个人年龄虽相仿，意见却永远不同。两个人的个性都很强，都有着叛逆性。当他们彼此表达意见，或发挥他们的叛逆性时，声音真是大得不得了，有时动口，有时动手。动口时还好，动手时家中会桌椅齐飞。小小的日式房子，在他们生龙活虎地表演时，我捧着我的稿纸，往往连逃难的地方都没有。

在这种环境下要写作，仅仅靠热情、毅力、决心和才气都不够，必须还要靠运气和奇迹。我的运气未来，奇迹也找不到。写啊写啊，写得非常辛苦，勉强写了几篇短篇小说，寄出去就被退了回来。每当厚厚的一摞退稿出现在信箱里时，我真沮丧极了。母亲眼看我辛辛苦苦地写，又花邮费去寄，每天翻报纸看有没有发表，最后却在信箱里收回原稿。这样重复不停地兜了好多次圈子，母亲按捺不住，表示意见了：

"我看，你还是规规矩矩去考大学吧！"

我心中战栗。不，不能考大学，考大学是所有噩梦中最大的一个。我坚持地写，继续地写；坚持地寄，继续地寄。我把甲地退回来的稿子再寄往乙地，乙地退回来的再寄往丙地。美国作家杰克·伦敦把这种投稿方式称为"稿子的旅行"。我也让我的稿子去旅行，只是，它们往往"周游列国"之后，仍然"回家"。我面对这些已无处可旅行的稿件，真难过到了极点。开始怀疑自己到底有没有天分，能不能走这一条路？

在我初尝写作滋味的这段时间里，父母也积极地帮我物色了好几个他们认为"门当户对""年轻有为"的男朋友。母亲实在太聪明，她在我的眉间眼底，已经看出我对老师绝未忘情。这对她永远是个威胁。现在，我和老师虽然已断了音讯，万一有一天，两人又联系上了，那就太危险了。很可能，她在我身上用的工夫会功亏一篑！

所以，那一阵子，我们家中的年轻人来来往往，不是师大的学生就是台大的学生，个个都是青年才俊，家学渊源。这些年轻人又常常把他们的朋友带来玩。有一些，纯粹是想"看看那个差点和男老师私奔的女孩"。我在父母的"善意"下，只好和这些年轻人应酬，这种应酬，也成为我生活中的苦事。因为，我心底常常燃烧着一股无名之火，这无名之火使我看任何人都不满意。我无法和他们感光，无法和他们来电，我心中的底层，仍辗转呼唤着老师的名字。但，老师已像断线的风筝，无处可寻！

这种生活，我过得好累！

父母的爱、年轻男孩的"包围"（他们并不爱我，只是对我好奇，我的恋爱史，已经闹得尽人皆知）、辛苦的写作、茫然的前途、考大学的威胁……都造成我精神上的负担，何况，我心中仍然绵绵袅袅，浮漾着初恋的悲愁。一切都很无望！尤其，家里每个人都有每个人的"正经"工作，教书的教书，念书的念书，持家的持家。只有我，整天涂涂写写，晃来晃去，和男孩子交际应酬……什么"正经"事都不做，像父母"养"着的一个"废物"！

生活在很多的爱里，却感到无边的孤独。选择了写作，却进行得如此不顺利。二十岁，已到成年，却仍然没有工作，不肯读书，用钱要向父母伸手……我的自卑感又开始发作。四顾茫然，真想摆脱这种生活！真希望有一个转机，让我能自由自在地透口气！真不愿日以继夜，夜以继日，就这样一天天耗下去。

就在我这种"急于求变"的情绪中，像命中注定般，"庆筠"及时出现在我的生命里（"庆筠"并不是他的真名，我想，在我这本书中，出于对他隐私的尊重，我还是不用真名比较好）。

庆筠，他改写了我以后的生命。

# 七、庆筠

庆筠，二十六岁，毕业于台大外文系。他不是父母为我"安排"的男朋友，也不是来自父母了解的家庭。他的出现，完全是个"偶然"，他和我成为朋友，是父母的一个大大的"意外"。

庆筠的身世，是蛮可怜的。他是浙江人，十七岁那年高中毕业，跑到台湾来找舅舅，从此就和父母离散了。在家乡，他有很好的家庭环境，在台湾，他却形同孤儿。完全靠他自己的努力和决心，他考入了台大。在没有任何经济支持，也没有家庭温暖的情况下，他独自苦撑，终于完成了大学学业。认识我那年，是他大学毕业的第二年，他正在台北近郊服兵役。

说起来，他这人是有些疯狂的。在台大，他本来考入了电机系。那时，电机正是最热门的科系，考进去非常难。他好不容易考进去了，念着念着，竟发现自己狂热地迷上了文学，于是，他毅然地放弃了电机系，转入外文系。因而，别人的大学念四年，他的大学竟念了七年。

他和我的认识，也因文学而起。那时，他和我一样，正热衷于写作。他想写一篇历史小说，需要一些历史资料，他就毛遂自荐，来我家找我父亲，研究历史问题。事有凑巧，他来的那一天，父亲不在家。我正在客厅里和麒麟、小弟玩桥牌，三缺一，他坐下来就加入一脚。我们四个就玩起桥牌来，一场桥牌玩完了，他和我们三个都混熟了。第二天，他又来了，没有找父亲，他找我。谈文学，谈写作，谈抱负，谈小说……他惊奇于我居然看了那么多文学作品。我惊奇于他对写作的狂热。我们一谈起来就相当投机，毕竟，在这个世界上，要找一个志趣相投、兴趣接近的人并不容易。

我前面已经写过，我那时正有年轻男孩的"包围"。庆筠不属于那些男孩的圈子，他对我的过去一无所知。他糊里糊涂地闯进来，糊里糊涂地就对我发生了感情。我珍惜他这份感情，因为他不是那些男孩，他没有经过"安排"，他也没有对我的过去好奇，而用有色的眼光来看我！他喜欢我纯粹因为我是我，并不因为我是个"有浪漫故事"的女孩。

就这样，我和庆筠开始"约会"。他第一次约我出去，不敢只请我一个人，他向同学借了一把猎枪，约我和弟弟三人一起去新店的山上"打猎"。此事也非常"新鲜"，从没有人约我去打猎过。我们四个人到了山上，他把一把猎枪交给麒麟和小弟，说：

"枪只有一把，人又太多！这么多人在山里走，把野兽都吓跑了！这样吧，我把枪让给你们两个，你们去打猎！我和你姐姐去看风景！"

麒麟、小弟一听大乐，拿了枪就跑掉了。庆筠这才转头看着我，透了口气说：

"好不容易，想出猎枪这个点子来，总算可以把他们两个给支开了！"

他说得坦白，我不禁笑了起来。说实话，那个时期，能让我笑的人不多，能让我笑的事也不多。笑完了，觉得和他蛮亲近的，这种亲近的感觉也很好。自从和老师分手后，我觉得自己已命定孤独。虽然和别的男孩也约会过，我却从没有走出过我的孤独。

这时，我仍然没有准备走出我的孤独。对老师，我依旧深深怀念。可是，和庆筠在一起，比较容易打发时间，听他谈文学、谈小说、谈写作……都是我爱谈的题目。然后，他拿来厚厚一摞剪报给我看，都是他大学时代发表的作品，他靠这些稿费来维持生活和缴学杂费。我翻弄剪报，心中佩服。他却说：

"这些都是骗稿费的玩意儿，一点文学价值都没有！我为了生活，只好写这些投人所好的东西，这些东西不能代表我！等我服完兵役，我要全心投入，去写一些真正有血有肉有骨头有生命有价值的作品！"

我听得一愣一愣的，不禁大为折服。心想，我只求作品发表，就会高兴死了，管他是不是骗稿费的玩意儿！他能"骗稿费"，就不简单，他居然还不满意！到底是台大外文系毕业的高才生，和我这个高中生不一样。他的胸怀大志，使我不能不刮目相看。再去细读他"骗稿费"的文章，觉得文笔流畅，表达力非常强，短短的小品文，亲切可喜。一些短篇小说，也写得颇为生动。

文学和写作，把我和庆筠拉得很近。这时，母亲却有些紧张了。她对庆筠的来龙去脉，完全摸不清楚，看他穷得滴滴答答，连一身像样的衣服都没有。说起话来虽然壮志凌云，就怕做起事来不太实际。母亲已经看到我"写作"的艰辛，现在无巧不巧，又来了个庆筠，居然想把"写作"当成第二生命！两个"梦想家"在一起，除了梦想，还能有什么？母亲把这看法，非常婉转地对我说了。然后，就下个结论：

"我看，你还是收收心，去考大学吧！"

我一听到"考大学"就心惊胆战，浑身所有的神经细胞都紧张起来。我知道，母亲始终没有放弃让我读大学。就连那些包围我的男孩子，也鼓励我考大学。只有庆筠与众不同，他振振有词地说：

"如果你志在写作，读不读大学都一样！许多文学系毕业的学生，念了一肚子的文学理论，仍然一篇文章都写不好！我毕业的那班同学，现在准备走写作路线的，只有我一个，所以，与其浪费时间去考大学，念大学，不如立刻去写！"

他的话，于我心有戚戚焉。

这时，我对庆筠已颇有好感。但，好感归好感，至于恋爱，还有好大一段距离。我曾经那样轰轰烈烈地爱过，所以我知道什么叫恋爱。庆筠呢？他懵懵懂懂，虽然在大学里也追过女孩子，也似乎爱过，似乎失落过。但，那都只是淡淡地来、淡淡地去而已。这次和我的认识，完全在他的"计划以外"。他像一个出轨的火车头，一滑出自己的轨道，就完全无法控制。他用很大的冲力冲向了我。我心惶惶，充满了矛盾、困惑、不安，和隐隐的抗拒。

自从和老师分手，我就认为自己这一生，再也不会恋爱了，不只不会恋爱，而且没有能力恋爱了。那次初恋，带来的创伤如此深刻，我仍然时时陷在往日的伤痛里。午夜梦回，老师的影子挥之不去。这样的我，怎么能和庆筠谈恋爱呢？这对他是不公平的。于是，我有意拉开两人的距离。他不知道自己做错了什么，我越退，他越进，我想淡化，他却狂热。

在这种情况中，我的情绪真矛盾极了。说实话，庆筠填补了我内心的空虚，带给我好多的温暖。让我在孤独和无助中，有了扶持。我对他确实心存感激。再加上，我那么自卑，依然觉得自己一无是处。这样一个一无是处的我，居然能让他心动，他的"心动"就"感动"了我。我一直是个非常容易感动的人。

有一天，我生病了。我的身体并不很坏，可是，自幼就过着颠沛流离的苦日子，难免抵抗力弱。几乎每年的冬天，我都逃不过要感冒一次。我的感冒，总是来势汹汹。那天，我卧病在床，因为发烧，有些昏昏沉沉。我说过，我的卧室就是餐厅，在厨房的隔壁。厨房中正在生煤球，煤气满溢在我的房间里。我躺在床上，咳得厉害。咳着咳着，我忽然发现庆筠正忙得不可开交，他给那扇通厨房的门，加了一条弹簧，让它能自动合上。他发现这样仍不足以阻挡煤气，就拿着胶纸，把门缝密密地贴起来。我看着他做这件事，觉得他好傻，那扇门一天要开开关关几十次，贴胶纸有什么用？但，一转头，我泪珠滚下。在这小屋里已住了快十年，第一次有人想帮我阻挡煤气！

庆筠没有父母，没有家，他很穷。穷得只有一件西装上衣、两条西装裤。两条裤子是必需品，要换着穿，一件西装上衣也是必需品，永远不肯脱。后来，我才发现，他的两条裤子，屁股后面都磨破了，破得不忍卒睹。他就穿上西装上衣，用来遮住屁股。所以，不管天气多么热，他就是无法脱掉西装上衣。他除了以上的衣服外，还有一件毛衣，毛衣的线头都已经滑落，整件毛衣，稀稀落落，像山羊胡子般垂着胡须。那不是一件毛衣，简直像个破渔网。他却珍惜这件毛衣珍惜得不得了，他说：

"这是我母亲亲手给我打的，穿着它，我就暖了！"

我真不知道穿着它，怎么会暖？但是，他这种小地方，实在让我心酸酸的，充满了怜惜。这件毛衣的边际效用，还不止于保暖，每到夏天，他居然有本领把这件毛衣送进当铺，他对当铺老板说：

"你放心，这是我母亲亲手打的毛衣，对我而言，是件无价之宝，我绝不可能让它死当的！所以，你放心地当给我，我一定会来赎！"

那当铺老板，也真的会当给他。过了一阵子，他拿到稿费，就飞奔去赎毛衣，从来没让那件毛衣死当。一年里面，这件毛衣在当铺里出出入入，总有好几次。后来，当铺老板对他也熟了，只要他拎着这件破毛衣来，就当给他两百元。在我和他交朋友这段期间，他难免要多用一点钱，这件毛衣就经常躺在当铺里。

　　他虽然这么穷，却穷得满不在乎。他对物质的需求已接近于零，只是满脑子想写作。他这种傻劲，和他这份穷苦，都让我心中恻然。

　　然后，他退役了。退役之后，他原准备找间能挡风遮雨的小屋，去埋头从事写作。可是，小屋也要钱，没有人会给你白住的小屋。他迫不得已去找工作，在同学帮助下，找到一个教书的工作。那学校在台北近郊，新店附近，一个名叫"七张"的地方。在那时候，算是相当荒僻的地点。学校是私立教会学校，待遇不高，所喜的是，工作时间也不长，每天只要教两节英文，有大部分的时间都属于自己。学校本来不供宿舍，看他实在没地方住，就把校园中一间堆杂物的小破房间清理出来给他住。

　　我第一次跟他去看他的小屋，真的吓了一跳。那小屋单薄极了，是由几片木板搭盖而成，由于年久失修，门窗都早已破损。风一吹过，窗也动，门也动，连木板墙都会动。窗子外面，是学校最荒僻的一个死角，到处都是荒烟蔓草，看起来十分苍凉。小屋里，有一张木板床，有一张小书桌和一把竹椅。除此之外，什么都没有。我看得好不凄惨，他却笑嘻嘻地说：

　　"够了！能写作就好了！有桌子有椅子，够了！有笔有稿纸，够了！有我的头脑和我的决心，够了！"

　　他在那儿左一声"够了"，右一声"够了"，我看来看去，实在是左也不够，右也不够。心想，这小屋已破落得无从改善，最起码帮他把小屋的气氛改一改吧！于是，第二次，我带了一盏有纱罩的小台灯，又剪了一匹有小花朵的印花布去他那儿，我要帮他缝制一面窗帘。

那天，他坐在小台灯下写作，我坐在床上缝窗帘，房间里静悄悄。他写着写着，回头看看我。我专心地缝窗帘，他又掉头去写作。再写着写着，他又回头看着我。这次他看了好久好久，看得我停下了针线。我们互视了好一会儿，他终于丢下了笔和稿纸，走到我身边坐下来，握住了我的手，诚挚地说：

"我们结婚吧！与其分在两处各自孤独地写作，不如聚在一起结伴写作！你说呢？"

我怔怔地呆住了。

# 八、结婚

我这一生的遭遇，说起来都相当传奇。

我和庆筠，原属于两个不同的世界，在我们认识之前，各有各的人生，各有各的计划。我从来没想过会嫁给他，即使在和他交朋友的时候也没有这样想过。我一直觉得，他是一个不适宜结婚的人，他太理想化、太梦想化、太不实际。我呢？我也不适宜结婚的，因为在我心底，老师的影子仍然徘徊不去。

可是，那时的我，非常空虚和寂寞。我那日式小屋，总带着无边的压力，紧紧地压迫着我：母亲要我考大学，弟妹都比我强，写作的狂热无人能解，我是家里唯一的"废物"！这种种情怀，使我急于逃避，急于躲藏，急于从我那个家庭里跳出去。老师已杳无音讯，初恋在二十岁生日那天，已画上休止符。一切、一切，造成了一个结果，我认真地去考虑庆筠的提议了。

如果庆筠对写作不那么疯狂，如果我对写作也不那么疯狂，我们之间大概不会迸出火花。如果他不是那么贫穷和孤苦无依，我不是那么寂寞和无可奈何，我们之间大概就不会生出怜惜之情。总之，他的提议让我心动。最起码，结婚可以结束两份"孤独"，解除两份"寒苦"，何况还能"结伴写作"呢？母亲对这件事的反应又很激烈：

"他那么穷，拿什么来养活你呢？"

**母亲这句话，深深地刺痛了我。因为，以前，她也用这句话来问我的老师。**我很了解母亲爱我的一片心，生怕我和她一样，任性地嫁给一个读书人，走上一辈子贫苦的路。但是，二十一岁的我，从来就没过过丰衣足食的日子，早把能吃苦视为一种"清高"、一种"美德"了。我当时就忍无可忍地发作了：

"我又不是金枝玉叶，又不是富家子弟，为什么我就那么难养呢？如果我命定要穷要苦，那是我自己的命，你就让我去掌握我自己的命吧！反正，你没有办法帮我来过我这一辈子的！"母亲瞪视着我，好失望地叹了口气：

"女孩子一结婚就完了！你这么年轻，为什么不去念书，满脑子只想结婚，你不是太奇怪了吗？"

我无言以答。逃，逃，逃！我不能告诉母亲，我那么想逃，逃开优秀的弟妹，逃开考大学，逃开日式小屋，逃开母亲，逃开我的自卑感……我能说吗？我不能说！母亲不再说话，她对我失望到了顶。她已经斩断过我的一次恋爱，不愿再做一次，她又叹了一口气，无奈地说：

"好吧！一切是你自己选择的！"

就这样，我和庆筠准备结婚了（后来，有许多的报章杂志报道我的故事，都说我"奉母命与庆筠结婚"，这实在是个天大的误会，母亲帮我选择的男孩子，都被我潜意识中的抗拒给排斥了。庆筠和我的婚姻，无论是对还是错，都应该由我自己去负责）。

我们准备结婚，当然不能住在他那间小破屋里，我们在学校附近的一个眷区中，找了一幢小小的房子。一间客厅、一间卧房，还有厨房和厕所。房子虽小，前面却有个好大的院子，四周围着竹篱笆，院中全是杂草。房东非常客气，租金算得十分便宜。但，这整个眷区，都在田野当中，要走田中小径，才能到房门口。颇有"采菊东篱下，悠然见南山"的诗意。所以，我们在结婚前，就忙着清除杂草，种菊花。

就在庆筠兴冲冲除杂草、种菊花的时候，我心有不安。我觉得庆筠是个相当天真和憨厚的人，我不能让他糊里糊涂娶了我，对我的"过去"还茫然不知。于是，有一天，我详详细细地把我初恋的故事，一五一十地全讲给他听。他很仔细地听完了，就急迫地问了一句：

"现在呢？你还爱他吗？"

我心中一阵痛楚。我最怕他有此一问。注视着他，我无法骗他，无法骗自己。

"我想，"我坦白地说，"他会永远活在我心里！"

"什么意思？"他暴躁地跳了起来，苍白着脸喊，"当你和我交朋友的时候，他一直在你心里吗？"

"是的！"

他呆住了，半晌都说不出话来。他的样子，像受到了好大好大的打击。我心有不忍，可是，我就是不能骗他。我咬咬牙，很诚恳地说：

"你还来得及后悔，你可以不要和我结婚。坦白告诉你，我爱过，也被爱过，我知道什么是爱，什么是被爱，我和你，虽然彼此吸引，彼此怜惜。可是，距离爱和被爱，还是很遥远。"

"什么意思？"他再度大吼大叫，"你不要代替我来说话，你根本不知道我对你是怎样的！"

我默然不语，非常忧郁。他在杂草丛生的院子里暴跳，踢石头，踢墙角，就是不敢踢我。闹了半天，他平静下来，开始思想。他想来想去，显然是想不通。然后，他抓住我，激动地说：

"我不过问你的过去，反正你发生那段恋爱的时候，我根本不认识你！但是，现在我们要结婚了，你难道没有爱我胜过爱他吗？"

我看着他。老天啊，说谎话很容易，我为什么不会说呢？我想了半天，才很悲哀地说：

"我和老师那份感情，简直是'惊心动魄'的。我想，我这一生，都不会再发生那么强烈的感情！"

"那么我呢？我算什么？"他跳着脚问。

"和你的感情很温馨、很沉稳、很平静。"我试着解释我的感觉，"很珍惜和你在一起的时间，觉得彼此这么亲近，这么兴趣相投。决定要嫁你，就想一生都要对你好，对你忠实，为你持家，为你做一切……"

"你讲这些都没有用！"他气恼地打断了我，"只要肯定地告诉我，你爱我，是不是，比爱他多？"

我哀伤地摇摇头。

他脸色灰白，气冲冲地去看天空，不看我。我像犯了罪，等着他定夺。他开始绕着那个院子走，走来走去，走去走来，像一只困兽。然后，他一下子停在我面前，用很有力的、下决心的声音说：

"取消我们的结婚，我不能娶你！我绝对不娶一个爱我不够深的女人！"

我点点头，转过身子，我回家了。回到日式小屋里，回到那间四个榻榻米大的房间里，我躺在床上，看着通厨房那道门，门上有他加上去的弹簧，门缝上有他贴的胶纸……我心酸酸，泪珠滚落。可是，我心中也如释重负，一片坦然。**我能这样诚实而勇敢地说出我的心事，自己也觉得很了不起。**

那夜，我彻夜难眠。一直到天色已经蒙蒙亮，我才睡着。似乎刚睡着没多久，就感到一阵天摇地动，我一惊而醒，睁开眼睛，他赫然站在我床前，正在那儿死命地摇着我。看到我醒来，他没头没脑地就对着我大叫：

"我管你什么惊心动魄，管你心里还有谁，管你爱谁多爱谁少，我反正娶定你了！昨天我说的话取消，不算！只要你肯对我好，我们有的是天长地久来培养感情！我就不相信你对我的爱，不会越来越深！"

我一下子就湿了眼眶，心中那样震动。我要对他好，我一定要对他好，我想着，我要做一个最好的太太，永不负他这片深情（尽管以后我们的婚姻中发生了许多问题，那天早上的情景，仍然深深撼动我心。在我的回忆中，它永远美好）。

这样，我们终于携手走上了结婚礼堂。我们结婚那一天，父母大宴宾客。我毕竟没有嫁给老师，也算他们的一项功德。必须让所有的亲友知道喜讯。因此，席开二十桌，好生热闹，连父亲的同事和学生都来了。我披上白纱，穿着新娘礼服，盛装走向红地毯的那一端。这是我此生演出最大的一场 show ！

那一年，我刚满二十一岁，庆筠二十七岁。我们两个从认识到结婚，一共只有七个月。

# 九、贫贱夫妻百事哀

结婚第一年，我们就住在那很"诗意"的田野小屋里。竹篱笆外，就是农田，抬起头来，就可见到新店的山。

这小屋是单砖的建筑，盖得"简陋"极了。墙很薄，每到下雨天，"诗意"就变成"湿意"，屋外下大雨，屋内下小雨。到了台风天更不得了，屋瓦会整片整片飞走，雨水从窗子缝隙中往里灌，灌得整面墙都塌下来。每次台风过后，我们就忙着糊墙壁。厨房很小，只能容一个人，有个小小的炉台和洗槽。厕所更简单，连门都没有，我只好给它挂上一面竹帘子。

屋子虽然不怎么"豪华"，我们两个倒也安之若素。庆筠每天早上去上课，整个午后和晚上都在家里写作，他的交通工具是一辆脚踏车。我每天听到他"叮铃铃"按车铃，就奔到"花园"门口去迎接他。他有时会带一些菜回来，我就下厨烹饪，经常做的是"蛋炒饭"，其次是"饭炒蛋"，外加一盘素菜炒肉丝。我的烹调技术实在不佳，好在他也不挑剔。

我们的小屋中，只有简单的藤床藤椅，因为藤制家具是最便宜的。书桌当然不能少，因为家里有两个"写作疯子"呀！我没有出去找工作，他写，我也写。我那时专攻"副刊小说"，我才不管有价值没价值，能赚到稿费就好。因为，母亲的话已不幸而言中，庆筠每个月的薪水，我们付掉房租、水电这些必需开销后，只能买二十天的米和菜，有十来天没东西可吃。赚钱已成为很重要的一件事。我研究报纸"副刊"，真正"投其所好"，写一些三千字左右的"小小说"。偶然，小说会发表一篇两篇，我们的生活可以凑合过去。有时对自己"奢侈"一下，就共骑一辆脚踏车，到新店镇的小戏院里，去看一场二轮电影，再骑着脚踏车回"家"。每次看完电影，都是深夜，车子在田埂中走，田野青翠，明月当空，我们也颇能自得其乐。

庆筠写作的速度，比我慢很多，因为他句斟字酌，一定要做到十全十美，他属于"苦干型"。我不一样，我常在一种感动的情绪下，去写我身边的事与物，每次思想都跑得比我的手快，为了"追"我的"思想"，我总是下笔如飞。我称自己这种写作是"灵感型"。我们就在两种不同的形态下，从事相同的工作，时而切磋琢磨，时而批评鼓励。他是科班出身，难免对我的作品，有许多意见。可是，我的作品多，见报率也较高，在"经济挂帅"的前提下，他也就无话可说了。

虽然，我们两个都"偶有"作品发表，生活仍然是够苦的。因为，稿费不是固定收入，时有时无。"吃饭"却是固定开销，一日也不能少。我初当"家庭主妇"，总是捉襟见肘，就弄不清楚，为什么每到月底，总有些日子，两人口袋中都"清洁溜溜"，一点钱都没有了。我的个性强，当初和庆筠结婚时，曾大言不惭地说："我穷我苦，那是我自己的命！"此时，面对"自己的命"，只想如何挨过去，而不愿去向娘家伸手求助。在这种情况下，我开始懂得去做"家庭预算"，并且必须去"执行"这项预算。

我和庆筠，婚后的第一次吵架，就出在这"家庭预算"上。

原来，我们那时一天的菜钱，只有七块钱，超过了这个数目，我们月底就会没钱用。我非常辛苦地去维持各项"预算"，小心翼翼地不让自己"透支"。但是，七块钱实在太少了，我们几乎难得吃肉，几天下来，庆筠已经喊吃不消。我却坚持"吃苦，大家一起吃"，不许乱了预算。这样，有一天下午，两人都在埋头写作。忽然，院子外面，有人朗声叫卖"鲜肉粽子、豆沙粽子"，这一叫，叫得我们两个都抬起了头。

"我去买两个粽子来吃！"庆筠说着，打开了抽屉，拿着我们的"家用"就往外跑。我急忙阻止说：

"一个粽子要三块半，两个粽子就吃掉了一天的菜钱！到月底我们就会有一天要饿肚子！而且，此例一开，我们都不照预算去用，月底又要难过了。"

"管他的！"庆筠说，依然往外跑，"月底的事月底再说！船到桥头自然直，没有人会饿死的！"

"不行！不行！"我说，"船到桥头不会自然直，每个月到了二十几号，我都要去当我的结婚戒指！这种事太没面子，我不要当结婚戒指！"

"你不当我当！"他说，"我现在饿得很，不吃粽子连灵感都不会来！"

我看没办法阻止他吃粽子了，只好妥协地说：

"那么你买一个就好了，我不饿，我不吃！"我心想，最起码可以省下三块半。谁知道，我这样一说，他竟然勃然大怒起来，跳着脚说：

"你为什么不吃？你不吃，叫我一个人怎么吃得下？你就是喜欢这样，把自己弄得好可怜的样子，其实哪有这么严重？连粽子都吃不起？我没结婚的时候，只要口袋里有钱，想吃什么吃什么，结了个婚，连粽子都没得吃！"

"我没有阻止你吃呀！"我委委屈屈地说，"我自己不吃也不行吗？你为什么要扯到结婚不结婚呢！婚前你可以寅吃卯粮，然后再借债过日子，对我来讲，很不习惯呀……"

"好了好了！"他嚷着，"你的意思就是嫌我穷，你不习惯过穷日子……"

"我哪有嫌你穷？"我这下子更委屈了，声音也大了起来，"嫌你穷还会嫁你吗？我是宁愿跟你'吃苦'的，现在，吃不了苦的是你不是我……"

"你就是这样，就是这样！"他越吼越大声，"吃苦？我怎样给你苦吃了？你左一声吃苦，右一声吃苦，还说不是嫌我穷，你明明就是嫌我穷……"

我们这场架，吵得真无聊！吵着吵着，卖粽子的人也走了，粽子也吃不着了，文章也写不下去了，然后我就哭了。哭着哭着，晚饭也不肯做了，我回娘家去了。

如今回忆起来，我们居然会为了吃两个粽子而大吵一架，简直是不可思议。我还记得，那次粽子事件结束的时候，父亲曾经调侃了我一句：

"怎么？你又要马儿好，又要马儿不吃草？"

庆筠有个绰号叫"老马"，父亲一语双关，实在是非常幽默。只是，当时，这个"幽默"里，也夹带着好多的辛酸！"贫贱夫妻百事哀"呀！

贫贱夫妻，真的是"百事哀"！写到这里，就不能不提一提我的电风扇。

我们那"诗意的小屋"，因为墙太薄了，室内温度和室外温度，几乎都一样。夏天酷热，冬天苦寒。我生平最怕热，到了七、八月，就觉得日子真挨不过去。和庆筠婚后，我都是自己做家务，大热天在厨房中炒菜，真是一大苦事。我又怕庆筠穿得太邋遢，会给同事笑话，所以，他的衬衫长裤，我都是自己洗自己烫。洗衣服还罢了，熨衣服又是一件苦事。每次给他烫衬衫，我额上的汗，滴滴答答落了满衬衫。因此，那时，我最大的愿望，就是能拥有一架小小的电风扇。

一架最小的电风扇，要四百元。我们就是筹不出这个钱来。我省吃俭用，到了月底还要闹亏空，哪有闲钱买电风扇？我盼着想着，夜里做梦都会梦到电风扇。这样，终于皇天不负苦心人，有天我拿到一笔不太小的稿费，有两百多元。母亲看我太可怜，又借给我一百多元，凑了四百元，我买了生平第一架电风扇！

有了电风扇，我真是太高兴了。从此，做饭时、熨衣服时、写作时，我拎着小电风扇到处走。把风扇开了，再做工作。那时，父亲有一架旧的收音机，送给了我。**我听着收音机里的古典音乐，一面做家事，一面吹电风扇，感到人生也蛮有意思的。古代皇帝天热时只能用鹅毛扇，哪有电风扇用？我吹着电风扇，就觉得比皇帝还过瘾。**

这样，有一天，我和庆筠到台北看父亲母亲，又和麒麟、小弟玩了玩桥牌，回家时已经相当晚了。进门一看，家中居然遭了小偷！把我的电风扇、收音机，和庆筠结婚时所做的一套西装（他唯一的一套西装）全偷走了！我当场傻在那儿，半天都不敢相信这是事实。当我终于知道这是事实时，我跌坐在床上，抱头痛哭。

直到如今，我都清清楚楚记得，为了那架电风扇，我哭得多么伤心！坐在那儿，我不睡觉也不说话，只是不停地哭。不论庆筠怎样安慰和劝解，我就是止不住自己的眼泪，硬是整整地哭了一夜。

然后，我又回到挥汗如雨的日子，每当汗水滴落，泪水也不禁盈眶。小偷啊，偷这样的"穷人家"，你实在残忍！

# 十、离别与儿子

结婚第二年，我随庆筠迁居高雄，因为庆筠终于想通了，在高雄铝业公司找到一个翻译的工作，要去上班，以改善家里的经济环境。

上班，这对庆筠来说，实在是相当大的牺牲，他恨透了坐办公桌，一心一意只想写作。但是，经过一年的考验，"梦想"和"现实"终于抵触。这一年，我们彼此的作品都不多，想当职业作家固然不容易，想写一部能藏诸名山的作品更加难。最后，庆筠低头了。

铝业公司的待遇并不很高，但它属于经济部，远景看好。当时人浮于事，找工作并不容易。庆筠一被录用，亲朋好友都来恭喜他，连父亲母亲都为我的生活松了口气，只有他自己，闷闷不乐。

初抵高雄，在庆筠两位同学的协助下，租了一栋二层楼的房子。那两位同学是单身汉，和我们合租这栋房子，他们两个住楼下，我和庆筠住楼上。反正行李衣物，都很简单。楼上只有一间大房间，卧室、书房、客厅全在一起。

庆筠开始当公务员，早出晚归。每天回家后，匆匆忙忙吃完饭，就又去从事他的写作。但，上了一天班，回家已经相当累了。用剩余的时间去写作，当然写来写去不顺利。他以前可以有全天候时间写作，他的产品都不多，这一下，当然少之又少。

我不用上班，每天一个人在家，时间多得用不完，生活也挺寂寞的。于是，我就全力铆上了写作。副刊小说不再是我的目标，我开始写长篇。总觉得自己感情丰沛，思想细腻，应该可以写出一两本好书来才对。可是，我整天涂涂抹抹，写了撕，撕了写，不知怎的，也是写不顺。

我写了好多"第一章"，都没有"第二章"，写来写去，真觉得自己无能极了，开始怀疑自己有没有才气。庆筠的写作，比我更不顺利，我还偶尔会发表一两篇短篇小说，他连短篇都没有！于是，在两个人都充满挫败感、情绪低荡的时候，冲突就时常发生。每次都从小冲突变成大冲突，冲突到了最后，就忘了为什么起冲突的，他会对我大吼一句：

"我知道你对我什么都不满意！因为你心里始终有个人！你忘不掉他！你一直忘不掉他！"

这实在是很不公平的！我一心一意要当个好妻子，我努力在"忘掉他"，是庆筠，他不许我忘掉他呀！他时时刻刻把吵架的主因丢开，而兜到他身上去。难道我成为庆筠的妻子以后，我就必须把我生命里的"历史"都一笔抹杀吗？可是，今天的我，不论**值得人爱还是不值得人爱，不都是由过去的我堆积而成的吗？**

这种吵架，总是撕裂我的心。因为，无助的感觉，会随之而起。我会好几天都想不明白，不知道自己错在哪里。好在，吵架总是会过去。庆筠心地善良，吵完了，也会觉得自己在"胡搅蛮缠"，于是，拥我于怀，轻轻说一句：

"对不起！"

我会落泪。我一直很爱哭。泪水掉完了，纷争随之而去。我仍然一心一意要做个好妻子。

就在这个时候，我发现我怀孕了。

一切好奇妙呀，居然有个小生命在我体内孕育！我整个人像从睡梦中苏醒，全心灵震撼于这个发现。一个孩子！我的孩子！这事实挑起了我身体中所有的"母性"，带给我一阵莫名的欣喜。我这才知道，孩子在母体中孕育的第一天开始，母爱就同时存在了。庆筠对这个消息不像我这样兴奋。可怜的庆筠，他没有准备要当丈夫，就糊糊涂涂地当了丈夫；没有准备要当父亲，就糊糊涂涂要当父亲了。

但是，自从我怀孕以后，我的脾气就变得非常温柔了。我才二十二岁，已为人妻，且将为人母。过去的狂风暴雨，对生命的怀疑厌倦，都成"过去"。**这时的我，开始"成熟"，开始热爱"生命"**。感到我和庆筠所共有的小生命，正在我体内长大，使我对庆筠也充满了柔情，充满了感激。小生命是我们两个的，我们将在人生的旅途上，好好地走下去，为我们，为我们的孩子！

我怀孕的这段时间，变成我和庆筠感情最好的一段时间。我们不再吵架，两个人都全心全意照顾对方，等待小生命的来临，这种感觉，实在是美好极了。我几乎有百分之百的信心，我会和庆筠恩恩爱爱地活过这一生！

这个时期，我的小弟已考入中兴大学森林系，去台中读大学了。麒麟从工专毕业以后，在庆筠的介绍下，也到铝业公司来上班，他学的是冶金，在工厂中担任助理工程师，我们双胞胎又常在一起了。他住在单身宿舍，交了个女朋友小霞，每到周末，就和女友来我家。大家在一起包饺子吃，真是快乐极了。

人生的变化，实在是想也想不到的！

就在我怀胎十月，即将临盆的时候，庆筠忽然被铝业公司选中，奉派出国！

在那个年代，出国的机会，实在少之又少。人人对于出国，都趋之若鹜。有这么一个好机会，可以出国去看看这个世界，这简直是件天大的好事！庆筠一被选中，大家对他又是羡慕又是嫉妒，恭喜之声不绝于耳。我却忧愁极了。

我不喜欢离别，我更不喜欢在我即将临盆的时候，丈夫却不在身边。我希望我的孩子呱呱落地后，能躺入他父亲的臂弯里。我知道我的想法都很自私，可是，我就没办法很快乐地去接受这件事。何况，我和庆筠刚在高雄安定下来，如果他出国，我势必要回娘家待产。中国人的习俗，回娘家生产是不受欢迎的。我相信我的父母不会那么迂腐。可是，母亲在我结婚时，就对我说过几句话：

"我一生带大了四个孩子，觉得辛苦极了，所以，我绝不帮孩子再带孩子，如果你有了孩子，不要来麻烦我！"

母亲对我这么年轻去结婚，本就不太高兴。现在又要回娘家生产，母亲怎会坦然接受呢？我实在很怯场。庆筠一去，就要一年多，我觉得恐惧极了。总记得和老师轻易一别，今生就再也不能重聚，如今又要面对离别，会不会历史重演呢？我怕极了。庆筠还没走，我就已经心慌慌了。

不管我心中有多少担心和恐惧，庆筠还是决定走。我还是回到了娘家，重新住进了那间餐厅兼卧室的小房间。

那是一九六一年七月，庆筠终于乘上飞机，飞了。我在机场，目送飞机遥遥远去，心如刀绞。为什么人生要有离别呢？为什么青春做伴，却不相守呢？为什么在我最需要他的时候，却离我而去呢？我仰望长空，极目远眺，只见云天苍茫，飞机早已隐没于穹苍深处。我不忍遽离，伫立良久，老天啊，但愿这番离别，是值得的！但愿庆筠此去，真能获益良深！但愿时光飞逝，他已归来！但愿，但愿，但愿。

庆筠上飞机的第二天，我就动了胎气。一清早就住进了妇幼中心去生产。孩子来得并不顺利，我在产房中足足挣扎了三十六小时。我一直以为自己要死了，一直问医生我是不是要死了？我好希望庆筠在身边，握住我的手，给我一点支持与力量。庆筠不在。母亲陪了我一段时间，太累了，她先回家了。当我的儿子呱呱落地时，医院里一个亲人都没有。我孤独地躺在那儿，听着儿子嘹亮的啼哭声，我的汗水和泪水一齐滚落，心中低低地自语着："凤凰，以后再也不会孤独，有儿子了呀！"

虽然心中这样说着，但在初为人母的一刹那，我一直躺在那儿掉眼泪。

二十四小时以后，护士小姐才把我儿子抱来给我。我捧着他，凝视着他，虽然他不是个很漂亮的小婴儿，我却近乎崇拜地看着他的小手小脚，感到"生命"真是"伟大"极了。我心里充满了爱和骄傲，充满了难以言喻的震撼和感动。我对我的儿子，郑重地低语：

"孩子！不管生命的产生是多么'偶然'，你却是我全心全意所期待的，所需要的，所热爱的！以后，不论我的生命中再有多少风风浪浪，我都会为你而坚强地活下去！你，就是我的希望、快乐，和最伟大的一部长篇！"

那一年，我二十三岁。从一个年轻的"妻子"，变成了一个年轻的"母亲"。我还没有完全适应当"妻子"的角色，就要努力去适应当"母亲"的角色了。最麻烦的一点是：我搬回了娘家，我还必须兼顾当"女儿"的角色呢！


# 十一、小庆


我的儿子，乳名叫作"小庆"。

小庆在婴儿时期，非常爱哭。白天哭，晚上哭，夜里也哭。我初当母亲，常被他哭得心慌意乱。带他去看医生，医生说，一切正常，哭是"运动"。但是，小庆"运动"的时间非常混乱，不管是夜深还是清晨，他爱"运动"就"运动"。我们那日式小屋，完全不隔音。父亲辛苦了一天，夜里被小庆惊醒，他就叹着气问我：

"你为什么让他一直哭呢？你会不会带小孩呀？"

我是不会带呀！抱着儿子，我整夜在屋里走来走去，拍他，哄他，哀求他：好儿子，别哭了！少"运动"一点呀！儿子听不懂，他仍然"运动"他的。母亲对我直摇头：

"唉！如果当初考上了大学，何至于现在要受这种苦！都是任性的结果，以为结婚很好玩呢！"

**我并不觉得带孩子是一种"苦"。可是，因为我的孩子，而让父母受苦，这才是我的"苦"。**那时，父母家中，麒麟去高雄做事，小弟去台中读书，只有小妹在家。小妹仍然是最优秀的小妹：小学拿了十二个第一名，考上了第一女中，又连拿了好几个第一名，这年正要进高中，每天捧着书本，用功得不得了。我儿子一哭，我母亲就着急：

"别让他老是哭了！别让他吵着小妹呀！"

我急忙抱着儿子，冲到院子里去。一面摇晃着孩子，一面抬头看着满天星辰，心中低叹着：

"庆筠，你在哪里呢？"

庆筠没有回答。儿子仍然哭，我就跟着哭。

儿子是我的希望、快乐，和爱！但是，那段时间，我却怕极了儿子哭，每次他一哭我就会跟着掉眼泪。父母对我已经忍耐到了极点，我觉得我这样拖累娘家，实在是"罪该万死"！**我怎么总是把自己弄成"罪该万死"的情况呢？**

庆筠正在"周游列国"。他这次出国，并不是出去深造，也不是出去考察，而是参加了一个"道德重整会"，出国去巡回表演。我一直到今天，都没有弄清楚，这个"道德重整会"到底在做些什么。只知道庆筠一会儿在美国，一会儿在欧洲。德国、英国、法国、瑞士……到处跑。庆筠出国时期，铝业公司照发他的薪水，我应该没有经济的困难。可是，我对于带着孩子回娘家生活，非常不安和歉然，就把这薪水，全部交给了母亲。这样，当小庆需要奶粉、衣服、营养品、医药等的开销时，我又捉襟见肘了。偏偏庆筠从国外来了封求援的信：

快寄一点美金给我，因为我没钱用了！

怎会有这种事？他在国外，却要我寄美金给他？原来那"道德重整会"常常发不出零用钱给他们，他们个个都要靠家里"支援"。我这一下傻掉了，总不好意思向母亲要回庆筠的薪水。抱着儿子，我又开始写稿子。

有一天，我一手抱着儿子，一手在写稿。写着写着，儿子开始哭。我正写得顺手，不愿停下来，我让儿子"运动"，自己的右手也飞快地"运动"，脑子也不停地"运动"……正"运动"得浑然忘我，母亲怒气冲冲地在我书桌前一站，对我疾言厉色地说：

"你如果想当作家，就不该这么早生儿子！既然生了儿子，就丢掉你想当作家的梦！你这样只顾写作，让孩子吵得全家人不能生活，你岂不是太自私了吗？"

我一惊停笔，抱着儿子，惶然不知所措。那种"罪该万死"的感觉又从头到脚地罩下来。我无法为自己解释，只感到走投无路。当晚，我把头埋在儿子的襁褓中，祈求地对他低语：

"儿子，你不能这么爱哭了，我求求你，你不要再哭了！给我一点时间，让我为你，为我们两个，为你的父亲，做一点事吧！"

说也奇怪，儿子那晚不再哭。我奔回书桌前，飞快地继续我的小说。那夜，我写完了那个短篇。至今记得那篇小说的题目："情人谷"。这篇小说在如此仓促之下完稿，写得并不好，但很快地发表了，很快地拿到稿费。发表的杂志，与我后来的生涯有极大的关系，那本杂志名叫《皇冠》，那是我第一次给《皇冠》写稿。拿到稿费，马上换了美金，寄去给庆筠。

我的生活，就这样，又陷入艰苦的挣扎里。庆筠很勤于给我写信，他的信是我最大的安慰。刚离开没多久，他来信中有这样的一句：

> 让我们用三百六十五日的相思，去奠定百年相守的美景！

我非常感动。抱着儿子，我在他耳边悄悄背诵。后来，他的信中常常提到国外的所见所闻，我也看得津津有味，非常新鲜。一次，他信中忽然有了"愤世嫉俗"的味道，很悲观消极，他写：

> 到了国外，我才知道外面的世界有多大！台湾是多么渺小！凤凰，我告诉你，以后我们不用去争取物质生活，因为我们的物质生活不论怎样进步，也不可能追上欧美的水准！我们太落后了！看到别人的进步，会让我感到无望和自卑！

其实，从这封信中，我就该看出一点端倪。这次出国，带给庆筠的冲击确实很大。他离开时，是个积极、有信心、有热情的年轻人。虽然也有些"愤世嫉俗"的意味，却不严重。他回来时，一切思想看法，都有些变了。变得最多的一点，是他不再像以前那样乐观和天真了。

庆筠回来时，小庆已快满周岁。

我带着满怀的喜悦，带着我们的儿子，带着"百年相守的美景"，飞奔到机场去迎接庆筠。我们总算把这一年熬过去了。再相见时，我们手握着手，泪眼相看，真觉得恍如隔世。庆筠抱着他的儿子，看了又看，亲了又亲，简直不相信这个"胖小子"，就是他离开时尚未出世的孩子。我们"一家三口"第一次团聚，真有说不出的喜悦，和说不出的辛酸。至于别后种种，更不是三言两语所能讲完的！

我怎样也没想到，这次的团聚，却是日后分手的序幕！人生的路，不知道为什么，我所走的，特别崎岖。

# 十二、痛苦的婚姻

我们一家三口，又搬回到高雄去住了。这次，我们总算租了一幢房子一家住，这房子也很奇怪，是两层楼，却只有两间房，楼下一大间是客厅兼书房，楼上一大间是卧室兼书房。我和庆筠，终于拥有了两张书桌。他在楼下写，我带着儿子在楼上写。

庆筠继续他的上班生活，写作都是晚上的事。但是，在国外这样东奔西跑了一年，再要收下心来，去过如此"孤独"的"写作"生活，他骤然间无法调适他的脚步。再加上，他走的时候，儿子并未出世，我和他两人共有一个小天地。他回来时，儿子已经一岁，正是又吵又闹又需要人一步一扶的时候。假若庆筠曾和我共同度过儿子出生后的第一年，他一定比较能适应儿子。但他跳掉了那一年。现在，突然间，我变成一个母亲，注意力全在儿子身上，等儿子好不容易睡觉了，我就冲到书桌前去"写作"，我忙得简直分身乏术，对庆筠，我难免疏忽。

如今再回忆起来，我和庆筠的婚姻，一开始可能就是个错误。我们之间没有很深的爱情基础，认识的时间又很短暂就结婚，彼此了解都不够深入。但，我们婚姻中真正的致命伤，是不该轻易离别，更不该双双执迷不悟地写作。

重回到我身边的庆筠，对"写作"的"使命感"更加强烈。在国外走了一圈，他心有所感，极力想写一些有意义有深度的作品。这种"使命感"把他煎熬得很苦。当他在"煎熬"中，我无法分担他的苦恼，也无法进入他的世界。我忙儿子、忙家务、忙自己的写作就忙个没完。我顶多能做到的，就是抱着儿子到屋外的草地上去玩，让他耳根清净，让他有短暂的时间可以利用。

我和儿子在外面玩了两小时，回到家里，他桌上的稿纸仍然空白，写了字的稿纸，全在字纸篓中，堆了满满一字纸篓。而他，头发凌乱，眼神落寞。

同一个时期的我，却写了好多篇中篇小说，我把它们寄给《皇冠》，都能刊载出来。《皇冠》的稿费不高（我后来才知道，这本杂志是如何惨淡经营的）。稿费虽不高，对我的生活，却已不无小补。最重要的，是我有一个发表的园地。我的中篇小说《寻梦园》《黑茧》《幸运草》……都是这时期发表的。有一天，我居然收到《皇冠》社长"平鑫涛"的一封信，信中写着这样几句：

> 我们非常喜欢你的小说，读者反应也十分热烈。不知道你愿不愿意每期给《皇冠》写一篇稿？长短字数都没有关系，《皇冠》篇幅大，可容纳较长的文稿……

我捧着信，雀跃三丈。这是我生平收到的第一封"邀稿"信！我把信拿给庆筠看，简直"得意忘形"。庆筠看了信，十分纳闷，他总觉得我的小说写得很没"深度"。这样没深度的作品怎会有人邀稿！他立刻把我发表的那些中篇小说，拿来细读一番。看完了，他把杂志丢在桌上说：

"你不过是在说故事而已！"

"对！"我承认，"我就是在说故事！"

"你连故事都没有说得很好！"他又批评。

"对！"我仍然承认，"不过，我会慢慢进步的！"

"如果你一天到晚写这些没深度的东西，你一辈子都不会进步！"他气冲冲地说，"如果你以此自满，你就完了！你会陷在流行的、通俗的窠臼里，再也跳不出来！"

我有些受伤了，抬头看他，我语气不佳：

"你去写那些藏诸名山、流传后世的不朽名著，让我去写没深度没格调的故事！我只想说故事，只爱说故事。我才气不高，学问不深。能写得出来，能有地方发表，我就很满足了！"

庆筠看着我，不知道为什么那样生气。他整晚坐在桌前想心事，偶尔涂涂写写，又都撕掉。第二天他去上班，到下班时没有回家，我抱着儿子，站在门前等，越等越心慌。怕他出事了，怕他骑车太快了，怕他被车撞了……夜越深，我越怕。最后，我铁定他出了意外，哭着跑到公用电话亭打电话，公司早就下班，没人接电话。我又哭着打给麒麟，麒麟在工厂上班，或者知道下落。麒麟一接到电话就问我：

"你是不是和他吵架了？"

"没有！"我哭着说，"我没有跟他吵架。"

"安心啦！"麒麟喊，"一个大男人，不会有事的！你回家去等就对了！"

我只好抱着儿子回家。午夜，庆筠回来了，我听到脚踏车声，就冲到门口去看他，一看他四肢俱全，完完好好，我竟"哇"的一声哭出来。庆筠把我一把抱住，连声说：

"对不起，对不起，我应该猜到你会着急。我只是和几个朋友去玩桥牌，不知不觉就玩晚了！"

我惊魂甫定，身子还在颤抖。那时候，家里都没电话，联络起来本就不便。丈夫一夜晚归，我似乎也犯不着小题大做，只要他安好，就什么都算了。我拭去泪，虽然心底仍然委屈，却也不再多说什么。谁知道，这种"晚归"，竟逐渐变成一种"习惯"了。


那年，麒麟和他的女友小霞结婚了，也定居在高雄，我们双胞胎都已成家，又住在同一个城市，时相往来，实在是件很好的事。但，我和庆筠的感情，却开始陷入风风雨雨之中。

庆筠常常下了班就不知去向，归家时已是夜深。头几次，我会哭，会着急。次数多了，我不再着急，却化为一股怒气。年轻的我，脾气一向就不很好。现在，身上的工作又十分沉重。小庆已牙牙学语，而且飞快地学走路。小家伙浑身有用不完的精力，爬高下低，跳来跳去，简直没片刻安静。我每天仅仅带他，已经筋疲力尽，何况我还要抽出能抽出的每一分钟，去写一些东西。现在，我写的作品，几乎大部分都能发表了。我有好几个固定的地盘，是从不会退我稿的：一家报纸的副刊、香港的一本文学杂志，和台湾的《皇冠》。我每月只要勤于耕耘，就会收到相当不错的稿费，这对于我的生活和写作来说，都是莫大的鼓励。我就写呀写的，几乎没有停。

我最大的错，是从没有去体会庆筠的"失落"。当他夜不归家时，我就生很大的气。我骂他没有责任感，没有良心，既不是好父亲，更不是好丈夫！他被我骂急了，就怒冲冲地吼了回来：

"你不要以为你现在能赚几个臭稿费，就有什么了不起！你知道吗？如果我不是要上班养活你，如果我像你一样，有那么多时间可以写作，我早就是大作家了！都是你！都是你！你害惨了我！你谋杀了我的写作生命！我会夜不归家，就因为你！因为我苦闷，因为我不要回家面对你！"

这太残忍了。夫妻一旦吵架，常会说些最刻薄的话，但是，这些话也正流露出对方的心态。他这样一吼，我就被打倒了。我踉跄着往后退，又气又急又伤心，眼泪就夺眶而出。一面哭，一面就去抱儿子，要抱着儿子冲出家门，永不回来，免得让他看了讨厌。我抱着儿子跑，儿子看我哭，他也哭，用小手摸着我的眼泪说：

"妈妈哭哭，小庆哭哭！"

儿子这样一说，我更是泪不可止，那场面实在惨烈。我抱着儿子奔到房门口，庆筠一下子拦过来，把我们母子都圈在他的臂弯里，苍白着脸说：

"不许走！不要走！我吵架说的话，你怎么能认真？你们母子两个，是我整个的世界呀！我什么都没有，连写作都没有，我只有你们两个！难道连你们两个，也要遗弃我了吗？"

我站住，然后哭倒在他怀里。听了他这种话，我怎么忍心走？走，又走到何处去？我不是下定决心，要和他恩恩爱爱过一生吗？我们不是要用三百六十五日的相思，来奠定百年相守的美景吗？连离别的日子都挨过了，怎么相守的日子反而如此悲惨呢？

我收住步子，不走了。但是，我们之间的情况，却每况愈下。


# 十三、二十五岁


那年冬天，我开始写我的第一部长篇小说《窗外》。

在写《窗外》以前，我尝试过很多长篇的题材，写了《烟雨蒙蒙》的第一章，写不出第二章。也写了许多其他的第一章，就是写不出第二章。总觉得心头热烘烘的，有件心愿未了。最后，我决心写《窗外》，那是我自己的故事，是我的初恋，这件恋爱始终撼动我心，让我低回不已。我终于醒悟，我的第一部长篇，一定要写我最熟悉的故事，我最熟悉的故事，就是我自己的故事。

写《窗外》的时候，我非常小心翼翼。我不敢让庆筠看到我的原稿，怕他又翻出我的过去，来和我吵架。所以，我都利用他上班的时候去写。

小庆在一岁七个月大的时候，已经能跑能跳，能言善道。我为了要写作，只好每天上午，都把他送托儿所。小庆不喜欢托儿所。每天早上，托儿所的车子来接他的时候，他都会抱着我的腿不放。我必须用最坚强的意志，来克服我的"不忍"。每次把他拉上幼儿车，他就放声大哭，一面哭，一面惨烈地哀叫：

"妈妈呀！我要跟你在一起！妈妈呀！我不要去学校！妈妈！小庆乖乖不会闹……"

车子走了好远，小庆的哭叫声仍在我耳边萦绕。我掉着眼泪，冲上楼，面对一沓空白稿纸，我含泪对稿纸说：

"如果今天上午，写不出三千字，我就对不起我那可怜的儿子！"坐下来，拭掉眼泪，不敢浪费时间来哭泣，我马上提笔写作。这种情况下，我几乎每天都能写出三千字。到了中午，幼儿车的铃声一响，我就飞奔下楼，奔出大门，奔向我儿，把他紧紧紧紧地搂在怀里，对他不住口地说：

"对不起，儿子。妈妈好狠心，是不是？但是，你的牺牲是有代价的！我写了三千字呢！"

整个下午，我不写作，陪儿子玩。晚上，我也不写作，把时间留给庆筠，我还想挽救我的婚姻。但是，庆筠从"晚归"，更进了一步，有时，他会"彻夜不归"了。

庆筠下班后的去向，终于露了底。

原来，铝业公司职员众多，又有工厂，工人也多。每天下班后，就会有些职员和工人，在空无一人的工厂中打扑克，赌一点小钱。庆筠那时，正心情苦闷，对现实生活充满了不满，对自我的前途，又充满了无力感。眼看我拼命地写，且能发表，他自己的挫折感就越来越重（可惜，他这种心态，是我在多年后才分析出来的。当年的我，对他真是又气又恨又伤心，根本没有情绪去分析和了解）。在这种种因素下，他就逃遁到那个扑克桌上去了。

起先，只是小小地玩一下，慢慢地，就像鬼迷心窍一般，会越玩越大。庆筠天生就不是赌徒，他根本不会赌，也不擅赌，十赌九输。他输的数字，现在想起来，实在没多少。但，在那时候，却是我们的生活费、儿子的奶粉费。他输了，就觉得没办法回来面对我，于是，只好再继续赌下去，希望翻本。就这样，他常流连于外，而我，却在一次一次的等待以后，越来越绝望，越来越灰心。

我印象最深的，是我二十五岁生日那天。

在我过生日的前几天，庆筠告诉我，他要戒赌了。他要把一个全新的庆筠送给我，作为"生日礼物"。他还说：

"自从我回国之后，我所有的表现都差劲透了！我不只让你伤心，让你难过，连我自己都恨透了这个我。凤凰，我们再重新开始吧！不要放弃我，不要想离开我，我发誓，我再也不赌了！我也不怨天尤人了，我要好好地写作，和你一样努力去写。我们结婚时的信念还在，请你，不要对我失望！你过二十五岁生日，我们就以这一天作为全新的开始，我要请麒麟、小霞，还有诸多好友，来为我的话做见证！"

我那时对于庆筠，心已经冷了。不只是因为他赌，更大的原因，是他对什么都不满意，整个人生显得非常消极。他看不起我的写作，自己又没有写出超越他自我的作品来。每次一吵架，就说我害了他，我和孩子拖累了他，使他无法一展雄才。这种话的杀伤力太强了。我相信，我也说了很多伤害他的话。彼此的伤害一深，心里的"积怨"就不少。那时，我真的常常在考虑离婚。庆筠也知道我的心意，知道我正在挣扎和矛盾中。

当他和我说了上面那一大篇话之后，我又感动了。想想看，我自己也有诸多不是。我很情绪化，很小心眼儿，又孩子气，又任性，又爱哭。是我不能保持一张欢笑的脸，是我无力拴住丈夫的心。这样一检讨，我不能只责怪他而不责怪自己。于是，我答应了他，相信了他，我们要一起努力，去重新开始我们的婚姻生活。

庆筠很高兴，他立刻去请了好多他的朋友、麒麟夫妇，整整有一桌客人，来我们家吃晚餐，为我庆祝生日。当然，那天也是麒麟的生日。

可是，这么多人来吃饭，做饭的工作还是我的。我一向不擅长于厨房工作，这么多人来吃饭，对我实在是件苦事。庆筠拍着我的肩，笑嘻嘻地说：

"没有关系，我下午就请假回家帮你！我会从餐馆里，带两个现成的菜回来，你热热就可以吃了！"

"你可一定要早点回来！"我千叮咛、万嘱咐地说，"总得有个人带小庆，我不能又带他又烧菜！"

"你放心！"他兴冲冲地看着我，"我们的'新开始'，我怎会把它弄砸呢！"

于是，我生日那天到了，庆筠一早去上班，告诉我中午就回来。小庆去了托儿所，我赶快去买菜。回来洗洗切切，忙忙碌碌。中午，小庆回家，我只能带着他，无法进厨房，因为我家厨房极小，我怕炉火热油会伤到孩子。我们母子，站在大门口左等右等，庆筠人影俱无。到了下午五点，他仍然不见踪影，幸好麒麟和小霞赶来，我赶快把小庆交给麒麟，小霞和我一起下厨。

六点半，客人全来了，庆筠仍然不见踪影。

七点半，我和小霞把菜全搬上桌，我累得满头大汗，心中绞痛。我想笑，却完全笑不出来，眼泪始终在眼眶里打转。满桌宾客，你看看我，我看看你，没有一个人动筷子，也没有一个人说话。这些好友，对我和庆筠的情况都十分了解。而且，他们都是奉庆筠之命，前来为他做见证的！到了八点，我含泪请大家先吃，不要等庆筠了，麒麟眼睛一瞪，大声说：

"不行！今天一定要等他回家，大家再开动，看他能晚到几点回来！看他如何向我们大家交代！"

麒麟这样一说，大家都不肯吃。我们一大桌人，就坐在那儿默默地等。到了九点钟，麒麟一拍桌子站了起来，大骂了一句：

"岂有此理!"

我心想,这简直是不可能的!今天是我的生日呀!是他要帮我过生日呀!是他请的客人呀!是他要"新开始"呀!怎么可能不回家呢?我又害怕了,担心了,我喃喃地说:

"会不会出事了?会不会出了车祸?"

麒麟瞪了我一眼说:

"你放心,我去帮你把他'捉'回来!"

麒麟说完,冲出房子,骑上脚踏车就如飞而去。我们满桌子人仍然没人吃东西,没人说话,小庆倚在我肩上睡着了。小霞悄悄把他抱过去,抱上楼,送到床上去睡。我傻傻地坐在那儿,心里疯狂般地想:一定出事了,一定撞车了,一定发生意外了……

九点半钟,车铃响,麒麟和庆筠在众目睽睽下,一起冲进了房间,麒麟嚷着:

"凤凰,我把他给押回来了!"

我不敢相信地看着庆筠。庆筠显得狼狈极了,他头发凌乱,衣衫不整,脸色苍白,满脸的胡子楂。他面对着我,手足失措地说:

"今天发了薪水,我就去玩了玩,我没有输,钱在这里……"

他一面说,一面掏口袋,从左边口袋里掏出一沓零散的钞票,又从右边的口袋里掏出一沓零散的钞票,再去翻衬衫的口袋,又去翻长裤的口袋……从每个不同的口袋里,掏出了左一沓右一沓的散钞,握了一大把,直往我的手里塞,说:

"你看你看,我还赢了一点呢!"

那晚的我很没有风度,我顾不得满屋宾客,我把钞票往地上一摔，就飞奔上楼。拥着我的儿子，我整晚在那儿哀怜着我的婚姻。我不肯下楼，也拒绝吃饭。心中最大的痛楚，不是他的赌，而是，当他在那儿左翻口袋、右翻口袋的当儿，我才蓦然醒悟过来，当初那个胸怀大志、雄姿英发的庆筠，已经变了！那个虽然贫穷，却豪气干云的庆筠，确实不见了。难道，我真的"谋杀"了庆筠吗？那个有着"俱怀逸兴壮思飞，欲上青天揽明月"的胸襟气度、有着"天地一沙鸥"的诗情画意的那个年轻人，如今到哪里去了？难道一个错误的婚姻，竟会把一个优秀的青年给害了？

我不寒而栗了。如果是我把庆筠害成这样，我真是罪不可赦呀！

我这一生，有两次的生日，终生难忘。一次是二十岁，一次是二十五岁。两次生日，都让我心碎，都让我痛楚莫名。


## 十四、《窗外》出版，愁云满天


二十五岁生日过去没有多久，我的第一部长篇小说《窗外》终于完成了。真没想到，我会有这么大的毅力去完成它！而且是在这种风风雨雨的生活中去完成的！

捧着一大摞《窗外》的原稿，我虽然有初完稿的喜悦，却有更多的茫然。二十几万字呢！什么刊物会接受它呢？如果它去

"周游列国"，恐怕邮费都不是小数字，我把稿子压在家里，开始写信给各报副刊，问一问有没有编辑愿意"过目"一下。一星期后，回信纷纷而来，都是"篇幅所限，长篇小说无法容纳"，居然没有编辑愿意看它！

就在这时候，有天我出门回家，发现庆筠正在全神贯注地翻阅《窗外》原稿。我心中怦然一跳，心想战争又要开始！谁知，庆筠放下了稿子，抬头看着我，严肃地说：

"这是一部好小说！你让我嫉妒！如果我再不奋起直追，你会遥遥领先的！"

我松了好大的一口气，真感激庆筠，没有因我写《窗外》而和我吵架，我小心翼翼地看着他问：

"这里面写的是我自己，虽然十四章以后，都是杜撰，里面还是有你的影子，你不会生气吗？"

他郑重地看着我，诚挚地说：

"让我告诉你，每个作家的第一部小说，多半都是自传！你千万不要让这点来困住你，只要问，你有没有写好它！至于我……"他微笑起来，"我如果连这点胸襟和气度都没有，我还配当你的丈夫吗？我还配谈写作吗？"

我真感动。庆筠就是这样的，当他理智的时候，当他不自卑的时候，当他想发愤图强的时候，他真是个可爱的人。那一瞬间，我想，我们还是会恩恩爱爱过一生的！只要我们彼此都能迁就一点，都能牺牲一点！我们还是有"百年相守"的美景的！

报社都不愿过目我的《窗外》，我想来想去，唯一的可能是《皇冠》杂志。当时，《皇冠》正在扩版，增加了一个专栏叫"每月一书"，可以一次刊完十万或二十万字。所以，我就把《窗外》付邮，寄到《皇冠》去了。

人生的一切，是不是都有命定呢？我这样一寄，真是万万也想不到，我以后的生命，就全部改写了。

《窗外》寄出一星期后，我收到了平鑫涛寄来的一封长信，他的字如天马行空，一手好草书，却"草"得太厉害，三个字里我有两个不认识，连看带猜，看出这样几行：

> 收到《窗外》，连续三个晚上，不眠不休，终于一口气读完。这是本不可多得的佳作！我猜作者本人，必在书中。写得如此真实，令人深深感动。《皇冠》获得此书，十分荣耀，已决定在七月份《皇冠》上，一次刊出……

我捧着信，雀跃不已。对这位从未见过面的平鑫涛，颇有知遇之感。我收到的第一封"邀稿信"是他写的，第一部长篇，又是他接受的！他真是个有慧眼的人呢！我还没从兴奋中恢复，他又来了第二封信，热心地和我讨论书中的几个细节是否需要修正。我来不及回信，他又来了第三封，建议我改写第一章，让主角先跳出来（我的初稿中，第一章是许多女学生一齐出场）。我接受了每一项建议，重改我的《窗外》。

一九六三年七月，我的第一部长篇小说《窗外》，发表在《皇冠》杂志上了。两个月后，这本书发行了单行本。我首次在街头的书摊上，看到自己的书陈列着。心里的喜悦真是难以言喻，我悄悄地在书摊前逛来逛去，偷偷看着那本书。看到居然有人去买书，我兴奋得心脏怦怦乱跳。晚上回家，做梦都会笑。

平鑫涛的信，如雪片般飞来：

第一版《窗外》，已被抢购一空，现正再版中……

第二版《窗外》，又已售完，现在赶印第三版，已决定一次印五千本……

第三版《窗外》，又快卖完了。你在忙些什么？难道没有新作问世，不准备"乘胜追击"吗？……

哇！我实在有些晕陶陶，从来没有人用这么"直接"的方式，来"肯定"我的写作。多年以来，在父母的怀疑下，在自卑感的作祟下，在儿子的眼泪下，在生活的煎熬下……不停不休地写，却一直不知道，自己的写作是否有意义。这样的"写"，几乎在每个字中都糅着血和泪，如今，这番挣扎，终于得到了回馈！我看着平鑫涛的信，泪水盈眶。怪不得古人有诗说："不经一番寒彻骨，怎得梅花扑鼻香？"回忆我的"写作"路程，真正是"寒彻骨"呀！

就在平鑫涛不断报佳音、催新稿的当儿，《窗外》带给我的"压力"，竟如排山倒海般涌来。首先是我的父母，他们看了《窗外》，竟勃然大怒！双双写信来指责我，说我不该写这部小说："出卖"我的父母！父亲的"传统道德"观，使他完全不能接受这件事，他在给我的信中说：

> 你以为大家是喜欢这部"作品"，而买这本书吗？
> 大家不过是要看看你的风流自传而已！

**母亲的来信更加严厉：**

> 原来你的写作才华，仅止于此！你就这样等不及
> 地要赚钱吗？除了"出卖"你的父母以外，你还有没有
> 别的本事？我生你养你育你，竟换得你用这种方式来报
> 答——你写了一本书来骂父母！

天啊！我没有要骂父母，我爱他们，我真的爱他们！《窗外》
是我生命里最强烈的故事，这故事中如果没有我的父母，就根本
不能成立！我或者写得太坦白、太真实，不过，就在我下笔的时
候，我对父母虽然有"怨"，却有更多的"爱"呀！难道他们看
不懂？难道他们体会不出来？难道他们根本不曾"深入"我的内
心世界，竟无法接受我的书？！我捧着父母的来信，又觉得自己
闯了大祸、罪该万死！泪水就滴滴滚落。我亲爱的父母啊，为什
么要这样误会我呢？我走这条路，走得如此艰辛，你们为什么不
鼓励我，反而要生气呢？我不了解，我真的是百思而不得其解。
庆筠下班回来，看我两眼哭得红红的，惊问为什么。我把父母的
信拿给他看，他跳起来说：

"怎么会有这样的事？不管是谁的作品，都无法逃开人生的

范围呀！一个作者会把自己的生活，反映到作品里去，是理所当然的事！他们这样责怪你，实在太过分了！"他伸出手给我，慷慨地说，"别哭，你还有我！"

我感动，真的深深感动。

但是，没有几天，庆筠又彻夜不归了。当他拖着疲倦的脚步，睁着布满红丝的眼睛，狼狈而踉跄地回到家里，他不等我开口，就先发制人地对我大吼：

"不要怪我不回家，也不要怪我去赌钱！都是你，你和你那本见了鬼的《窗外》！你恨不得向全世界宣布你的真爱，那么，你把我置于何地？你有没有顾全过我的自尊、我的感觉？"

我惊愕得几乎不会说话，好半晌，我才低低地说：

"你不是说，每个作家的第一部小说，都是自传，你会谅解吗？"

"会谅解的是神！"他大喊，"我不是！我只是人！连你的父母都不会谅解你！我怎会谅解你！"

我呆呆地跌坐在椅子里，脑中昏昏沉沉的，连思想的力气都没有了。


几天之后，我在报纸的副刊上，读到一篇作品，作者是庆筠。再仔细一看，文章的内容，居然在写我，他杜撰了许多事情，把我痛痛快快地大骂了一场。我等他回家，深深地注视着他，我沉痛地说：

"我不知道你这样恨我！"

他看着报纸，顿时欢容满面。

"对不起，"他说，"那天我觉得沮丧极了，所以写了这篇东西，这不算'作品'，我只是在泄愤而已！"

"泄愤？"我难过极了，"我让你这么生气吗？为什么呢？仅仅因为《窗外》，还是你对我的爱情都死掉了！"

他悲哀地看着我，试着要向我分析他自己：

"我不知道我是怎么回事，自从你出了书之后，我就无法平衡了。我受不了同事们的眼光，受不了你一天到晚写，受不了自我的期许，也受不了这个家里的气氛！"他痛苦地用手抱着头，似乎痛苦得快要死掉了，"我真的不知道该怎么办才好！我觉得我已经完了！"

看他那么痛苦，我也痛苦起来。年轻的我，还不太懂得为对方设想。易地而处，我可能也会和他一样痛苦。如果我能多为他设身处地想一想，或者我能付与更多的耐心和爱心，来挽救我们的婚姻。但，那时的我太年轻，肩上已扛着沉沉重担，父母给我的压力已使我透不过气来，总觉得庆筠该给我的是慰藉和支持。怎能也用这种态度来对我，怎会对我说，他受不了这个，受不了那个……他不平衡，我也不平衡。觉得自从他回国以后，我们就陷在彼此折磨中。我看着他，悲哀而无助，我说：

"如果我让你这么痛苦，那么，就让这场悲剧结束了吧！"

"什么叫'结束了吧'？"他大声地问。

"离婚！"

这两个字从我嘴中一吐出来，我们两个都有些惊怔了。他死死地盯着我，一语不发。看了我很久，终于点了点头，咬牙说："这样也好！"

可是，一转身，他看到小庆，他把孩子抱了起来，抬头看我，哑声说：

"你预备让小庆没有爸爸，还是没有妈妈？"

我眼泪一掉，什么话都说不出来了。

这就是《窗外》出版，带给我的各种压力。说真话，《窗外》的出版，是我写作生涯的一个大大冲刺。但是，在我真实人生里，它却带来毁灭性的风暴。


# 十五、初见鑫涛、桥、火车与落日


那年，我二十五岁。整整一年，我发疯一样地写作。

生活里再也没有什么乐趣，我和庆筠，陷在彼此折磨的困境里。我生活的重心，只有两样：小庆和写作。

我在五月份，就开始写《六个梦》。由于《六个梦》是中篇小说，我写了前三个梦，就又马不停蹄地开始写《烟雨蒙蒙》。《烟雨蒙蒙》一完稿，我又接着去完成了《六个梦》。我会这样拼了命去写，完全和《窗外》有关。我要证明除了我自身的故事，我也有能力写别的。《六个梦》首先在《皇冠》发表，《烟雨蒙蒙》接着在《联合报》副刊发表，都是平鑫涛安排的，那时，他是《皇冠》的社长，也是"联副"的主编。

那年冬天，我第一次和鑫涛见面。

会和他见面，是因为我到台北去接受"电视访问"。那时候，电视还是很新鲜又很时髦的东西，能被"电视访问"是件非常难得又非常光荣的事。我人在高雄，要离开小庆三天，去接受电视访问，我很不愿意。鑫涛又是信、又是电报，十万火急地催我去台北，信中说：

　　不要漠视大众传播的力量，也不要辜负电视公司善意的安排，更不要让你的读者失望，许多读者，都想看看你的真面目，听听你的声音……

庆筠说他会带小庆，叫我放心地去台北。他微笑地看着我，淡淡地说：

"反正，有个出名的太太，丈夫是要付代价的！"

我听出他语气中的讽刺和落寞，却感到无能为力。唉！我奉劝天下的夫妻，千万不要走相同的路！同时，要想想"真爱"是什么？"真爱"不包括为对方做若干牺牲吗？"真爱"不包括以对方的成就为骄傲吗？

我到了台北，鑫涛亲自到火车站来迎接我。我们素昧平生，但已通过两年信。我记得我那天穿了一身黑衣服，瘦瘦小小，自觉平淡无奇（后来，鑫涛却坚持我那天穿的是一套蓝色的洋装，反正我一共只有这两套衣服，不是黑的，就是蓝的）。我杂在一堆旅客中走下火车，很惊奇地发现鑫涛站在那儿，很肯定地注视着我说：

"你一定就是琼瑶!"

鑫涛那年三十六岁。个子不高，方面大耳，站在那儿，却颇有种凌人的气势。他如此年轻，双鬓已经微斑，两眼却炯炯有神。看起来充满了精力，神采奕奕。那第一次会面，我们谁也没料到，日后我们竟会相知日深。命中注定，要共度一生。那时，我只是很惊奇，很惊奇他能在成群旅客中认出了我，我问：

"怎么会认出我来？"

"从《窗外》里认识的，从《婉君》里认识的，从《哑妻》里认识的!"他笑着说，帮我拎起小旅行袋，"不只认识吧! 是非常熟悉了!"

后来，我才知道，鑫涛是个相当沉默寡言的人。但，他第一次见我，却说了很多话。一直到很久之后，他都常常会问我：

"我们第一次在台北火车站相见的时候，你有没有看到电光？"

"什么电光？"我回答，"我听到雷响呢! 轰隆隆，好大的雷，天摇地动。"

"不开玩笑，说真的!"

说真的，没有电光，也没雷响。二十五岁的我虽已结婚生子，又写了好些小说，仍然涉世未深。鑫涛的身份地位对我来说，是个"大人物"。他主宰我小说的命运，他是一个大杂志社的社长，又是一家大报的副刊主编! 还在广播电台主播《热门音乐》（他是第一个把摇滚乐介绍到台湾来的人，他主播《热门音乐》时，用的是艺名"费礼"，他还用这艺名，翻译了《原野奇侠》和《丽秋表姐》）。他在我心目中，是个很奇怪的人。能编杂志，能写稿，能翻译，能广播，能懂"热门音乐"……简直是个

"十项全能"！面对这样一个"人物"，会让我自觉"渺小"。我根深蒂固的"自卑感"，仍然缠绕着我。我称呼他"平先生"，对于他会亲自跑到火车站来接我，深感"受宠若惊"。在这种情绪下，怎会有什么电光石火呢？但是，当他笑着谈《窗外》《婉君》《哑妻》的时候，我却感到十分亲切、十分温暖。虽然是第一次见面，却全然没有陌生感。

那天，因为有许多事要讨论，他请我先去喝杯咖啡。在咖啡馆里，他告诉我访问的内容、需注意的事项，和《窗外》发行的情形、读者反应的情况……他说了很多，我只是静静地听。那时，我有些着急，因为，这在台北停留的三天，我必须回父母家去住。而父母，对于我写《窗外》，仍然余怒未息。我真不敢回家去见父母，很想去住旅馆，但我身上却没有住旅馆的钱（《窗外》一书的稿费，我用来买了一个冰箱，全部花光了）。我始终心不在焉，很想问一句：

"平先生，能不能借给我一点钱？"

第一次见面，这句话始终问不出口。最后，公事都谈完了，鑫涛送我回父母家。我站在那日式房子的门口，迟迟疑疑，就是不敢按门铃。我等鑫涛走掉之后，还呆呆地站在那门口，想不出见了父母要说什么。认错？不，我不觉得我有错。直到如今，我都不觉得我写《窗外》有什么错。我呆站在那儿，冬天，天气好冷，我就是不敢按门铃。我在门外徘徊，走来走去，走去走来，足足磨到天色全黑，这才鼓足勇气按了门铃。后来，鑫涛告诉我：

"你知道吗？那天送你到家门口，你看起来很奇怪，所以我并没有走，我在巷口偷偷看着你，想等你进门之后再走。哪知道，一等就等了二十分钟！真想跑过来问你，到底你有什么为难之处，又觉得跑出来会太冒昧了！后来，好不容易看你进了门，我才放下心来。"隔了许多年，他又提起那天，他说："你小小的个子，穿着一身很薄的衣服，在冬天的冷风底下，走来走去的。我觉得，好像有很重很重的压力，压在你的肩上，你那种'不胜负荷'的样子，让我终生难忘。"

原来，他那天目睹了我的徘徊。

但是，我还是进了父母的家门。父母毕竟是父母，不论他们对我多么生气，他们仍然没有拒我于门外。我怯怯地看着他们，等着他们骂我。可是，他们只是对着我，轮流地叹气，什么话都说不出来。我可怜的父母，当我一无所成的时候，他们失望伤心。当我终于写作出书的时候，他们又害怕担心：不知道我的笔下，对父母家庭，会不会造成伤害。看到他们这么难过，我也难过极了。顿时体会到，"写作"要付的代价，岂止是青春年华的默默消逝，它还会让你"孤独"。不只在写作时的"孤独"，还有写作后的"孤独"。瞧，我为了写作，失去了庆筠的爱，又为了写作，失去父母的爱！这代价真的太高了！

第二天，我接受了电视台非常隆重的访问，第一次面对摄影机，第一次面对访问的人，第一次用"现场直接播出"，我心里非常紧张。鑫涛始终在电视公司陪着我，访问前，就一直给我打气。访问后，他说我讲得很好，保证我并没有失言或失态。那时还没有录影机，我自己无法看到自己在荧幕上的样子。电视访问完了，我又接受了中广的访问。好忙碌的一天！访问都结束后，鑫涛请我去他家里吃饭，于是，我见到他的妻子和三个小孩。鑫涛的妻子非常美丽，三个孩子活泼可爱，最小的一个儿子比小庆只大几个月。我看到一幅幸福家庭的图画，心中深受感动。

接着，我又是整天的节目，鑫涛排满了我的时间，利用我那有限的三天。当最后一个访问做完，已经是万家灯火的时候了。鑫涛请我吃了一顿简单的晚餐，然后预备送我回家。我想起回家就害怕，鑫涛似乎也有很多话要跟我说。他问我，散散步如何？我说好，我们就在灯火的街头，随意地走着，一面随意地聊天。这样走着走着，就走到"台北大桥"前面，我们在桥头站住，看着那大桥上稀少的车辆，和每隔几步的照明灯，那些灯像闪烁的珠链般把整座桥串联着，在夜色里迷蒙如梦。记得，我说了两个字："很美。"接着，我们就走上了那座桥，向对岸走去，一面走，我开始述说《窗外》出版带给我的各种压力。

我只是淡淡地说，并没有太强调。鑫涛这才露出一副恍然大悟的样子，我并不知道他前一天曾目睹过我的徘徊，只感觉到，他听得非常认真。

然后，鑫涛也谈起他自己，和他办《皇冠》的经过：

"你知道吗？我离开父母，一个人来台湾的时候，身上只有二两黄金，是我全部的财产。那时刚刚大学毕业，台湾人生地不熟，举目无亲，只好在同学家里打游击！"

我听得很入神，因为他来台的情况，和庆筠很相似。

"后来，在同学的介绍下，进入台肥六厂去当公务员。住在厂里的单身宿舍里。当时，有三个朋友和我志同道合，大家决定要办一本综合性的杂志。于是，四个人集资，拼拼凑凑，勉勉强强地出了第一期。那一期里的翻译稿、创作稿……大部分都是我们自己写的，跑印刷厂、装订厂……都是自己去跑的。第一期印了三千册，把我那间单身宿舍堆得满满的。我们四个人挤在小屋里，人手一册，自己欣赏自己的稿子。"

很亲切的话题，我了解那种"自我陶醉"的滋味。

"然后，我们要设法把这些《皇冠》卖出去。我骑了脚踏车，载着《皇冠》，到一个个书摊去，请他们寄售，他们连寄售都不肯！有几家勉强接受了，却把《皇冠》丢在地上，用许多别的杂志堆在它上面。这样人家根本看不到《皇冠》，我就去把它从书堆里挖出来，请书摊老板把它放在上面。老板瞪了我一眼，生气地说：'这种破杂志，没有人买的啦！'我听了真伤心。一个月后结算，只卖掉五十七本！我们四个合作的人，合作不到三个月，赔得惨兮兮，三个都退出了，只有我坚持。每个月都骑着脚踏车自己发书，书太重了，骑到后来，大腿两边的淋巴腺都肿了起来！"

我听了，实在非常震动，原来这本已十分成功的杂志，是如此艰辛创办的。假若没有过人的热情和毅力，大概早就收兵了吧！怪不得年纪尚轻的鑫涛，已经"早生华发"了。然后，我们又谈到《皇冠》杂志的现状，说也不信，这本杂志已发行了快十年，仍然非常艰苦，由于利润太少，始终都是"惨淡经营"。鑫涛手下，只有一个职员，厚厚的一本杂志，从看稿、编辑、美工、印刷，到校对，他样样都要做。说着说着，他就笑了起来：

"真不容易，现在已熬到第九年，我们终于遇到了一个琼瑶！或者，《皇冠》是真的要起飞了！"

很大的恭维，我笑了，满怀温暖。那一夜，非常温馨。记得，我们来来回回，在那座桥上走来走去，重复地走了好多次。天上，有月如钩，桥上，有灯如梦。

第三天，又是一天的节目，排得很满，到了黄昏，节目都结束了，鑫涛又要请我吃晚餐，我有点不安，这三天跟他已经太接近，我推辞了，他也没勉强，送我回家。回到家里，才发现家里有客，鑫涛一见到那客人就变了脸色，母亲正和客人聊得融洽，对我说：

"这位某某发行人，已经等了你四个小时了！"

那位发行人，站起身子，先和鑫涛打招呼，原来他们认得。再对我热心地伸出手来，满脸笑容地说：

"琼瑶小姐，没想到你这么年轻！伯母教育得真好，有其母必有其女呀！"

鑫涛站在那儿，有点尴尬，就先告辞了。我这才弄明白，这位"发行人"，是当时另外一本文艺杂志的发行人。而我，从来没有投过稿子给他们，他是来邀稿的。居然等了我四小时，而且对母亲献了四小时的殷勤。当晚，母亲就对我说：

"不要只认一家杂志社，我看这位发行人比平鑫涛可靠！聪明的作者，要各大报章杂志都发表作品才行！千万不能被一家垄断！"

我默默无语。很怕母亲又要干涉我的事业。

三天飞快地过去，第四天，我乘火车回高雄，鑫涛仍然到火车站来送我。我上了车，他跟着我一起上车，帮我拎着旅行袋，找到位子坐下。他没有离去，却在我身边的位子上坐下，好像

"理所当然"一样，淡淡地说：

"我今天正好有空，送你到台中，然后，五点半你的火车去高雄，我的火车回台北！"

啊？我有点惊奇，送我到火车站不就行了，怎么要送到台中？看他一副若无其事的样子，我也不便多说什么。然后，火车开向台中，我们一路讨论我的小说、他的杂志。他也略略问了那位发行人的事。我坦白地告诉他，那位发行人对我母亲展开各种恭维，希望能够拉到我的稿子。我母亲已经感动万分，力劝我不要认定《皇冠》。鑫涛微笑了一下，说：

"这证明你已经出名了，挖角的人也出现了！如何选择，全部在你！"

然后，他就不谈那个发行人。四个多小时车程，他一直在帮我计划我以后应该走的路，那时，我房租已快到期，很想定居高雄，因为高雄生活费低廉，对我比较轻松。他又力劝不可，告诉我文艺界，仍然以台北为中心。他甚至说，可以帮庆筠在台北找工作。那三天，我跟他谈了很多父母的事，并未告诉他我和庆筠的婚姻状况。

这样说说谈谈，车子转眼就到了台中，我们先下车，再分别换火车，一个去高雄，一个回台北。记得，那正是落日时分，太阳又红又大，在地平线上沉落。彩霞把整个天空，都染成绚丽的各种红色，简直美得无以复加！我脱口喊出一声：

"快看那落日！太美了！"

我指着落日，震慑在那份美景中，鑫涛跟着看过去，也呆住了！我们都没想到有这么好的风景可看，对着那落日，两人都没说话。直到车站广播，我们一南一北的车子即将开动，他才匆匆递给我一个很大的牛皮纸口袋，说：

"一点小礼物，回家以后再拆！"

我拿起来，沉甸甸的，像是一本大开本的书。我收下了，上车后，一路都没有拆封。回到家里，庆筠迎了过来，满脸困惑地对我说：

"呵！好奇怪的事，有人送来一架落地电唱收音机！不知道是不是送错了地址！"

我奔过去一看，很豪华的一架落地电唱机，四声道立体声的，简直太奢侈了！自从我的小破收音机被小偷偷掉以后，我就和音乐绝缘了。此时看到电唱机，实在惊讶极了。电唱机上没名片、没卡片，什么都没有。我突然想起鑫涛给我的牛皮纸口袋，匆匆打开一看，竟然是一沓唱片，有柴可夫斯基，有贝多芬，有斯特拉文斯基和莫扎特！我翻弄着唱片，一张小字条掉下来，鑫涛那天马行空的"草书"，草草地写着：

知道你写作的辛劳后，深觉惭愧，稿费一直算得不高，因《皇冠》也撑持得相当辛苦。一架落地电唱机，是从闲谈中，得知你们家庭中所需要的，请看在特意让高雄朋友代劳的一片苦心中，笑纳吧！

我衷心感动，不只为了唱机，还有我手中的唱片，如此细心地安排，实在是个有心人。至于送我到台中的事，他在后来跟我讨论小说的时候，曾经写过一封五页信纸的信，全是谈公事。只在信的最后面，写了几句：

> 怎么有人送别人回家，只送一半路，不送到底的
> 事？还用另外一半路的时间来后悔！还有——你相信有
> 人第一次发现落日的美吗？

事隔多年以后，我笑着问鑫涛："第一次见面就煞费苦心地送唱片、送唱机，有没有心怀不轨呀？"鑫涛正色回答："别冤枉了好人！知道你写作得那么艰苦，觉得太抱歉了，想补偿你一些稿费，又怕伤了你的自尊。后来听你说不喜欢热门音乐，比较爱古典音乐，我才好不容易，想出送唱机的点子！"然后，他又笑笑说，"虽然没有'心怀不轨'，倒的确是'用心良苦'呢！"他想想，又说："至于送火车，就是还想利用那几小时，跟你多谈谈！没料到，有那么美丽的落日，确实把那天变得浪漫起来！"

# 十六、清水与离婚

就这样，我们家里有了唱机，我可以一边写作，一边听音乐，写作时不再那么孤单了。我也有了冰箱，可以一星期买一次菜，节省了不少时间。《皇冠》和"联副"的稿费加起来，已是一笔不小的数字。眼看生活的困窘，即将成为过去。但是，庆筠

的落寞和失意，却与日俱增。我越忙于写作，他就越沉默，我的稿子发表出来，他不再有笑意。

一天，他苦恼地凝视着我，说：

"我应该到'清水'去的！"

清水是台中附近的一个穷乡僻壤，庆筠在刚到铝业公司上班未久时，忽然想转行去教书，清水有个中学给了他聘书。他认为，"隐居"到清水，可以逃掉都市里的"诱惑"，可以埋头写作，那么他就能写出不朽名著来。这个"去清水"的决定，被我推翻了，我不肯跟着他一再搬家，也不认为"写作"与"清水"有什么大关系。再有，铝业公司待遇好，清水待遇低，也是我考虑的一大因素。自从推翻去清水的决定后，庆筠每当最失意时，就会提到清水。

"只有到清水才能写作吗？"我问他，"那么，你就去吧！这次我不拦你了！"

"你已经'拦'过了！"他忧郁地说，"你拦住了我，然后你自己可以平稳地走下去！我给了你一个写作环境，你却从来不给我写作环境！"他紧紧地盯着我，沉痛极了，"你现在已经得意了，报纸、杂志，大家抢着要你的稿子，可是，我呢？我在哪里呢？我在哪里呢？"

他悲怆地说着，落寞地、头也不回地出门去了。


那夜，我抱着儿子，对着窗外黑暗的穹苍，做了一个最后的决定：我要放掉庆筠，我要给他自由，我要让他从家庭的束缚里解脱出来！我再也不要拖累他，不只我不要，儿子也不要！如果没有我和小庆的羁绊，说不定他还有很灿烂的一片天空！

当离婚的建议再被提出来时，庆筠没有反对。或者，他早想这么做了！离开我他就可以去清水，离开我他就可以有成就！他承认我对他造成太大的威胁，承认他嫉妒我，和我的生活不再快乐。我带着一种壮士断腕的心态，不可否认，他那些话刺激我太深，我对他已经彻底绝望。我们选择了一天，抱着儿子，到了高雄法院的离婚公证处，两人默默地填好各种表格，排着队伍，终于到了法官面前。法官看我们两人年纪轻轻，又抱着孩子，再看看我们的表格和年龄，对我们说：

"离婚证人呢？要离婚，需要带两个证人来，你们的证人在哪儿？"

我一惊，还要证人，难道法院都不能做证吗？法官看我一脸迷糊状，就好言好语地说：

"年轻小夫妻，谈什么离婚？孩子那么小，回去想想看，讲和吧！"

法官这样一说，庆筠居然如释重负地接口说：

"就是嘛！又没什么大事，干吗要离婚？"

我这一气，非同小可。走出法院，我觉得我的一生，乱七八糟，总把自己陷进一种"进退维谷"的深渊里。一时之间，感到走投无路，竟然低下头去，一口咬在自己手臂上，我用尽了全力，想咬下一块肉来，给自己一个惩罚。小庆大哭，庆筠慌忙抱走孩子，再来拉我的手，急急地说：

"离婚就离婚嘛！干吗咬自己？"

我那一咬还真重，但是，却没有咬下一块肉来，只是把手臂上咬了一圈牙印，破皮出血，中间很快就红肿淤血，隔天转成紫色。从此，我知道要"咬下一块肉"是很难的事。我那圈牙印和瘀紫，将近一年都没有消退，可见，我用力到什么程度。

离婚，当天又没办成。


## 十七、《天网》与《烟雨蒙蒙》


《窗外》和《六个梦》相继成功，鑫涛一连串写信给我，要我"打铁趁热"，我找出以前只有开头的稿子，夜以继日，赶出了一部长篇小说，取名《天网》。稿子寄给鑫涛后，他来信说，因为有好几处，我写得太强烈，他担心"过不了关"（那时的小说，还是有审查制度的）。让我火速去台北修正，因为他要用"迅雷不及掩耳"的方式，把这部长篇登载到《联合报》副刊，已经没有时间耽误。于是，我又匆匆赶到台北，这次，我只能停留一天，因为小庆交给我弟媳妇小霞带。我怕小霞对付不了我那好动的儿子。

我坐夜车到了台北，又是鑫涛一大早接我的火车。见了面，也没太多时间说应酬话，我问他，有什么图书馆之类的地方，可以坐下来讨论，和修改小说的？他说了个咖啡馆的名字，我想起他乘火车送我到台中的事，觉得最好不要跟他单独进什么咖啡厅。我问有什么风景优美的地方吗？他忽然一个劲儿点头说有有有！于是，他带着我乘上郊外公车，一路风尘仆仆，颠颠簸簸，大约车子开了两个小时才到目的地。我下车一看，海风扑面而来，我们居然到了一个非常原始、非常荒凉，却让我震撼至极的地方——野柳。

当年的野柳，完全天然，一点儿人类的加工都没有。除了一个小小的渔港之外，就是那片让人无法喘息的岩岸。我们走上岩岸，我看着那些各种形状、伸向天空的巨石。要知道，那时，无论是女王头，还是仙女鞋，或是烛台石……这种人为的名称都没有，我一眼看去，就是巍然挺立的、不同形状的岩石，高耸入云，在扑岸的海浪中，遍布在整个海岸线上（那年，这些巨石风化程度很小，比现在起码大了数倍）。这种美景我生平未见，惊愕得几乎无法呼吸。我在岩石中穿来穿去，东张西望，几乎把我那要改的《天网》忘得干干净净。鑫涛陪着我到处跑，他的讶异似乎不比我少，我用了一个多小时，玩够了那些让我着迷的岩石，看够了那片一望无际的大海。然后，我问鑫涛：

"这是你第几次带人来这儿改文章？"

"第一次！我只听报社同事说过这儿风景不错，从来没有来过，你要找风景优美的地方，我就闯过来试试看！"他睁大眼睛说。

好吧！我回过神来，东张西望，要找一个可以改稿的地方。好不容易，找到一块方形的岩石，旁边还散落着几块小石头，正好可以当成凳子，我和鑫涛就在方形石前坐了下来，先讨论要修改的地方，然后，我知道必须把握时间，否则改不完，打开我的手稿卷宗，开始改稿。谁知，还一个字都没有写，一阵海风呼啸而至，我那些摊开的稿纸，顿时"随风四散飞"。我和鑫涛都大叫起身，我先捡了一块石头，压住我的稿子，然后拔脚去追我飞去的稿子。同时，鑫涛也大惊失色地追着我的稿子跑。我们惊天动地地捡着落地的，捞着飞舞的，两人跑得团团转。最后，我们居然把全部吹跑的稿子，都追了回来，简直不可思议。我们两个，都跑得上气不接下气，惊魂未定地彼此互看。半晌，鑫涛才说了一句：

"在野柳改稿子，实在是个很荒唐的点子！"

那天，稿子也没继续改下去，一来地方不对，二来，我们还要赶回台北，我要乘夜车回高雄，时间不够了。我们匆匆回到台北，赶到火车站，又是万家灯火的时候了。我抱着我的《天网》说：

"我带回高雄去改，尽快寄给你！你先找别的稿子垫垫档！"

这次，他没有送我到台中，我一个人坐夜车回高雄。当车子在黎明时抵达高雄，我发现台北是晴天，高雄却下着小雨，迎接着我的，是一片烟雨蒙蒙。我在三天后，就把改好的稿子，寄给了鑫涛，同时，把那本小说，正式改名为《烟雨蒙蒙》。

《烟雨蒙蒙》立即在《联合报》副刊连载起来，而且，得到极大的回响。


# 十八、一九六四年——离婚、出书、乔野


接下来，我的生活全然改变。

那一年，父亲受聘于南洋大学，到新加坡去教书了。母亲带着妹妹，仍住在那栋日式小屋内。尽管，大部分日式小屋都在拆除，改建高楼大厦，师大的这批日式宿舍，仍然维持着原状。

我和庆筠，经过那次的"离婚"事件之后，两人都知道，继续维持我们的婚姻，只是维持我们的"悲剧"而已。我们可以理性地讨论，发现我们婚姻中最大的问题，不是赌，不是穷，不是爱得不够深。这些都可以改正，都可以克服，我们真正克服不了的问题，是我们的写作。夫妻二人，从事同一样事业，潜意识中，仍然有竞争。庆筠是台大外文系毕业的，是正统科班出身，他一直自视比我强。但是，今日的社会以成败论英雄，写得再好，只有自己看是没有用的。他很迷惑，继而迷失。他无法在我面前掩饰他的痛苦，他更做不到以我为荣。可怜的我，可怜的庆筠，我们因有"共同兴趣"而结合，最后，却因这"共同兴趣"而分手。正像庆筠说的，我们不是神，我们只是一对最最平凡的凡人！

那年，我和庆筠分居了一段时间。我带着儿子，搬到台北去住。房子在敦化北路一条巷子里。是两层楼，楼上有三间房间，楼下是客厅、餐厅和厨房，前面后面，都有小小的院子。这房子对我来说，实在太豪华了。初搬进去，我非常不安，算算房租，尤其不安，虽然房东算得很便宜，对我仍然是笔大数字。搬进去第一天，鑫涛来看我们，见我一副愁眉不展的样子，他在客厅中一站，用极肯定、极权威的语气说：

"你负担得起！只要你不停下你的笔来，你就负担得起！不只负担得起这栋房子的房租，你将来还会拥有一个你想象都想象不到的世界！"他盯着我，稳稳地、笃定地加了一句，"可是，你要让你的才华，发挥到极致，绝不能让它睡着了！"

鑫涛这人，实在奇怪极了。我一生没碰到过像他这样的人，他浑身都是"力量"，好像用都用不完。他做事果断，绝不拖泥带水，他思想积极，想做就立刻付诸实行。他不只对自己的事坚定果决，连带对朋友的事也坚定果决。我们刚搬到台北，他还不知道我和庆筠正在闹离婚，积极地对庆筠说：

"你不必回铝业公司上班了。现在有两条路可走，一条是到报社去当编译，报社的上班时间是晚上，你有整个白天的时间可以去写作。另外一条路，是你暂时放弃写作，去从事翻译，翻译需要中英文都好，你是难得的人才！"

庆筠两条路都没有走。关于第一条路，他说：

"听起来很不错，可是，我不要靠你的关系进报社，我要靠我自己！"

至于第二条路，庆筠简直有些生气。

"翻译是一种再创作，再创作和创作怎能相比？难道你属于创作人才，而我只配去翻译吗？"

两条路都堵死。而我已不眠不休地开始写《几度夕阳红》。庆筠看我写得头都不抬，他一咬牙，决定回铝业公司。我对他说：

"我们暂时分开，你愿意去清水也好，去兰屿也好，去绿岛也好……你去打你的天下，不要让我和孩子再来拖累你，天下打完了，或者你不想打了，回来，我还在这儿等你！"

庆筠也是个奇怪的人，他回到高雄，居然没去清水、兰屿或深山大庙，居然不找一个地方去从事他心心念念的写作，他仍然留在铝业公司上班，这一上，就上了一辈子。直到退休年龄，才从铝业公司调到经济部。他一脚走进公务员的圈子，就再也没有跨出来。

我和庆筠拖到那年夏天，两人都觉得缘分已尽，为了让彼此有更大的自由去飞翔，我们终于到律师楼，去签了字，协议离婚。小庆给了我，从此，小庆就跟着我姓陈，称呼我的父母为"爷爷奶奶"，他从出生，就在陈家，似乎注定是陈家的孩子。

刚离婚那段日子，我情绪低落。觉得我这一生，似乎做什么都做不好。既不能成为好女儿，又不能成为好妻子。回忆这段婚姻生活，其中一年他在国外，后来半年已经分居，真正在一起的日子不多。为了我的写作，和他的写作，我们用了太多时间去各自奋斗。然后再莫名其妙地为写作闹别扭。离婚，是解救两人唯一的路！我虽然有这种观念，真正离婚后，却感到无限地惆怅。毕竟，庆筠和我做了五年夫妻，毕竟，他是我儿子的父亲呀！

好一阵子，我无法写作。对着稿纸，会忽然悲从中来，抱着儿子，也会情不自禁地悄然落泪。这种情绪，无法让任何人了解。伤情之余，交稿的速度很慢，那时，《几度夕阳红》已在《皇冠》上连载，这是我第一次"边写边登"。《皇冠》登我这篇小说，为了迁就我的情绪，每个月刊出的字数忽长忽短。这样，有一天，鑫涛来看我，他兴冲冲地站在我的客厅中，对我很"肯定"地"宣布"一件事：

"下个月开始，我要在'联副'上刊载你一部长篇小说，你最好马上就去写！"

我大惊失色。这怎么可能呢？《几度夕阳红》还没写完，我的头脑有限，怎可能再开始一部长篇？何况我情绪低落，何况我还要带孩子，何况，何况……

　　"不行！"我摇头，"我做不到！一定做不到！"

　　"你做得到！一定做得到！"鑫涛坚定地说，眼光逼视着我。他浑身上下，又带着那种令我惊奇的"力量"，他点点头，很认真地说，"让我告诉你一件事，当初，我想在'联副'上刊载《烟雨蒙蒙》，可是，长篇小说的连载必须要向上面报备，我报备的时候，上面打了回票。给我一句话说：'琼瑶？琼瑶是谁？没听过这名字！"联副"应该去争取名家的稿子！'我听了之后不太高兴，结果，我利用我的职权，闪电推出《烟雨蒙蒙》，连预告都没有发。报社以为是一部中篇，根本没注意，一直等到刊载了一半的时候，有天社长一清早到报社，发现一群女学生等在报社门口买报纸，社长惊奇地问她们在干什么，女学生说：'来不及等报纸送到家里来，我们要上学呀！只好到报社来买！'社长问她们要看什么大新闻，她们说：'《烟雨蒙蒙》呀！'社长惊愕地走进办公厅，问大家：'《烟雨蒙蒙》是什么？'"

　　我笑了，对鑫涛点点头说：

　　"你编故事，也编得蛮好听的！最起码，可以治疗一下我的自卑感，我正需要这种故事！"

　　"我没有编故事！"鑫涛一本正经地说，眼光显得严肃起来，"这件事，百分之百是真的。我告诉你，只是要你知道，在'联副'刊载《烟雨蒙蒙》的时候，报社里没有人知道琼瑶！但是，今天我们报社开编辑会议，会议中，大家居然提出来：'我们怎么不去争取琼瑶的长篇小说?'言下之意,《皇冠》有你的长篇,'联副'没有你的长篇,是我徇私了!"他正视着我,一瞬也不瞬地。"琼瑶,"他清楚而有力地说,"《联合报》是台湾第一大报,能挤上'联副',不像你想象的那么容易!现在'联副'要你的稿子,我就一定要上你的稿子!因为,这对你太重要了,仅仅一本《皇冠》,不够来肯定你!"

"可是,"我嚷着,"我写不出来呀!"

"你写得出来!"他重重点头,毫不怀疑地,"今天我就是用逼的,用催的,用榨的,我也要逼出你另一部长篇来,你最好马上就去写!我给你十五天的时间!"

"那么,那么,"我开始心慌起来:"《几度夕阳红》怎么办呢?"

"《几度夕阳红》不能停,你要做一个计划,半个月用来写《几度夕阳红》,另半个月写新长篇,两部小说同时进行!"

我愕然地看着鑫涛,简直不敢相信我听到的!他真认为我有这种能力吗?我自己却不能肯定。鑫涛不看我,他看看我的房子,看看正在屋内练习枪战的小庆,他说:

"你需要雇一个人,来帮你烧饭带孩子,"抬眼看我,他正色说,"像你这种人,是不应该埋没在厨房里的!明天,我去帮你物色一个用人!"

"我……我……"我结舌地说,"我用不起!"

他看了我好一会儿。

"你用得起的!将来,你要用多少人,你都用得起的!只是,你必须坐在桌子前面,去努力地写!你没有多余的时间,可以用来哀悼你的婚姻或过去！"

他走了。我呆呆怔着。然后，我拉着儿子，飞奔上楼，打开稿纸，去拟新长篇的"人物表"和"故事大纲"。

第二天，"阿可"来到我家，她是个二十几岁的苗栗姑娘，她来帮我做家事、带孩子、烧饭、洗衣服（阿可在我家，足足做了二十年才"退休"回老家）。我一头栽进我的书房，夜以继日地写我的新长篇。

新长篇"如期"在"联副"刊出，书名是《菟丝花》。《几度夕阳红》并没有因而停止，它继续在《皇冠》上连载。鑫涛说对了，我做得到，我也做到了。虽然，两部小说写到后期，我必须用纱布缠住我肿痛的手指，勉强握着笔去写，但是，我并没有马虎，我很用功地写完了这两部风格完全不同的小说。


同时，我发现皇冠有个新的作家，名叫"乔野"，专门写一些嬉笑怒骂的文章。我看到那笔名，心中不禁微微一跳。我问鑫涛：

"谁是乔野？"

"乔是指台北大桥，我生平第一次，在同一条桥上来回走，印象深刻。"他轻描淡写地回答，"野是野柳，我生平第一次，带人去野柳改稿子，差点让一本世界名著被狂风吹走！'乔野'就是那个笨蛋，送人回家送一半，在落日下各奔南北的大笨蛋！"

我看着他，危险的人物！我想。什么乔野？什么笨蛋？就是"危险"两个字！

很多年后，我拍电影自己编剧，想用一个男性化的笔名，取代我的琼瑶。我用了"乔野"这名字,编了十几部电影剧本。"乔野"这名字,成为我和鑫涛共用的笔名,典故就是这样的。这是后话,回到一九六四年。

一九六四,真是我生命里很奇异的一年!

一九六四,我搬到台北定居,我离婚,我疯狂般地写作,我在两大刊物上同时刊出连载小说,我还一口气出版了四本书!

这四本书分别是《烟雨蒙蒙》《六个梦》《幸运草》《几度夕阳红》。我把四本新书带到母亲那儿,一字排开,排在母亲的书桌上面,我抬眼看着母亲,终于透出一口长气,我说:

"虽然我一直让你失望,虽然我没有考上大学,虽然我恋爱结婚离婚弄得乱七八糟,虽然写了一本让你们伤心的《窗外》……但是,我总算坚持着我从小就有的梦,走上了写作这条路!妈妈,"我郑重地说,"我会一直走下去的!"

母亲默默地看着我,终于笑了。这个笑容,实在"难得"呀!

一九六四年九月,《菟丝花》出版,接着,《潮声》出版。我的书都由《皇冠》出版,一整年中,《皇冠》就忙着印我的书。那年,我是二十六岁,距离为了一张数学二十分的通知单,而仰药轻生的时期,足足隔了十个年头!**这十年,我经过了多少大风大浪,挨过了多少痛苦艰辛。但是,二十六岁的我,终于肯定了自己的方向!**

# 十九、"梦想家"与"实行家"

就这样，我开始当一个"职业作家"。

我的书，都交给鑫涛出版，每一本的销路都还不错。鑫涛给我百分之十五的版税，可是我们之间，从来没有签过合约，也没授权。我惊奇地发现，我每个月都有相当好的收入，足以应付我的房租、阿可的薪水，以及我和儿子的衣食住行。这真是个奇迹！

一九六五年，母亲也去新加坡了，小妹搬来和我同住。小妹那时已从第一女中保送到台大物理系，是台大的高才生。我的小妹，真是个奇才，我父母在我身上找不到的希望，都可以在小妹身上找到。此时的小妹，情窦初开，和同班同学"阿飞"正在恋爱，幸好父母都在新加坡，鞭长莫及。我给了他们两个最大的支持，让他们顺利地相爱下去，小妹真是幸运。如果母亲在台北，我相信，以母亲对小妹的爱，她一定又会像母猫叼小猫般惶惶不安，不见得会让他们如此自由。（"阿飞"也是台大高才生，非常优秀，可是，在我母亲眼中，任何人追小妹，可能都不够资格！）

我们那栋日式小屋，终于被师大收回，没多久，就拆除了。日式房子逐渐成为过去，台北街头，新建的公寓及高楼大厦一栋栋地耸立起来。一天，鑫涛来我家付版税给我。付完之后，他看着我说：

"现在，你应该分期付款，去买一栋公寓，总不能一辈子租房子住，太没安全感了！"

我吓了一跳。买房子？买属于自己的房子？我最奢侈的梦中才有这样的梦。

"我怎么买得起？"我惊愕地说，"房子好贵呀！"

"就在这附近，正在盖一批四楼公寓，你不妨去看一看！至于买得起或买不起，我想你不用担心，你的版税足以支付头期款！以后的款子，你可以写新书，你源源不断地写，稿费和版税就会源源不断地来！"

"这个道理我懂，"我忧愁地说，"可是，写作这行业和别的工作不同，我不一定能够源源不断地写呀！"

"哦，你能！你当然能！"他毫不犹豫地说，"我看了你最近的作品，我敢肯定，你的写作生命还在开始阶段，你最大的财富，是你的年轻！我保证，你会有源源不断的作品问世！"

他保证？他保证我可以写下去？世界上怎有像他这样的人呢？他像火车头里的煤，燃烧着、催促着火车头往前开。我不开都不行呢！于是，房子订下来了。我开始写我的新小说《船》。

过了几天，鑫涛又对我兴冲冲地说：

"你的《六个梦》，卖给电影公司拍电影，如何？他们出的版权费不高，但是，对于你，这是另一种意义，许多不看小说的人，他们看电影！"

"好还是不好呢？"我不解地问，"电影失去了文字的魅力，会不会让小说走样呢？"

"走样是一定走样的！"鑫涛说，他热爱电影，虽然他的工作忙得不得了，他仍然经常往电影院跑，"电影是另一种艺术，它会把属于平面的书籍变成立体，你可以看到你笔下的每个人物活起来，生动地、真实地演出你给他们的生命！这是太大的刺激，如果我是你，我会把每本书交给他们拍电影！"

他的兴奋立即传染到我身上，我卖了《六个梦》。电影公司选了《婉君》和《哑妻》两篇，拍成两部电影。电影推出那天，戏院门口水泄不通。我坐在电影院内，看到婉君和三兄弟纠缠不清的爱，自己深受感动。这才了解，鑫涛说"笔下人物活过来"的滋味。从此，我就迷上了把小说搬上银幕，几乎每一部著作，都改编成了电影。

写到这里，我不能不写一写我和鑫涛。

鑫涛这人，在基本上，和我的个性大不相同。我是一个标准的"梦想家"，整天生活在"云里雾里"。我编织小说，编织故事，自己也生活在小说和故事里。我永远带着一份浪漫的情怀，去看我周围的事与物。我美化一切我能美化的东西，更美化感情。无论亲情、友情、爱情……我全部加以美化，而且很迷信我所美化的感情。所以，我这个人是很不实际的、浪漫的、幻想的、热情的。有时甚至是天真的、不成熟的。

鑫涛，他是个标准的"实行家"。他也有很多的梦想，他会把这些梦想一个个去实现！他很努力地工作，用很多心思去计划如何突破、如何进步、如何改善。他就像一堆燃烧的煤，是原动力。他不能忍受"停止"或"后退"。他永远在前进，每个未来、每种事业，对他都是挑战，他就一个劲儿地往前冲、冲、冲！在冲的时候，他偶尔会碰头，碰了头也没关系，他转个方向再冲、冲、冲！反正，非冲到他的目的地不可！

他这样一个人，居然会遇到我这样一个人！

他和我，建立了一个最好的合作关系。我忽然有个惊奇的发现：我尽管生活在云里雾里梦里幻里，身边却有个人，常把我这些云呀雾呀梦呀幻呀……统统接收，再一件件地把它变成"真实"。这简直像变魔术。我笔下的人物会"活过来"，我梦想的书会"出版"，我除了"写作"可以不管"家务"，我还能住我自己的"房子"，听电视里的歌星演唱我所写的"歌"……这实在奇异极了。

鑫涛，他成为我生活中相当重要的一个人。他是我的"出版人"，也是我的"经纪人"；他是我的"读者"，也是我的"评审"；他是我的"朋友"，也是我的"老板"；他是我小说的"支持者"，也是我梦想的"实现者"……我们开始受彼此的影响。我变得依赖他、信任他、顺从他。他变得也会做梦，也会糊里糊涂起来，当我在云雾里的时候，他也会陪我钻进去，去体会"我是一片云，天空是我家"的境界。

我的境界不太实际，他跟着我钻进去，居然也会像云一样飘起来。我把他带进我的每一本小说，让他接触我笔下的人物，而每个我笔下的人物，总有一部分是"我"。他对我认识得越多，就越加迷糊起来，他不知道像我这样一个人，这样带着满脑子的梦幻、完全不懂人情世故的人，怎么活过了二十多年的岁月！

"在这世界上，像你这种人，老早就应该绝种了！"他说。然后就悚然一惊地说："不行不行！如果你绝种了，我怎么办？"

当他说"我怎么办"的时候，我有些惊怔了。二十七八岁的我已不再年轻，在感情的道路上，什么大风大浪都闯过了，什么甜酸苦辣都尝过了，什么悲欢离合都挨过了。我对爱情的讯息并不陌生。自从他从台北车站送我回高雄，居然送到台中。然后带我去野柳改稿子，再用"乔野"当笔名……点点滴滴，都是信号，只是没有说破。我蓦然间心惊肉跳，再也不能让自己掉进这样的苦海里去！再也不要沉没，再也不要挣扎，再也不要矛盾和痛苦，再也不要！我想回避，想逃，想躲，想跑开……但是，这种醒觉已经来得太迟，当我们彼此都发现情况不妙时，我们已经深深陷入了。

# 二十、生死一线的体验

那年，小弟和麒麟双双考上了留美考试。在那个时代，出国读书是一股狂潮，几乎人人都想出国，不论生活多么贫困，仍然千方百计地要出去留学。许多父母，倾家荡产地为儿女筹措学费，送子女去读书。似乎只要能达到出国的目的，就是一种成功。事实上，国外的生存竞争非常强烈，出国的年轻人并不见得都学有所成。可是，在这股"出国热"的狂澜下，大部分的年轻人全卷了进去。

我的两个弟弟也不例外，他们念英文，考留美，申请学校，等到他们都拿到美国大学的入学许可之后，才来考虑经济问题。我身为长姐，见他们这样热衷，就开始帮他们筹备旅费和学费。

一九六六年，我先送走了麒麟，第二年，我又送走了小弟。

一连送走了两个弟弟，我颇有离愁。在生活上，难免又拮据起来。写啊写啊，写作不仅仅是兴趣，也是我唯一能仰赖的赚钱方式。这时候，我的写作已很受欢迎，许多报章杂志，纷纷前来邀稿，并出高稿酬，来争夺琼瑶稿子。而我，感激鑫涛当日的"慧眼识英雄"，更感激他给予我的鼓舞和支持力量，我始终不愿离开他的出版社，我的书，一直由他出版。大部分的小说，也都发表在《皇冠》上。那一年中，《皇冠》的销售量节节上升，由几千份跃升到几万份，鑫涛常对我说：

"《皇冠》有了你，才开始起飞了！"

其实，这话对我太恭维了。《皇冠》会一日比一日好，原因很多很多：印刷的改良、品质的提升、作家阵容的坚强，以至于编排的考究，都在其中。一本成功的杂志必须有许多成功的要件。可是，我成为《皇冠》的基本作者，却是事实，我和鑫涛，像千里马和伯乐，彼此的配合，已密不可分。

这种密不可分的合作关系，使我和鑫涛不可避免地要常常接触，接触越多，也相知日深。但是，我虽然带着叛逆的性格，基本上，我仍然有牢不可破的传统道德观，因为他有妻子儿女，我竭力和他保持距离，不肯让自己成为一个幸福家庭的破坏者。鑫涛深知我心，也尽量压抑他自己。这种压抑，像火山爆发前的隐隐震动，双方都深感危机重重。却不知如何去解决这个危机。

就在这时候，父母亲从新加坡返回中国台湾，因为师大已收回了父亲的宿舍，我就把父母接来和我同住。再次和父母生活在一起，我满心喜悦。我一直不是一个能让父母引以为荣的孩子，此时的心态，非常复杂，真希望能博得父母的欢心。

我把我家隔壁的房子买下，和我的房子打通，并成一户。这样，父亲有他的大书房，可以写他的《中华通史》。母亲也有她的大书桌，可以从事她热爱的绘画。我觉得什么都美满了，父母、我、小妹和小庆，组成一个三代同堂的家庭。麒麟虽出国，他的妻子小霞已生一子，取名小麟，也常常来和我们同住。我的"小家庭"一下子就变大了。这个"家"还有一个作用，可以把鑫涛逼得远远的！因为，我父母代表了传统道德中最正直的典范，在这股"正气"下，我和鑫涛那即将出轨的感情，必须回到轨道上来，我不能让父母再度轻视我！

一切都很好，父母又成为我无形的约束、有形的监督。我发誓要做好女儿和好母亲，和鑫涛之间的一切感情，都变成"只能意会，不能言传"了。

这样也好，不是吗？如果一切能维持下去，我和鑫涛的感情很可能就此停顿。但是，我似乎命中没有平稳的日子，似乎命中和父母犯冲，只要住在一起，总会双方痛苦。就在我觉得一切安排得很好的时候，一件"意外"突然发生了，这一发生就惊天动地。

我前面已经写过，我的小说已成为电影界争取的对象，几乎每部小说都搬上了银幕。这搬上银幕的小说，也包括了《窗外》在内。

我并没有忘记《窗外》出版时，父母的震怒。但是，我以为时隔三年，父母和我之间已经沟通了。能把《窗外》看成我的一部著作，也能因《窗外》搬上银幕而代我高兴。错了！我的想法大错特错！我对父母的了解完全不够！《窗外》电影推出放映后的第三天，母亲和父亲就悄悄地去看了，我永远忘不了母亲看完电影回来的样子，她瞪着我看，两眼利如寒冰，直刺进我内心深处去。世界上再也没有那样的眼光，冷而锐利，是寒冰，也是利刃。她瞪了我不知多久，遽然发出一声狂叫："为什么我会有你这样的女儿？你写了书骂父母不够，还要拍成电影来骂父母！你这么有本事，为什么不把我杀了！"

我"扑通"一声，当场跪下，抓住母亲的旗袍下摆，有口难言，泪如雨下。母亲啊母亲，我一生中，想尽办法要博得你们欢心，总是功亏一篑，惊慌失措中，我求救地去看父亲。谁知，父亲的眼光同样冷峻，他盯着我，冷冷地说了一句：

"你永远会为这件事后悔的！"

我浑身战栗，在战栗的同时，心中涌起一股莫名的悲愤和自怜。我扪心自问，写《窗外》，我不悔，让父母如此难过，我不解。我无法去"后悔"我不解的事。我不悔，我告诉自己我一定不悔。但是，看到母亲生气得哭了，我就心都碎了！碎得连意识都没有了。我跪在那儿，一声又一声地重复着喊：

"我错了！我错了！我错了！我错了……"

我不知道喊了几百句我错了，母亲却充耳不闻，推开我，她把自己关进门内，再也不肯理我。父亲对我甩了甩袖子，也跟着母亲进房去了。

这一幕，因为鑫涛在场，完全看入眼内，这样激烈的场面，把他惊呆了。当我茫茫然、昏昏然、依旧跪在那儿掩面痛哭的时候，他才走过来搀扶我。我站起身来看着他，他一句话都没有说，却满眼光的怜惜和心痛，我和他的眼光一接触，就崩溃地大哭，他把我揽进了怀里，紧紧抱着我，拼命安抚地拍着我的背脊。

母亲的愤怒没有停止，第二天，她开始绝食。怎么会弄成这个局面呢？怎么会这样严重呢？我到今天也无法了解。母亲一绝食，父亲也慌了，小妹也慌了，大家轮流到母亲床边，端着食物去求她吃，去劝她吃，她就是不肯吃。三天过去，母亲依然滴水不进，我简直不知道该怎么是好。第四天，我一整天跪在母亲床前，双手捧着碗，哀求母亲吃东西，她理都不理我，闭着眼睛，不说话也不睁眼睛。第五天，全家慌乱成一团。鑫涛每天来我家，帮着我想办法，尝试着稳定我的情绪，因为经过五天五夜的折磨，我已经形容憔悴，简直人不像人了。他焦灼地看着我，不停地对我说：

"你一定要坚强起来，不能倒下去！如果伯母再不吃东西，只有送医院，医生会让她吃东西的！最主要的事……"他拉着我的手，急迫地看着我说，"停止自责吧！写书，拍电影，是自然的趋势，会引起这样的后果，不是你能预料的！何况，拍电影这件事，是我帮你做的决定，要错，也是我错！我最懊恼的事情，是在你这样无助的时候，我只能眼睁睁看着，而不能帮你！"

他已经帮了我，他使我在混乱的情绪中，理出一条线来，那天，我把小庆叫到身边，要他捧着牛奶杯，去给"奶奶"喝。小庆才六岁，几天以来，已经目睹我做的一切。他一声不响，捧着杯子，就径直地走到母亲床边，双膝一跪，把杯子凑到母亲嘴边，他用软软的童音说：

"奶奶，你不要生妈妈的气了！我端牛奶给你喝！"

母亲眨眨眼，依然不理，小庆又说：

"奶奶！喝牛奶！奶奶不吃东西，妈妈也不吃东西，大家都不吃东西，小庆也不敢吃东西……奶奶，奶奶，奶奶……"

在小庆声声哀唤的当儿，我再也忍不住，走过去和小庆一齐跪下，我这一跪，小妹走过来，也加入我们跪下，我们大家跪着，叫妈的叫妈，叫奶奶的叫奶奶，真是叫得万般悲切。母亲此时，终于撑不住了，一面掉眼泪，一面喝了小庆捧着的那杯牛奶。看到母亲总算喝牛奶了，我这才松出一大口气来，顿时觉得四肢发软，浑身一点力气都没有了。

母亲既然喝了牛奶，就不再绝食了。我看到母亲肯吃东西了，虽然如释重负，仍感到心力交瘁。那天，我疲倦地从母亲卧室出来，一眼看到鑫涛，拿着串汽车钥匙对我说：

"我要带你到台中去！"

"到台中去做什么？"我问。

"不做什么。让你透一透气！"

"好！"我点点头，"我确实需要透透气！这几天来，我真痛苦得快死掉了！"我接过汽车钥匙，那时我刚学会开车，也刚拿到驾驶执照，"让我来开车！"

鑫涛不说什么，我们钻进汽车（是鑫涛才买了半年的一辆二手车），我刚在驾驶座上坐定，一回头，发现小妹和她的男朋友阿飞已在后座上坐好了。小妹对着我一笑说：

"不是你一个人需要透透气，我们也需要透透气！"

"是啊!"阿飞接口说,"你妈这样强烈的个性吓坏了我!小妹愁眉苦脸,我也不好过,快要憋死了!"

那时候,阿飞虽和小妹热恋,母亲从新加坡回来,见到阿飞后,并不太喜欢,正如我预料的,她认为阿飞配不上小妹。这次母亲绝食,阿飞在一边旁观,也惊怔不止。想到他和小妹的未来,就更加担心害怕了。这种心态,我能了解。我点点头,叹口气说:

"我们都需要一些新鲜空气,走吧!我们去透透气!"

我发动引擎,驶出市区。那时还没有高速公路,从台北开车到台中,大约要六小时。我一驶出市区,只觉得多日来的郁闷,急于要发泄。踩足油门,我一路开快车,开着开着,天下起大雨来,我在雨中继续冲刺,一路超车,开得惊险万状,后座的小妹阿飞叹为观止。这样,我只用了两小时,就开到了中途站新竹。

车到新竹,大雨倾盆而下。我停下车来,这才觉得筋疲力尽,自从母亲绝食,我就没有睡过觉,经过这一阵冲刺后,整个人都发软了。我让出了驾驶座,把车子交给鑫涛,我说:

"下面由你来开!我两小时开到新竹,看你会不会输给我!我赌你两小时内,开不到台中!"

我为什么要说这几句话呢?我真不明白。事后,我常想,人是逃不过命运的!命中该有的,不论是福是祸,反正逃不掉!

鑫涛接手,车子驶出了新竹市。雨越下越大,车窗外全是雨雾,鑫涛学我,把车子开得飞快。我看了看窗外景致,除了雨,几乎什么都看不到,我宣称说:

"我要睡觉了!"

说完，我把双腿蜷在椅垫上，往后一靠，就蒙蒙眬眬地睡着了。我这人一向很难入睡，但那天，却睡得十分香甜。睡梦中，忽然觉得车子急速震动，我一惊而醒，只见前面一辆十轮大卡紧急刹车，我们的车子跟着刹车，发出令人惊悸的刹车声，车速太快，已经刹不住，车子眼看要钻进大卡车的肚子里去，鑫涛飞快地转驾驶盘，于是，车子滑出公路路面，像一颗火箭般撞上路边的一棵大树。

撞车的前后，大概只有几秒钟。我眼睁睁看着自己迎向大树，然后是剧烈的撞击，碎玻璃对着我纷纷坠下……我本能地用双手护住头部，把脸埋在膝弯里。车子一阵颠簸，往前冲又往后退，终于停下。我有好一会儿，惊吓得没有意识，然后我急切地扑向鑫涛，大声问：

"你怎样？你怎样？"

鑫涛回头看我，脸色雪白。

"你怎样？你怎样？"他吼了回来。

"小妹！"我又大叫，要回头，才发现自己身上，到处都在流血，碎玻璃插在我的手上腿上。我动不了。

"我还好！"小妹呻吟着说，"阿飞……"

"我只有嘴巴破了！"阿飞嚷着。

还好！谢天谢地！我心里喊着，最起码，我们四个人都还活着。紧接着，一阵人声鼎沸，是前面那辆大卡车里的人，飞奔着过来救我们。他们把我们一个个从车子的残骸中拖出来，抱进卡车中，急速地把我们送进通霄的一家小外科医院里去。

通霄是一个地名，是个小小的镇。我们四个进了医院，这才彼此检视伤口，外表看来，我最凄惨，全身无数大小伤口，都是碎玻璃砍的，腿上有块肉已整片削去。鑫涛的右脚不能动了，只看到肌肉迅速地红肿起来。阿飞嘴唇砸破，滴着血。小妹周身没伤口，只是脸色苍白。小外科医院决定先治疗我，拿出针线，就开始帮我缝伤口，老天！他居然没有给我先上麻醉药，针线从我皮肤中拉过去，我痛得尖叫起来，小妹急急地喊：

"你们把我姐姐怎么样了？快停止！快停止！不能这样缝她呀！"

"不缝起来会有疤痕的！"医生说。

"别缝了！别缝了！"我哀求地嚷，"反正我早已遍体鳞伤，不在乎有疤没疤了！"

鑫涛坐在远远的椅子上，无法走过来，也不知道我们的情况到底如何。只是一个劲地对我们这边喊：

"你们到底怎么样？"

"我很好，"小妹说，眼泪却掉了出来，"阿飞，让他们不要动我姐姐！"

我抬头看小妹，觉得情况越来越不对，小妹的脸色白如纸。

"医生！"我大喊，"去看我的妹妹！她的脸色怎么这样白？"

医生放下我，去检查小妹，立刻，医生紧急地宣布：

"她可能是内出血，我这个小医院救不了她！我们要把她转到沙鹿的大医院去！"

"那么，快转呀！快转呀！"阿飞跳着脚大叫，"如果她会怎样，你们这些医生做什么用的？我要你们的命！"

我心中一痛。阿飞，我家妹妹福大命大，一定不会怎样的！

她会长命百岁，她会化险为夷的。我忍着痛，也不再让医生缝我，我们迅速地转向沙鹿的大医院，小妹立刻推进了手术室，经过了两小时的手术，医生才出来对我们说：

"她脾脏破裂，大量内出血，已经取掉脾脏，输了血。如果晚送进来五分钟，她就没命了！"

"现在呢？她会好起来吗？会不会有后遗症呢？"我急急地问。

"她会好起来，也不会有后遗症，"医生说，"但是，她要在医院里住一个月，不能移动！"

"我陪她！"阿飞说，看了看我和鑫涛，"你们最好包一辆车，回台北去治疗！"

我看着阿飞，阿飞对我深深点头。我的托付，他的允诺，都在不言中。直到此时，我才缓过一口气来，带着满身的伤口，我勉强撑持着身子，一跛一跛地走近鑫涛。自从撞车后，他就苍白着脸，满眼的歉意和内疚，很少开口说话。因为脚伤，也不能走动，我走近他，很恳切地对他说：

"听着，这只是一个意外！不要因为车子是你开的，你就有犯罪感！人生，意外的事件总是会有的！你用不着抱歉难过！没有任何人会怪你，所以，请你千万千万不要怪自己！还有，回到家里以后，你一定要听我的，我会告诉爸妈，车子是我开的！如果他们知道是你开的车，你了解我妈，你以后别想再踏进我家大门了！"

他一听我这几句话，竟紧紧地握着我的手，落下泪来。这是我第一次看到鑫涛落泪。

"不行！"他说，"车子是我开的，祸是我闯的，我不能撒谎！不能让你来顶罪！"

"这不是顶罪的问题，我们面对的又不是警察局，又不是车祸调查中心！是我的爸妈，你必须听我，小妹和阿飞也要和我们口径一致！"我坚定地说，看着他狼狈的脸，"万一爸妈知道开车的是你，我的日子更难过，她会说我把祸害带给小妹，我会活不成的！你会被打进地狱里去的！你相信我！"

鑫涛看着我，默然不语。后来，事情都过去以后，他对我说："你那几句话，真正讲进我内心深处去。只有你，在那么凄惨的状况下，还顾及我的感受，还想到后续该怎么处理。你满身是伤，却临危不乱，真是个奇怪的女人！"

那天，我们包车回台北，我进医院去缝好了浑身的伤口，鑫涛右脚骨折，必须住院观察。我狼狈地回到家里，面对爸妈。母亲看到我的状况，听到我开车出了车祸，害得小妹受伤的消息后，居然顾不得骂我。她不绝食了，也不躺在床上了，对小妹的爱，让她忘了追究一切责任。她立刻整理行李，跑去车站，直奔沙鹿去照顾小妹。

鑫涛的脚上了石膏，出院后，还拄了好久的拐杖。妹妹在沙鹿住院一个月，阿飞和母亲轮流照顾。我无法写字了，不断去医院换药、拆线，腿上的大伤口，凹下去又缝了线，拆线后变成一颗大大的"紫贝壳"，害我都不敢再穿裙子了！大家都很凄惨。一个月后，小妹康复从沙鹿回来，母亲郁闷地对父亲说：

"看样子，我家小妹只好嫁给阿飞了，因为那男孩子连尿盆都给小妹捧过了！"

就这样，阿飞竟通过了母亲这艰难的一关，和小妹顺理成章地出双入对了。这大概是谁也想不到的发展。

我和鑫涛，由于这一场车祸，两人的感情就如脱缰野马，再也难于控制了。这种同生共死的刹那，这种患难之后的真情，使我们谁也无法逃避谁了。明知这会是个痛楚的深渊，我们却跳进去了。

我常想，我的故事就是由许多偶然造成的。如果我十八岁不和老师相恋，就没有后来《窗外》那本书；没有《窗外》那本书，就没有《窗外》的电影；没有电影，母亲不会绝食；母亲不绝食，我不会开车去"透气"；不"透气"，就不会出车祸；没有车祸，我和鑫涛的故事会不会改写呢？小妹和阿飞会不会结合呢？人生真是非常非常奇妙的。


# 二十一、母亲的震怒


车祸这件事，绝对让母亲对鑫涛大大地不满。其实，在车祸前，母亲早已看出鑫涛对我的感情不单纯，不止一次严厉地警告我：

"那个男人三天两头往我们家跑！你也不怕人言可畏吗？为了你的名誉，和这个人保持距离！不是我要干涉你的生活，你要知道，这个社会是残忍的，如果他追求你，社会不会指责他，会来指责你！出轨的男人都让女人来背黑锅！你现在能够独立，也会赚钱，年纪轻，根本不需要任何男人！你如果够聪明，跟他之间，公事公办！别让他占了便宜还卖乖！"

母亲这些话，当然对我有相当大的影响力。可是，母亲每次都卷入我的感情生活，确实让我有点不平衡。什么"占了便宜还卖乖"，对鑫涛的人格，过分侮辱。我在车祸前，真的小心翼翼，避免和他发生"绯闻"。但是，就算我小心翼翼，还是有很多闲言闲语，在悄悄传开。在我心底，早就明白，什么"乔野"，已是"明示"。送火车送到台中，家里唱机守候……种种种种，都太不寻常。很多年后，鑫涛曾经坦白告诉我：

"第一次到火车站去接你，看到你迎面走来，我没有丝毫的怀疑，立刻知道这就是你！你对我迟疑地笑了一笑，在那一瞬间，我就成了你的俘虏，再也无处可逃！"

是他无处可逃，还是我无处可逃？

话说回头，车祸之后，我不再抗拒鑫涛的爱了。人生苦短，任何一个意外，就可以夺去人们的生命。我并没有任何企图，只是想享受一下"被爱"。母亲不是可以被欺骗的人，没有多久，她就发现了我的软弱。有一天，鑫涛来找我，却被母亲拦在门外，母亲一脸寒霜地看着他问：

"你来做什么？每次你都来'催稿'，我看你根本就是妨害琼瑶写稿的大祸害！你不来，她的进度会快得多！所以，你最好回去！她的稿子，我负责会准时寄到你杂志社去！"

母亲说完，就"砰"的一声，把房门关上，差点没把鑫涛的鼻子给夹在门缝里。

这样的事，我受不了，我冲上前去，在母亲面前打开了房门。这个举动，又犯了母亲的大忌，但是，那时我只想做我自己的主人，不想再让母亲操纵了！我不是十八岁了。我打开房门，问鑫涛：

"有事吗？"鑫涛看着我，不看母亲，说了一句："给你送版税来！"

"版税！"母亲尖锐地说，"好呀！交给我！以后琼瑶的版税不需要你亲自送，打个电话来，我去帮她取！关于版税，我也很想跟你谈谈，你《皇冠》现在是不是不能没有琼瑶？你的事业是不是也不能没有琼瑶？既然如此，你认为百分之十五的版税会不会太少了……"

"妈！"我打断母亲，鑫涛站在那儿脸色发青，"不要站在大门口谈这些好不好？百分之十五是行情，我又没有抱怨！"

"伯母！"鑫涛赶紧插嘴，尽量放低身段，"这事可以商量，我们可以进去谈吗？"

"不用！"母亲紧紧盯着他问，"你就坦白回答我一句，你在'追'我女儿吗？"

鑫涛和我很快地交换了一个眼神，我背着母亲，对他悄悄挥手，要他赶快离开。因为我已经知道，风暴马上会来。可是，鑫涛没有退，他迎视着母亲，正色地说：

"伯母，是的，我在'追'她，但是她一直在'逃'！如果……"

"没有'如果'！"我母亲厉声打断，"你有什么资格来'追'我女儿？你是有妇之夫！你只是想玩弄她，欺负她心地善良！而且……"母亲加重了语气："她还能帮你赚钱，维持你的《皇冠》！你根本就是不安好心，想要'人财两得'！"

母亲这篇话一说，鑫涛气得脸色铁青，却被母亲堵得说不出话来。我一急，就喊着说：

"妈！你别管我的事好不好？这是我的人生，你让我去面对行不行？"

"你无耻！"母亲转向了我，狠狠地盯着我，"这个人在利用你，你居然看不出来？总有一天你会栽在他手上！现在正是你的黄金时期，你怎么越活越笨，还如此没出息，被这样一个男人就骗了？只因为你开车出了车祸，你对他受伤有犯罪感，他在利用你的犯罪感……你有点头脑好不好？你……"

"伯母！"鑫涛背脊一挺，豁出去了，居然说了句，"那天的车是我开的！车祸是我出的，和琼瑶根本没关系……"

这一下不得了，我再也没办法保护鑫涛。母亲看看我又看看他，气得几乎发抖了。小妹摘除脾脏的事，她一直担心害怕，就怕有后遗症，耿耿于怀。因为我现在是家庭的经济支柱，她对我还忍让三分，现在发现真相，这还得了？她喘了口气，对鑫涛怒吼着说：

"你开的车！你居然让琼瑶来代你顶罪！你还是个男人吗？你给我滚出去！从此不许来纠缠我的女儿，如果你敢再来，我不会放过你！让我告诉你，就算现在我拿你没办法，将来我死了，会变成厉鬼，用冰冷的手来掐你的脖子！"

母亲一向是个知书达礼的女子，即使骂人，也会骂得温文尔雅。现在，竟然说得如此阴森诡异，鑫涛和我，都怔在那儿，母亲趁我们两人都在发呆时，又抛下一句：

"现在，我要跟我女儿算账，你出去！"

母亲说完，再度把大门"砰"的一声关上还锁住了门锁，拉着我的手腕就进屋里去。我没办法了，只得跟着母亲回房，一面还想帮鑫涛转圜，不住口地说：

"不是的！不是的！车子是我开的，刚刚他只是要帮我解围……"

"我不管车子是谁开的，反正你们两个都是罪魁祸首！"母亲看着我，一直拖进她的卧房，整晚，她声色俱厉，要我远离鑫涛这个"魔鬼"！

"他不会离婚的！"母亲说，"这种男人我了解，又要家庭，又要儿女，又要事业，又要风流，又要名气……他什么都要，最后，毁掉的是你！等到你才气用完了，不是'女作家'了，他不能用你来巩固他的事业了，他会再找一个比你年轻的女作家，然后把你一脚踢开！"

我整晚听着母亲的洗脑，心里真是百味杂陈。在我内心，充满了悲哀。我也知道，我和鑫涛是没有未来的，我也知道，母亲有些话是对的，最后毁掉的是我的名声。可是，我心中更大的是"排斥感"。我排斥母亲对我的控制，我排斥她对鑫涛"过度"的责备。为什么鑫涛不是真的爱上我了呢？为什么一定是"玩弄"呢？为什么他只是利用我呢？如今回忆，母亲对十八岁的我也好，对二十八岁的我也好，她那么尖锐的语言和手段，都反而帮了对方的忙。让我因排斥和抗拒，倒向她反对的那一方。

记得，那晚我很晚才睡。辗转反侧，一夜不能成眠。第二天起床后，买菜回来的女佣悄悄递给我一张纸条，打开一看，鑫涛那龙飞凤舞的笔迹，写着一行字：

"停车场等你，不见不散！"

停车场在地下室，难道他在地下室待了一夜？我大惊，赶快随便梳洗了一下，发现母亲也没起床，我就溜出门去了。我直奔地下室，在充满废气的地下室中，被鑫涛一把握住了手腕。他在灯下仔细打量我，我也仔细打量他，因为他看来又憔悴又狼狈又着急。他问：

"你挨骂了？你妈又为难你了？你一夜没睡吗？你还好吧？"

"我……"我拼命控制着情绪，讷讷地说，"只是又回到十八岁去了！"

他把我拉进了车子里，关上车门，把我紧紧地抱在怀里，在我耳边赌咒发誓地说：

"时间会证明一切！我会用我的一生，来证明我对你的爱！相信我！"

忍了很久的眼泪，立刻冲出了我的眼眶，我相信了他。虽然，心里还是充满矛盾苦恼的。


# 二十二、聚也不容易，散也不容易


车祸之后的第二年，母亲看我和鑫涛仍然来往，气得不得了。宣布她宁可"眼不见为净"，不想跟我住在一起了。父亲也觉得我常常日夜颠倒写作，使他的生活受到影响。表示两代还是分开住比较好。这时，我已经是各大电影公司争取的对象，只要写出小说，就会卖掉电影版权，我的生活环境，一直在改善中。于是，我在北投为父母买了一幢小小的花园洋房，父母喜欢那儿的幽静，搬进去住了。

接着，麒麟把小霞和小麟都接到美国去了。再一年，小妹大学毕业，拿到最高的奖学金，出国留学了。我的"大家庭"，又变成了一个单纯的"小家庭"，小得只有我和小庆，以及女佣阿可。除了我们三个人以外，小家庭里的常客，就是鑫涛了。

这时，我和鑫涛的感情，简直像在狂风暴雨中，我理智用事的时候，就想和鑫涛"公私分明"，要拔慧剑、斩情丝。感情用事的时候，就想什么都不管，什么传统，什么道德，什么礼教，都去他的！人，只要能爱就爱，不也很好吗？可是，我是传统教育下长大的人，我就是无法漠视自己是个"第三者"的事实。母亲那晚对我声色俱厉的训斥，也一直在我心中徘徊不去。随时会从记忆里跳出来，一再击痛我的心。

鑫涛对我，实在是用尽心机。无论人前人后，呵护备至。假若我不去想自己的处境，也不去为他的家庭着想，就单纯地去接受他的感情，日子也会很好过。他有许多小聪明，常带给我极大的惊奇与喜悦。有次他写了一封信给我，把一张很长的纸带卷起来作为信笺，在纸带上端写：

　　　　琼瑶，这是一封长信……

底下什么字都没有，我把纸带放到尾端，已放了几米长，才看到他在尾端签了个小小的名字（若干年后，他去美国办事，还真的写过一封长信给我。不知道他从哪儿，买到那样长的信卡，他从头写到底，笔迹都没有歪）。他喜欢送我礼物，每件礼物都很奇特，原来，他总在我的小说中找灵感。小说里的女主角爱穿印尼布的衣裳，他就定做一件送给我。小说里的女主角爱"紫贝壳"，他送来一颗晶莹剔透的"紫贝壳"。小说里的女主角爱狗，他送来一只纯白的小北京狗，我给它取名叫"雪球"，爱得不得了。小说里的女主角唱了一首歌，名叫《船》，他告诉我几月几日几时开电视，电视中有歌星唱着《船》：

> 有一条小小的船，
> 漂泊过东南西北、西北东南，
> 盛载了多少憧憬、多少梦幻，
> 来来往往无牵绊！

> 春去秋来，时光荏苒，
> 憧憬已渺，梦儿已残，
> 小船啊小船，
> 经过风暴，涉过险滩，
> 盛满时光，载满苦难，
> 何处是我避风的港湾？
> 何处是我停泊的边岸？

这首歌中有我自己的心声，听了会潸然泪下。他知道这歌词中有我自己的心声，急于想成为我可以"避风的港湾"。但是，他的港湾里早有船停泊，我宁可漂荡，也不肯靠岸。

一天，我终于忍无可忍，我对鑫涛说：

"以后，除了公事，请你不要再到我家里来！我妈说的，都是对的！"

他默然片刻，抬头看我：

"这些年来，我们之间，还分得开什么是公事、什么是私事吗？"

"分得开的！"我激动地说，"一定分得开的！即使分不开，你也要把它分开！"我看着他，试着要说清楚我的感觉："让我告诉你，我脑子中一直有个画面，就是你请我回家吃饭的那个晚上，你有个很温馨的家！不要让我破坏这个家行不行？这样下去，对我是不公平的，对另一个女人，也是不公平的！你，在我心目中，是个强者，什么困难，你都有力量克服！那么，去克制你自己，不要再来找我，不要送东西给我，不要打电话给我，不要写信给我……什么都不要！请你离我远远的！否则，我会轻视你！你这么坚强的人，不要让我轻视你！千万不要！"

他怔怔地看着我，他那么坚强的人，在我说这段话的时候，整个脸色都变白了。他看了我好一会儿，执拗地说：

"不来看你，我做不到，你已经是我生活里的重心了！"

"不！"我大叫，生气极了，"我不要成为你的重心！你早就有重心了，怎么可以又去找新的重心？你太自私了！你有没有想过，你在耽误我的青春、我的前途？如果没有你这样不断地纠缠我，我说不定已经找到新的归宿和幸福了！"

"和我在一起，你不觉得幸福吗？"

"这样破碎的爱，怎样叫幸福？"我越说越气，气得不得了，"你难道不明白，我妈说过的话是真理，你根本没有资格来爱我吗？"

他震动地瞪着我，半晌，才说：

"你的意思是，要我取得资格后，再来爱你吗？"

"不！"我更气了，"我的意思是，要你退出我的生活，你有你的家，你的妻子儿女，为什么你不去守着他们！为什么你要让我这么痛苦呢？"

"我不要让你痛苦。"他苦恼地说，"自从认识你，我就一心一意想让你快乐，我做了那么多的事，都是要你快乐。如果我真的让你这么痛苦，那么，我就退出吧！"

他说做就做。有一两天，他不来找我，到了第三天，他就直闯入门：

"我做不到！"他喊着，"你说，怎么样做你才会满意？只要不分手，我什么都做！"他惨切地看着我，悲痛地说："现在，三个孩子还太小，你愿不愿意等我几年？"

我哭了，一哭就不可止。为什么我要把自己弄到这个地步呢？我不要拆散他的家庭，我也不要委屈我自己。我真不知道该怎么办才好！我觉得，这段感情对我太不公平，因为我完全处在被动的地位。被动地等他来访，被动地等他电话，被动地接受他的殷勤，被动地和他见面……我就是这样一个"被动"的人物，没有"主权"做任何事，否则，都会伤害到另一个女人。我唯一能"主动"的事，就是和他分手。可是，就连这一点，他也不肯和我配合！我越想越委屈，越想越生气。等他几年，我为什么要等他几年？难道几年后问题就不存在了？不，我要分手，只有分手，才能让他倦鸟归巢，也才能让我自由飞翔。才能让我赢回父母的心。这时，母亲的话，又在我耳边回响：

"这种男人我了解，又要家庭，又要儿女，又要事业，又要风流，又要名气……他什么都要，最后，毁掉的是你！"

我似乎看到那个被毁掉的我，我不要！想起和母亲因《窗外》和我感情破灭，好不容易，写到《几度夕阳红》时，母亲因为欣赏我以她为蓝本写的李梦竹，才原谅了我。我们母女的亲情，眼看又要毁在鑫涛手上，我不要！


那段时间，我们整天在谈"分手"，相聚时已不再是甜蜜，而是无数的挣扎、矛盾、痛楚，和眼泪。这样，有一天，他说：

"我们开车到乌来去，乌来有高山有瀑布，让我们站在一个高敞的地方去想一想，或者面对辽阔的大地，我们会把自身的问题看得不那么严重了。"

我不认为到了乌来，就能解决我们间的问题，但是，我还是和他去了乌来。

车子在乌来的环山公路上疾驶，越驶越高，道路一边是峭壁，一边是悬崖。我们在车中继续争执，他说了几百条"无法分手"的理由，我说了几百条"必须分手"的理由，两人越说越激动，越说越僵。到后来，他忽然问：

"你一定要分手？"

"是！"

他脸色一暗，突然间一个急刹车，把车子停在窄窄的山路上，他蓦地打开车门，对我命令地说：

"那么，你下车！"

我还没反应过来，他就把我往车外推去，我四面一看，荒郊野外，一个行人都没有。心想，这人也真狠，说分手就要把我抛弃在野外，难道他以为我在野外就没办法了？下车就下车！我心一横，一句也不说，就跳下了车子，谁知，他看我下了车，就一把关上车门，然后，我只听到引擎狂鸣，再定睛一看，老天！他正在猛踩油门，车子对着悬崖就要冲下去。我这一惊，实在非同小可，车子如果冲下去，这万丈深渊，必然粉身碎骨！我一急之下，连思想的余地都没有，就合身一扑，也不知道哪儿来的力气，竟整个人扑到了引擎盖上。他看我突然扑上车盖，也大惊失色，又猛踩刹车，车子及时停在悬崖尽头。我手紧紧抓着车子的侧镜，隔着玻璃，瞪视着车内的他。他一动也不动，脸色惨白，也惊怔地瞪视着我。

**我不知道我们彼此这样隔着窗玻璃，互相注视了多久，在我的意识里，那可能有一百个世纪那么长。在那一瞬间，没有天，没有地，没有世界，没有宇宙，更没有其他的人类，这世上只剩下我们两个，一个在车内，一个在车外，再有的，就是生，或死？**

然后，他冲出了车子，因为我已经失去力气，身子正往车下滑，再滑几寸，我会落到悬崖下去。那时候，我什么都不在乎了。他能开车对悬崖下冲，我掉下去也没关系。可是，我没掉进悬崖，他用力一拉，我就掉进他的怀抱里去了。

那天，山上的风好大，我们站在风口，两人都发着抖，两人都不太明白，我们刚刚经历了些什么，等我的意识和思想终于缓缓明白过来，看到他车子岌岌可危地停在悬崖边上，我这一下子，蓦地痛定思痛，不禁抱头痛哭。

我这样一哭，他也落泪了。慌慌张张地，他想止住我的眼泪，他开始叽里咕噜地道歉，说他只是一刹那，万念俱灰，既然无法和我相守，不如让一切悲痛来个了断。他越说，我越哭，哭到后来，我问：

"为什么把我推出车子去？"

"因为你还有小庆呀！"他说。

他这样一说，我更加大哭不止。那个下午，我们就这样站在悬崖边上，相拥而泣。一直到天都黑了，我们才回到车上。这次，他小心翼翼地驾驶，我们在万家灯火中回到台北。

经过这样惊心动魄的一幕，我们好些日子，都惊怔在彼此的感情里，不敢对命运的安排，再有任何疑问，也不敢轻言离别。

直到如今，常有读者写信问我：

"你笔下的爱情，在真实的人生中，存在吗？那些惊天动地的爱，不是你的杜撰吗？"

我已倦于回答这些问题，每个人有自己的人生，我只是很奇怪，为什么我生命里的爱，会来得如此强烈、如此震撼，而且如此戏剧化？

# 二十三、浪漫与残酷

自从"乌来事件"以后，我认了。我对命运屈服了。我不再去思索各种礼教传统问题，我只是默默地接受鑫涛所给我的。我仍然坚持不伤害他的妻子，因此，我和他的家庭并存在他的生命里，有那么长一段时间，他每天来探视我，然后再回到他自己的家里去。我的心态仍然不平衡，有时感怀自伤，常常悲从中来。有时我还会为他的妻子着想，一样代她难过、代她不平。但是，这已经成为一个难解的结。有鑫涛这样一个人物，爱起来可以连生命都拼掉。但，对自己的妻室儿女，仍然有巨大的责任感，那么，就注定要有人为他受苦！

我决定顺从命运，也决定要让这段痛楚的爱，变为美好。人，爱过总比没爱过好。享受爱，而不要对命运苛求吧！于是，我放松了自己。不再轻言分手，我们珍惜在一起的每个刹那。我前面说过，只要我不太苛求，想得不要太多，日子就会很好过。

我们确实过了一段蛮好过的日子。鑫涛爱花、爱画，我们常说，我们生活里有三多，花多、书多、画多。他喜欢送我花，我喜欢大地和夕阳。有时我们去旅行，看到路边的野花，看到树上的新绿，看到小溪的潺潺，我都会惊叹！他喜欢带我旅行，因为我的惊叹而惊叹！生活里不再争吵，就变得浪漫起来。我生性喜欢夸张美好的事物，有五分浪漫，对我就变成十分。我们曾结伴去美国探望弟妹，大家在千岛区划船钓鱼，看落日缓缓西下，觉得世界真是美丽。我们也曾去欧洲，站在大片的梧桐树林里，看落叶在地上铺成地毯，我惊讶不已，所有有关梧桐的诗词都在脑中闪过，我就站在那林内背了一下午的诗词：

> 梧桐更兼细雨，到黄昏，点点滴滴。
> 春风桃李花开日，秋雨梧桐叶落时。
> 梧桐树，三更雨，不道离情正苦，一叶叶，一声声，空阶滴到明。

从欧洲回来，他写了一本书，书名叫《苍穹下》，书中，彼此的影子都镶嵌在每章每节中。

这种生活确实浪漫，连他那"使君有妇"的身份也变成了"缺陷美"。我应该满足了，可是，心底仍然酸酸涩涩，常常陷入突然的痛楚里。还好，我还有我的写作。

在这儿，我必须写一写我的写作和鑫涛的事业。

鑫涛基本上并不喜欢旅行，他是一个"工作狂人"。他在工作上获得成功，那种快乐，是远远超过旅行或任何娱乐的，爱旅行的是我。当我的写作，影响到他的事业时，他总有办法，让我乖乖地坐到书桌前面去写作。等到我"日以继夜"地完成了一部小说，为了犒赏我，他就会带我去旅行。有时，只是开车在台湾做"一日游"，我也就满意了！但是，有时我的工作实在太重，常常连续写半年一年都没休息，等到我可以休息时，他就会安排一次国外旅行，在旅行期间，还会给我各种"意外的惊喜"。

在我认识鑫涛的时候，他只有一本《皇冠》杂志。同时，出版一些《皇冠》连载过的小说，也可说附带有个"皇冠出版社"。

我前面已经写过他创业的艰难，这儿不再赘述。可是，自从我加入了《皇冠》，他的事业开始向上飞蹿，速度很快。他不讳言，我的小说支撑了《皇冠》。这时，我的小说又开始拍电影，有了电影，就需要电影主题曲。我的小说中，常常有我写的小诗小词，有的就成了主题曲。如果不适合，我会重新帮电影写歌。这些歌曲，当时是电影宣传的唯一方式。于是，我的事业成为一个包装。就是："琼瑶小说＋琼瑶电影＋琼瑶歌曲"。不知道是什么原因，我那时三项都很强。不过，都有一个前提，就是必须要先有"琼瑶小说"。有了"琼瑶小说"，鑫涛先在《皇冠》连载，同时，电影公司、唱片公司都会不请自来。鑫涛非常享受这种时光，代表我去谈电影谈歌曲，都是他与有荣焉的事，他乐此不疲。

因此，他成为我的"鞭策者"。他不能忍受我过度地放任自己。如果，我有很长一段时间不肯写作，他会用各种方式来驱使我去写作。用鼓励的（你的才华千载难逢不能浪费），用柔情的（你写作时的样子最可爱），用诱惑的（写完到欧洲去玩？），用强硬的（你再不写，《皇冠》每期销路要掉几千本！），用心机的（忽然印了我各种美丽的专用稿纸，放在我面前）……为了让我写作，他各种方法都用尽。我常常想，如果我不是碰到他，以我慵懒自由的个性，我不会写出六十七本书！（到现在二〇一八年为止，包括《雪花飘落之前》和《剪不断的乡愁》。）

总之，我和鑫涛的事业，已经密不可分。鑫涛在二〇〇四年，写了一本自传《逆流而上》，在这本书里，他写了两句话："没有琼瑶，不会有今日的《皇冠》，没有《皇冠》，琼瑶依旧是琼瑶。"这句话，很真实地写出鑫涛对我的爱和肯定。他有次对

**我说:"如果说,我是你的大树,你就是我的阳光和水。"**很好的恭维,可是,我这个"阳光和水",却被社会批判着,被我那敏感的心,排斥着。浪漫的气息,总是会破碎。

有一天,我接到一个电话,对方是个女人,劈头就对我大骂:

"你这个臭女人、烂女人、骚女人、烂货!你连婊子都不如!全天下的男人死绝了?你一定要去勾引别人的丈夫!你他妈的不要脸,王八蛋……"

这一大串话里,还夹着我写不出来的字眼,必须用××来代替的字眼。这个电话震碎了我所有的诗情画意和浪漫情怀。我呆呆地听,对方像流水般不断地骂,我挂断了电话,浑身冷战。电话刚挂断,铃声再响,我拿起来,又是那个女人,噼里啪啦,她继续大吼大叫,我再挂断电话,铃声又响……就这样,这个疯女人在一天之内,给我打了上百个电话。那时,我有一对美国朋友,白志昂夫妇和我相知甚深。白志昂在台湾学中文,常常待在我家里。他是外国人,对爱情这种事,看得非常开放。他气极了,气得对我大吼大叫:

"琼瑶!骂回去啊!她骂你什么,你骂她什么!你为什么要拿着听筒,受这种侮辱!你骂啊!你也骂啊……"

我握着听筒,想骂,却结结巴巴地一个字也骂不出。原来我从小到大,就没有受过"骂人"的教育,我骂不出口,颓然地挂上电话,泪水已落下。

鑫涛来看我时,我已哭得双目红肿,白志昂正拿着电话听筒,用他那不纯熟的中文,和那个陌生女人对骂。这真是奇怪的场面，白志昂学到了所有他在学校里学不到的"中文"，他努力地运用，仍然前言不搭后语，骂得稀奇古怪。鑫涛抢过了听筒，只听了几句话，他就一把扯断了电话线。

第二天，鑫涛让电话公司给我装了新的电话，换掉了旧的号码。那骂人电话再也打不进来了，可是，我那种诗情画意的浪漫情怀也没有了，欢乐的感觉也没有了，连"被爱"的感觉都麻木了。只觉得自己又像少女时期一样，掉进了一口冰冷的深井，说有多无助，就有多无助。我对鑫涛哀伤地说：

"保护我，让我远离伤害。要不然就放掉我，让我自生自灭！"

"没有保护好你，是我的错！"鑫涛声音都哑了，"让你受这种侮辱，是我的错！要我放掉你，那是根本不可能的事！两次撞车事件，已把我们牢牢绑住！我不会放掉你，如果我真的放掉了你，那才是我们生命中真正的大错！现在，我知道我已经走到最后一步路，我必须面对选择了！你不要再伤心，让我去做我该做的事！一件早就该做的事！"

他回去了，开始和他的妻子谈判离婚，也不等孩子长大了。鑫涛的前妻温婉贤淑、美丽高贵，有传统女性所有的美德，相夫教子，逆来顺受。就连我的存在，她也能淡然处之。她平静如一湖无波之水，鑫涛却强烈如燃烧的火炬。他们之间，不能协调的地方，大概也在这种区分上吧。这番谈判，竟谈了八年之久！在这番漫长的谈判中，我居然在朋友巧意的安排下，和鑫涛的前妻恳切地谈了一次话。这又是一项创举。

那天，我们两个女人，在一位朋友的家中密谈。朋友们好意地都避开了。我望着她，那么恬静，那么端庄，即使面对的是我，她都不愠不火，只是静静地看着我。忽然间，我对她就充满了同情。这样一个无辜的女人，为鑫涛付出了她的青春、她的爱心，又为鑫涛生了三个子女，最后却莫名其妙地被判出局！这太残忍了！在那一瞬间，我觉得自己真是千错万错，实在不该接受鑫涛的感情，实在不该卷入别人的婚姻里去！

那天，我们谈了很久，谈了很多，也谈得很深刻。如今，已无法把我们所谈过的话，一一记下。只记得，谈到最后，我很恳切、很真挚地对她说：

"如果你还爱他，不准备放弃他，就牢牢地守着他！他走到哪里，你跟到哪里，他可以来我家，你就跟着来我家。只要你不给他机会，我就不会给他机会！无论如何，你是妻子呀！发挥你妻子的力量吧！"

她看了我半天，才说了句："谢谢你的成全。"

我蓦然间心中一痛，不禁惨然地笑了：

"这句话好像应该由我来说才对！你们是夫妻，已经'全'了，不'全'的是我呀！现在，既然你说了这句话，我也知道该怎么做了！我就'成全'你们！"

我们的谈话到此为止。

第二天鑫涛依旧来我家，我在他身前身后找寻，没有看到他妻子的身影。后来，他妻子也从未跟他一起出现在我家，看样子，她跟我的"协定"，她根本做不到！既然她做不到，就只好我来做了！鑫涛，我心中不禁叹息，他一直不是我梦寐中的翩翩美男子，但他的细腻体贴，对我的无微不至，却是我一生没遇到过的，而我，我要放弃他了！彻底地放弃他了！

# 二十四、单飞与双飞

有一天，我很郑重地告诉鑫涛：

"我要结婚了！"

他看了我一眼，不信任地问：

"你说什么？"

"我要结婚了！"我重复了一遍。

他盯着我，好像我在说蒙古话。

"你要和谁结婚？"好半天，他才问。

"汤。"我说。汤和我相识多年，他旅居美国，家世显赫，他本人温文尔雅，很有书卷味。很多年前，他就对我下过一番功夫，因为那时我刚离婚未久，情绪正纷乱，对他并未注意。这年，他又从美国回来，依然未婚。我的闺蜜幼青最欣赏他，要为他介绍女朋友，我和幼青忙着给他做媒，他也蛮有兴趣地接受。三番五次，我和幼青陪着他见女友，他总要求我和他单独谈谈，谈清楚那位女友的身世和来龙去脉，谈着谈着，幼青不耐烦了，问：

"汤！你到底在搞些什么？"

"唉！"汤叹着气说，"你们介绍的人确实不错，可是，我爱红娘呀！"

"汤！"幼青大叫，"我是有丈夫的，不跟你开玩笑！"

"还有一位红娘呀！"汤说，微笑着，眼光深深地瞅着我。

我心中蓦地一动。总是把身边的男士当成"过客"，从来没有对任何一位动心。因为鑫涛早已把我系住。而这次，我正想抓住点新的机会，我正想了断鑫涛所有的念头，我正想给自己找个真正的归宿……汤的及时出现，让我似乎看到了一线曙光。

于是，有两个星期，我避开鑫涛，和汤做进一步的交往，当汤离台前夕，他求婚，我考虑再三后，毅然答应了。只有这样，我才可以把鑫涛还给他的妻子，退出这场残酷的游戏。

所以，鑫涛对汤已经很熟悉，当我说出汤的名字时，他的脸色就顿时惨白起来。他死死地盯着我，说：

"你不爱他。"

"可以培养的。他幽默风趣有学问，正是我喜欢的典型。"

"你离不开台湾。"

"离得开的，我照样写作，你还是我的出版人。"

"小庆不会接受他的！"

"会的！他已经带小庆出去玩过，小庆个性温和，对谁都很亲近。"

他跳了起来，把双手放在我的肩上。

"你不可能这样对待我！"他大声喊。

"可能的！"我安静地说，"我已经为你付出了许多岁月，离开你，我问心无愧！"

他呆住了。怔怔地站在那儿，仔细地看我，越看他越慌，越看他越急，越看他越失去了信心。他一把握住了我，忽然就激动起来：

"不行！你不可以和别人结婚！"

"为什么不可以？"我问。

"不行！你是这样一个不实际的女人，你这么任性又这么不理智。谁能了解你，像我了解你一样？谁能照顾你，像我照顾你一样？谁能欣赏你，像我欣赏你一样？不行，你跟任何人结婚，你都会枯萎！你还有好长一段人生，我绝不允许你枯萎！”

“我枯萎不枯萎，是我的事，”我固执地说，“用不着你来管！”

“那么，我呢？”他顿时失措起来。

“你会很坚强地活下去！”我说，想起乌来山头的一幕，不禁不寒而栗，“答应我，你要好好地活下去！”

“我不答应你！因为我答应不起！”他眼中蓦地涌上了泪，“全世界，我们一起走过；生和死，我们一起面对；事业上，我们相辅相成……现在，你要离我而去，你认为我还能照样过日子吗？即使我答应你，也是一句谎言！现在，我只要想一想，你会和别人结婚的事实，我就心慌意乱了。如果你真去了，我不会自杀，因为那太没出息了！乌来山顶上的一幕，我答应过你，再不重犯！我会守我的诺言……但是，如果你真的舍我而去，我会万念俱灰，枯萎而死！”

“胡说！”我说着，开始哭了起来，“你威胁我，这是卑鄙的！”

“我不是威胁，我是说一件事实！既然你不相信，你就去吧！所有的后果，很快都会看到的！”

我瞪着他，忽然相信了他说的每一句话。**我看到一个枯萎的我，我也看到一个枯萎的他，我还看到这两个悲剧中的悲剧——他的妻儿和我的小庆——他们会跟着失去扶持，失去依靠和爱，失去经济来源，失去一切！这些年来，都是我们两个携手打拼，才让两个家庭有安定的生活。我顿时心中战栗，额上冷汗涔涔了。**

"不要和别人结婚！"他恳求地说，"你已经等了我这么多年，请再给我几天，不要让我们全体都毁灭！我知道这些年来你所受的委屈，请相信我会一一补偿！请求你，不要贸然决定一切。汤是好人，但他不能给你幸福，只有我，才能给你幸福！"

我抬起泪眼看他。我知道，我又完了！汤也完了！我像一只雁子，一只我自己小说中写过的雁子。我曾为那雁子写过一首歌，歌词中有这样两句话："雁儿在林梢，眼前白云飘，衔云衔不住，筑巢筑不了！"这几句，正是我当时的写照。其实，我这一生，在我的小说、我的歌中，都可以找到痕迹。我留下来了，没有飞走，守着我的树林，守着我残缺的梦。


那年，我想到欧洲去旅行，我一个人动身，想试试自己能不能"单飞"。当然各城市，都有朋友接我。到了香港，住在旅馆里，先办一些事情。住到第三天，鑫涛打了个长途电话给我：

"我离婚了。"他平静地说。

"哦？"我也很平静地回答。

"你一个人旅行，要处处小心，"他说，"要懂得照顾自己！"

"我知道。"我说。

"我这儿的事情忙得不得了……"

"我知道！"我打断他，"放心吧！雁子是候鸟，飞去一定会飞回！"

挂断了电话。第二天，我飞日本，要在日本停几天，再转往欧洲。飞机到了东京机场，我下机，出机场，鑫涛站在东京机场等我。

"让你'单飞'，我还真不放心！"他微笑地说，"万一被只欧洲雁子给诱拐了，我岂不是功亏一篑？"

我们默默地站着，默默地注视着彼此，霎时间，两人眼中，都盈满了泪。我忽然想起，一九六三年，有人送我上火车去高雄，却送到台中，在落日下一南一北地分开。此时，我要单飞去欧洲，却在半路上被拦截，有人要跟我双飞去欧洲！都是那同一个男人，相差了整整十三年之久！

# 二十五、幸福的"声音"

一九七九年五月九日，我和鑫涛结婚了。那时，距离鑫涛离婚，又已经三年。这三年，其实我过得挺潇洒自在的，家里经常高朋满座，许多朋友，在我家聊天，可以聊上一个通宵。每个人都有故事，每个人都有爱情，大家对爱情的看法各持己见，经常辩论到面红耳赤。我的朋友分两类，一类是社会精英，像"清华大学"的毛高文夫妇、黎昌意夫妇、沈君山等。一类是作家朋友，像三毛、倪匡、古龙、赵宁等。这三年的生活，我曾有一本散文集《不曾失落的日子》，记载了一些片段。

说回我的结婚，那天，第一个给我们祝福的人，是我的儿子小庆，他已经十八岁，是个身材颀长的青年了！

我没有披婚纱，也没有穿结婚礼服，只在胸襟上别了一朵兰花。我们没有举行任何仪式，请了好友毛高文夫妇，在我们的结婚证书上盖了个章。再请了二十几位最好的朋友去餐厅吃饭，这些朋友，也是经常在我家畅谈终宵的人。大家一直到吃饭时，都不知道那天下午，我们才完成了结婚手续。吃到一半，有位朋友恍然大悟，跳起来说：

"什么！这是结婚喜宴吗？太意外了！你们居然结婚了！"

他奔出去，买了一大盆鲜花来，作为祝福。

那晚，大家在我们家，仍然畅谈终宵，有位女士一向对我很佩服，这时对我大大摇头说：

"我以为，一个像你这样的女人，是根本不会结婚的！连你都结婚了，我对'现代女性'完全失望了！"

"是啊！"另一位接口，"你从离婚到现在，十几年都过去了，你的日子不是挺潇洒的吗？为什么要用一张婚约，又把自己拘束起来？"

"对啊！"再一个说，"你们两个'单身贵族'，为什么不好好享受单身的自由和乐趣？怎么想到去结婚呢？"

"说说看！你们到底为什么要结婚？"大家把我围起来"公审"，"你们享受爱情的浪漫，却不必负担婚姻的责任，不是很好吗？怎么忽然结起婚来？"

哈哈。我这些朋友都是"怪胎"，一个比一个"新潮"，一个比一个"现代"。人家结婚，他们不道贺，反而提出"质询"。我想了半天，终于笑着说：

"我并不像你们想象的那么自在潇洒，这么多年来，我是条漂荡的船，一直想找一个安全的港湾，好好地停泊下来。在基本上，我从没有反对过婚姻，我认为人与人之间，即使谈恋爱，也要负责任。不负责任的恋爱是逢场作戏，在生命里留下不很深的痕迹，两个人如果爱到想对彼此负责的时候，就该结婚了。尽管，婚姻很容易老化，很容易变调……但是，如果人连结婚的勇气都没有，就未免太可悲了。"我看着我的朋友们，觉得还应该补充一些，我又认真地说了几句，"我想，在我的身体和思想里，一直有两个不同的我。一个我充满了叛逆性，一个我充满了传统性。叛逆的那个我，热情奔放，浪漫幻想。传统的那个我，保守矜持，尊重礼教。今天的我，大概是传统的那个我吧！"

"哦，才不！"朋友们大笑着说，"像你这种'即兴'式的结婚，仍然相当'反传统'！仍然相当'浪漫'！仍然相当'潇洒'！"

"是吗？"我和鑫涛也大笑了。我说："或者，我们就在'传统'中，去找寻'反传统'的'浪漫'与'潇洒'，不让生活变得千篇一律！反正，人生没有十全十美的境界，每个人要过怎样的生活，只有自己去追寻，自己去定位！"

是的，我和鑫涛，已经用了大半辈子的时间来"追寻"，总该给自己"定位"了！


结婚第二年，我的传播公司拍了几部脍炙人口的连续剧，我们买了一幢四层楼的花园洋房，这房子占地四五百平方米，有许多房间，和大大的客厅、大大的地下室。我们给它取名叫"可园"。我们两个，都是从最贫穷的环境中挣扎出来的，都是从一无所有中白手起家。我们都经过人生的风浪、事业的挑战、感情的挣扎……我们也都不再年轻。当我们迁入可园，才终于有了属于我们两个的家。

可园在台北东区，当时等于是郊外，附近没有房子，前面是芭蕉田，再前面就是火车轨道，每天火车经过，整栋房子都会跟着震动。鑫涛完全照我的"梦想"，将可园重新装修。搬进去一个月后，我第一次在可园中记日记，写下了这么一段：

> 从小，就喜欢看电影，喜欢看小说。每当电影小说里出现一幢大房子时，总引起我的惊叹！有时也会梦想，有个属于自己的大房子，有个属于自己的花园。或者，童年的苦难，在心中已深刻下太多痛苦的痕迹，成长的过程，又付出了太多的代价，总觉得这个梦太虚幻了，太遥远了，是永不可及、永不可得的……但是，今天，鑫涛和我完成了这个梦——我们的可园。
>
> 可园，这不只是一幢房子、一个花园，更是我心灵休憩、不再流浪的保证。搬来一个月了，虽然在混乱的装修工程中，在人来人往的嘈杂里，在小庆将考大学的压力下……我仍然心怀欣喜。每晚，躲在鑫涛为我精心设计的卧室中，看电影的录影带（录影带这项发明实在太伟大了，可以躲在卧室里看电影，真是奇妙！鑫涛这个爱电影如痴的人，怎能不看个够？可是，每次看到一半，他就睡着了），鑫涛睡着后，我静静地躺着，听他的打呼声，听小雪球的鼾声，听录影机中播放的对白声，听窗外火车飞驰而过的辘辘声……这一切加起来的声音，十分"震耳"，我就对自己说：

这一切，就是"幸福"的声音了！

是的，这幸福的声音，得来可真不容易！


# 二十六、用文字堆砌出来的传奇


从这本书第二部起，在前面各个章节里，我都大略谈到了我和鑫涛的事业。但是，都是片片段段地提起。其实，我们的事业，也相当传奇。鑫涛是个出版家，我是个作者，我们都没料到，我们可以用文字创造出许多奇迹。

一九六三年，鑫涛出版了我的《窗外》。接着，我的书就一部部出版，一九六三年以前在《皇冠》发表过的短篇中篇小说，或是我在各报章副刊发表的小说，也在鑫涛"打铁趁热"的心情下，结集出版。第二年，我的小说就被电影公司看中，当时许多电影公司都来洽购我的电影摄制权。我急需钱用，鑫涛帮我一一处理，到了一九六五年，我原著的电影就在一年内，播映了四部。分别是《婉君表妹》《菟丝花》《烟雨蒙蒙》《哑女情深》。从那年的八月起，一直演到十二月，简直有点疯狂。一九六六年，我又有三部电影上演，很多都根据我的短篇小说改编，因为我无论如何也写不出那么多长篇小说。实在有点奇怪，我这些电影，都有不错的票房。因而，到了一九六七年，根据我的小说，改编播出的电影有五部。一九六八年，改编的电影更有七部之多。简直整年都在播映我的原著电影。

卖出电影版权，带给我很多收入，这时，我的收入已经超过了鑫涛。但是，他可以先连载我的小说，再出版我的小说，当电影宣传时，我的小说带给《皇冠》的利润更是惊人。在这种情形下，我们就是"双赢"的局面。我可以买房子，送两个弟弟出国念书。他可以让儿女享受优渥的童年，受最好的教育。《皇冠》也开始拓展，把旁边的土地买下来。这样，到了一九七六年，因为我的电影越演越盛，鑫涛见猎心喜，我们成立了属于我们自己的"巨星电影公司"。当时有四个合伙人，我和鑫涛各占一股，拍摄了林青霞、秦汉、秦祥林主演的《我是一片云》。这部电影，卖座疯狂，当时的林青霞，已经因为我的一部《窗外》一片成名。等到《我是一片云》放映，三位主角，都红透半边天。

有时，我会想，假若当初我没有写《窗外》，没有遇见鑫涛，很多人的命运都会和现在完全不一样。我或者不会成名，即使我会被别的出版社赏识，我也不会像碰到鑫涛那样，成为"夜以继日，不眠不休"的作者。我不可能写出那么多作品，更不可能拍出那么多电影。就是这样一场"相遇"、一场"相知"，我们改变了很多演员的命运，甚至，我们也创造出那段"台湾电影最繁荣"的时代。因为这时代的牵丝攀藤，还有多少不同的人，改变着他们的命运。这世界有"蝴蝶效应"，任何事，都是"牵一发而动全身"的！

《我是一片云》成功后，鑫涛又催着我赶快去写小说，我写了《月朦胧鸟朦胧》，又马不停蹄地编剧，然后拍电影。接着，就没完没了了，我们的巨星，拍到第三部，四个合伙人，分家了。巨星成为我和鑫涛两人的公司。这时拍戏已经不需要成本，因为我的书名一出来，就可以卖台湾地区以外的版权，收到的订金加上台湾电影院预付的订金，就可以拍摄一部电影。电影播放完，鑫涛总是很高兴地赞美我，让我飘飘欲仙。然后，我们平分我们的利润。我们的拍摄班底，也在刘姐的带领下，成了固定的班底。**拍电影唯一需要的，就是，必须有一部琼瑶小说！鑫涛的工作，就是让这部小说顺利诞生！就这样，我成了书房里的痴人！**

巨星公司连续拍摄了十三部电影，在每部都赚钱的情形下，鑫涛的皇冠大楼开始建造，他的儿女，都纷纷进入公司，主持各部门的工作。《皇冠》变成了"皇冠文化集团"，一九八四年，皇冠大楼完工，七层楼的建筑豪华巨大，里面有出版部、编辑部、发行部、业务部……还有一个舞蹈工作室，因为二女儿是学舞蹈的。还有一个"小剧场"，专门演出各种戏剧和舞蹈。皇冠，不再是一家苦苦经营的小杂志，它成了一座城堡。鑫涛很欣慰，他每天去城堡里上班，可以看到三个儿女，监督整个皇冠事业，一切都蒸蒸日上。

一九八三年，我厌倦了拍电影，也厌倦了那种拍电影的生活。我不顾鑫涛的反对，毅然结束了我们的巨星公司。我想要自由，想要过潇洒一点的生活。我的诗意梦幻，几乎都被电影的节奏打断，我急于找回失落的自己。可是，一不小心，我又被鑫涛拖下水。那时，我们已经结婚，生活可以很平静安详。但是，鑫涛是个工作狂人，电影拍不成，他就开始拍电视剧。而且声明不要我帮忙，他自己和朋友一起干！（关于这个经过，我的《雪花飘落之前》一本书里，有详细的记录，我就不再赘述。）总之，我怎能置身事外？最后，变成我们又成立了"怡人传播公司"和"可人传播公司"，为了拍摄我的电视剧！

皇冠是鑫涛和他儿女的事业，我完全不干涉，即使婚后，我也从来没有以"皇冠女主人"自居过。却依旧让皇冠出版我没有授权的每本小说！但是，"怡人"和"可人"就是我们和我儿子儿媳为主的事业（小庆和他的同班同学何琇琼，在一九九一年结婚了）。这也是因为小庆和琇琼都是大众传播系科班出身的关系，没有刻意去分配，就是自然而然成了这样。

我再也想不到，我的电视剧生涯，竟然成为我事业中的另一场高峰！《几度夕阳红》是我们的第一部连续剧，立刻引起不小的回响。《烟雨蒙蒙》更是轰动，到了《庭院深深》，刷新了台湾所有戏剧的收视率纪录，我就这样欲罢不能，一部一部地做了下去。

一九八八年，我回到大陆，才知道我的小说，早已在大陆风行。我的电影和电视剧，大陆也在没有授权的情形下，拍摄了好几部。我的一趟大陆行，改变了我以后做戏的方针。我爱上了祖国河山，掉进了乡愁里。一九八九年四月，我又回到大陆，去湖南祭祖，也去张家界勘景，还在颐和园里住了三天。祖国的景致，让我叹为观止！回到台湾，立刻计划回大陆拍戏，九月，我和鑫涛就带着小庆、刘姐，开拔到大陆拍戏了。拍的第一部是《六个梦》，因为拍摄时间不够的关系，只拍了其中三个故事，就回到台湾。这三部电视剧在两岸都播出了，不论收视还是口碑，双双告捷！这是两岸文化交流的开始。我们又打了漂亮的一仗！

这样，我在大陆和湖南台合作，陆续拍了好多连续剧，像《梅花烙》《青青河边草》《鬼丈夫》《烟锁重楼》《水云间》……不胜枚举。到了一九九七年，我心血来潮，忽然改变风格，写了一部以清朝为背景的连续剧《还珠格格》，一九九八年才拍摄完毕，在两岸播映。我完全没料到，这部戏居然刷新了我自己创造的所有纪录，成为当年最火的连续剧，两岸几乎为这部戏疯狂。鑫涛那"打铁趁热"之说又来了！积极地要我赶快写第二部，第二部拍完了，又拍了第三部。十年后，还拍了《新还珠格格》。这《还珠格格》的威力，一直影响到今天，就在我补写这部《我的故事》时（二〇一八年二月），《还珠格格》正在湖南卫视十六度重播，从早上八点开始播，依旧跑了一个日间第一名！

关于《还珠格格》，它真是一个传奇！演出这部戏的男女主角，都是新人，全部因这部戏而红到今天，几乎参加演出的演员，没有一个不功成名就！一首主题曲《当》，所有综艺节目都会演唱，历久不衰。关于那部戏，我还写过一篇文章《点点滴滴话还珠》。我把那篇文章重新整理，发表在这本书里，因为，要了解我的编剧艰难，要知道我的拍戏真相，这篇文字是最好的记录。同时，也让还珠迷们，一起重温还珠时代。

# 二十七、点点滴滴话还珠

今年三月十八日，台湾中视第三度重播《还珠格格》第一部，接着，在四月二十一日，紧接着播出《还珠格格》第二部，一共七十二集，足足播了三个月。这是我从事电视剧以来，最长的一部连续剧，也是反应最强烈的一部连续剧。观众的热情、来信的踊跃、网站的林立、收视率的一再破纪录……都带给我一次又一次的惊喜。真的没有想到，有这么多的人，喜爱《还珠格格》。这才觉得，两年来的全心投入，不眠不休的工作，夜以继日地编剧……没有白费心机。

六月二十五日，《还珠格格》第二部即将播出完结篇。有很多的观众写信给我，说是每天等八点档，已经是生活的重心，如果《还珠格格》播完了，不知道日子要怎么过？这种来信，真是对我最大的恭维。我在感动之余，也开始预支"曲终人散"的惆怅了。两年以来，《还珠格格》占据了我的思想，充满了我的生活，等到播完，我和许多观众一样，有着离愁别绪，若有所失。

好在，台湾中视应观众的热烈要求，立刻安排了六月二十八日九点重播第二部，让没有看到的观众，再有一次机会，也让看过的观众，能够重温旧梦。

《还珠格格2》的后制工作，终于告一段落。我看着已经完成的一大排播出带，不禁想起许多拍戏时的阻力和困难，也想起很多拍戏的趣事，真是点点滴滴在心头！趁我最近比较闲暇，写下来和所有还珠迷共享！

# 换角风波

《还珠格格》第一部，真是一部多灾多难的连续剧。从开工第一天，就非常不顺利。其中最严重的一件事，是心如这个角色，差点被换掉。

为了怕伤害心如，两年来，我对这件事守口如瓶。不料，心如已经坦荡荡地把它公开了。好吧，让我们细说重头！

当初，《还珠格格》的演员名单里，本来没有心如。第一次我们内定的演员，是赵薇演紫薇，演小燕子的女演员，我希望她本身有一点拳脚功夫，免得用替身穿帮，所以定了一个有打戏经验的新人。谁知，这位新人在《还珠格格》开拍前一周，接了一部电影，通知我们她要"延期报到"，我们没有办法接受这样的事情，临时决定重新安排角色。这时，我想到公司里的新人林心如。觉得她长相甜美，清纯可人，但是拍戏经验不多，怕她不能担当小燕子这个角色，就安排她演出紫薇一角，把比较灵活的赵薇调去演小燕子。

角色定了，由我的媳妇琇琼带队，大队人马出发，到了承德，租下"避暑山庄"，重新置景，工程浩大地开拍了《还珠格格》第一部。那是一九九七年八月，承德热浪袭人。大家拍得十分辛苦，都说，那不是"避暑山庄"，是"中暑山庄"。

刚刚开拍，不知怎的，演员一直出问题，剧组每天都在换演员。首先，饰演纪晓岚的大陆演员，拍了两天戏，因故被换了下来。接着，饰演容嬷嬷的演员，因为身体违和，又换了李明启老师。每换一次演员，就表示前面拍的戏都作废了。我在台北，只要接到长途电话，都会心惊肉跳。

好不容易，演员该换的都换了，我以为可以安安稳稳地拍下去了，却发生了心如的事。

心如在接拍《还珠格格》以前，是个有机会就不能放过的新人，所以，接了不少半大不小的角色。等到《还珠格格1》开拍之后，就那么巧，她演出的一部时装戏，在友台播出。收视率惨败不说，她在戏中的表现也不太好。因为完全没有化妆，又是赶工出来的，扮相也不出色。这部戏一播出，我就接到电视台关切的电话，问我：

"林心如真的能胜任紫薇这个角色吗？我们尊重你的眼光，但是，你能不能看一看她的戏？"

我当天就看了那部戏，而且把它录下来，一看再看。看得我胆战心惊，冷汗直冒。说实话，心如在那部戏里，确实表现不佳。在那时，我对心如也失去了信心。我火速打电话到承德，要导演暂停拍摄心如的戏，同时，要琇琼赶紧把心如拍好的带子，立刻拿回台北，让我评估她是不是可以胜任这个角色。但是，我千叮咛，万嘱咐，不可让心如感觉到我们要换她，等我看过带子再说。

对正在拍戏的队伍来说，已经连换了两个角色，现在，又可能更换女主角，真是一件天崩地裂的大事！琇琼不敢耽误，立刻赶回台北。当时，心如拍的戏，总共只有三场，我们连夜把三场戏都剪出来。我看了，觉得心如的扮相还不错，只是口白比较弱，没有抑扬顿挫。尤其和话剧演员出身的周杰一起配戏，周杰的口白太好，就显得心如有些稚嫩。于是，我们又把那三场戏，送去配音，配好音，再仔细研究。

我们在台湾做各种安排，远在承德的摄制队伍，已经有风声传出。心如一连好多天，化好妆不拍戏，心里也有些感觉了。她的经纪人 Amy 得到消息，更是伤心欲绝，后悔死了以前接的那部戏，整天以泪洗面。我面临了一个大问题，不顾一切拍下去，还是换角。这件事困扰了我足足一个星期，想到林心如年纪轻轻，要受到这么大的打击，我实在于心不忍。但是，不换角，我要背负起所有成败的责任，我的压力也实在很大。最后，有一天，我和 Amy 谈到换角后，心如将何去何从？Amy 说，心如从此就毁了。我想想，不过是一部戏嘛，就算赌输了，不过是输掉一部戏，总比毁掉一个心如好。我终于下了决心，说："算了！她演下去，后果我来扛吧！"

心如就这样留下来了。琇琼带着好消息回到承德，告诉心如。当晚，心如打电话给我，哭着说：

"阿姨，我会拼命努力，不会让你失望！"

心如并不知道，她虽然留了下来，每天，我都和导演通长途电话，对于心如的内心戏，如何塑造，如何把握，我们几乎天天研讨。至于心如的化妆，我也特别交代化妆师，作若干改善。我发现心如比较适合穿红色的衣服，马上让服装师给她赶紧添置红色的衣服。总之，为了她这个角色，我付出了比任何演员都多的心血。

当《还珠格格1》播出以后，很多太入戏的观众，为了心如的戏份和赵薇的戏份争执不已，说我偏心赵薇，不爱心如。其实剧本早就写完，什么偏心不偏心？还有观众对于心如用配音不满意，写信问我：

"心如不是中国人吗？不会说中文吗？为什么要给她配音？"

我看了，总是叹口气，什么都不说。假若不是那么在乎心如，今天，还有心如诠释的紫薇吗？

《还珠格格》红透了海峡两岸，紫薇这个角色已经深入人心。但是，有谁知道，她能够演出这个角色，实在是一波三折，得来非易！

## 周杰不"窝心"，导演不"开心"

周杰演出深情尔康，现在已经征服了好多观众的心。事实上，当初拍第一部的时候，周杰的问题，还真不少。

我们的主要演员，都很年轻，每个人都有不同的个性和脾气。大家来自海峡两岸，生活习性都不相同，第一次合作，难免有磕磕碰碰的时候。导演曾说，他在"带一群娃娃兵"。周杰是这群娃娃里，年纪最大的，也是个性最强的。

周杰拍戏的第二天，就和导演发生了冲突，原因是我的一句台词："让皇上听了，好窝心，好得意！"周杰认为，北京人的"窝心"另有解释，和我们的"窝心"意义不同。当时，就从现场打电话问我，可不可以改词？我认为无关紧要，就建议改成"开心"。于是，周杰把台词背得滚瓜烂熟："皇上听了，好开心，好得意！"谁知，正式一拍，导演立刻喊 NG，坚持要周杰念成"窝心"。周杰脾气直，不会拐弯，振振有词地说："琼瑶阿姨说可以改！"导演一听更怒，他居然越过导演，直接问我，显然有轻视导演的嫌疑。于是，导演坚持要念成"窝心"，不许"开心"！哪里知道，周杰已经把本子背得太熟了，只要一拍，就自然而然念成"开心"，怎么都改不过来。一直 NG 了二十几次，到了最后，周杰已经演僵了，管他"窝心"还是"开心"，只要念到这两个字，就顿住了。眼看一个工作天，都被他的"窝心"给耽误了，导演生气，他也心急，居然把剧本一扔，说："这是什么烂本子嘛！"导演听了大怒，认为他既不尊敬导演，也不尊敬编剧，恨不得要揍他，戏也拍不下去了。

当晚，我就知道了整个事件的始末，不免叹气，一面打电话安慰导演，一面打电话安慰周杰，劝他们不要生气。早知一个"窝心"会引起这么大的麻烦，这个"好窝心"三个字，不说又怎样？当然，第二天，周杰就向导演道歉，规规矩矩地说了"好窝心"。但是，那一场戏，我认为是周杰演得最不好的一场戏！如果观众还有录影带，调出来就可以看出他的不自然。好在，那只是一场短短的"过场"戏。

"窝心"事件过去没几天，周杰又有一句台词，里面有"为了她，我功名利禄、前程爵位，什么都抛！"我们的周小生，又认为"前程"两个字，念不顺口，要把它改成"前途"，再度从片场打电话问我可以不可以。我说："我无所谓，但是，你如果又要为这两个字 NG，我会生气！"

周杰居然让历史重演，弃"前程"而"前途"。导演也固执依旧，要"前程"而舍"前途"。两人为了这"前程"二字，再度左 NG 一次，右 NG 一次。

我们的进度，就为了这些大问题、小问题，严重滞后。

所以，当我们决定拍摄第二部的时候，我会先飞北京，和周杰沟通。总算，在第二部里，周杰不再改词了。不过，我以后，也不敢用"窝心"两个字了。

## 将相不和，工作落后

第一部拍摄进度非常缓慢，为了换角，为了演员和导演的彼此适应，每天都只能拍摄一点点。拍到第三个星期，导演组和摄影组为了取镜的观念问题，又有歧见。彼此都非常坚持，常常闹得不欢而散。在电视剧的制作上，导演和摄影是最重要的两环，这样重量级的两个人物不和，使《还珠格格1》真是多灾多难。我在台北，只要接到承德的长途电话，就会心惊胆战，不知道又发生了什么事。一会儿是导演叫停，一会儿是摄影师叫停。

带队的琇琼，已经弄得疲于奔命，很严重地告诉我，要不然换导演，要不然换摄影师，否则，这部二十四集的戏，可能要拍一年。

我才刚刚从换心如的阴影中走出来，居然要面对换导演和摄影师的问题，这比换角还严重！我只好左一个电话，右一个电话，打给导演，希望双方尽量沟通。这种越洋电话，常常讲得我舌敝唇焦。总算，让双方都暂时稳住，继续勉勉强强地合作下去。

## 周杰摔马，雪上加霜

第四个星期，我们的外景队，要赶在秋天之前，去内蒙古拍摄"乾隆狩猎"那场大戏。内蒙古的草原,俗称"坝上",就是乾隆当年的"木兰围场",我们是用实景拍摄。但是,大队人马开拔到内蒙古,不是一件小事,准备工作就做了好几天。到了内蒙古,要安排大家的吃住,要调动几百匹马,要调动上千位临时演员,还要给这些临时演员剃头梳辫子化装穿戏服,真是每个镜头,都是用钱和血汗堆积而成。

因为动不动就是几百人和几百匹马的镜头,只要换一个角度,就要调配好半天,我们的"狩猎",拍得又是辛苦,又是缓慢。第一天,周杰就从马背上摔下来,幸好没有大碍。拍到第三天,却惊传周杰第二次落马受伤,不能拍戏了。内蒙古的医院太简陋,我们的工作人员,连夜把周杰送回北京,彻底检查。

这对我来说,真是晴天霹雳。一来担心周杰的伤势,二来担心进度。周杰的脸擦破了,嘴唇也破了,因为害怕"破相",他的心情当然跌落谷底。我们的导演、制片组、摄影组、其他演员和工作人员,每个人的情绪也都跌落到谷底。

男主角受伤,这部戏要怎么办?大队人马在内蒙古,狩猎的戏还没拍完,要不要继续?我一天接到十几通电话,等我做决定。我一方面要人照顾周杰,一方面和导演研究,只好把周杰的部分,能够改戏的改戏,能够用替身的用替身,先把"坝上"的戏拍完,等到周杰恢复,再补拍周杰的镜头。

内蒙古的戏,就在没有周杰、非常勉强的情况下拍完了。剩下许多周杰的镜头,等着周杰补戏。但是,在北京休养的周杰,是个很情绪化的人,虽然伤口愈合了,却余悸犹存,身体和心理,都受到创伤,一直没有恢复。听说还要上马,他就裹足不前，迟迟不肯归队。他这一休息，居然休息了二十几天。

## 心灰意冷，我毅然叫停

《还珠格格1》拍到这个时候，只能用一个"惨"字来形容。大队人马从坝上回到承德，在没有男主角的情形下，拍得断断续续，进度依旧缓慢。这时，导演组和摄影组的战争又起，闹得水火不容。许多演员，也不耐这种进度，怨言四起。有的演员，干脆离队，也去"休息"了。

我在台北，整天被他们吓来吓去，已经快要崩溃。鑫涛看看进度，不得不承认，这部戏会拍一年，再拍下去，我们大概会破产。于是，有一天，我问鑫涛，如果这部戏停拍，我们到底要赔多少？赔得起还是赔不起？他说，赔得起。我叹口气说："停止吧！不要拍了，把队伍撤回台北，好歹剧本还在，以后重整人马再拍！"

我和鑫涛，用了好几天来讨论，最后，决定壮士断腕，停拍！我一个电话打给承德，把这个惊人的决定，告诉了琇琼和导演。要大家结束工作，尽快回台北。

我们的这个决定，把远在承德的外景队，从浑浑噩噩中惊醒。所有的人都惊动了，谁也没有料到我会做这样决定。在大陆一直合作的湖南经济台，首先检讨他们的工作人员，有没有缺失。台长欧阳常林认为停拍损失太大，力劝我打消停拍的念头。导演、演员、摄影组和工作人员，都被我的决定吓住了。

就像小燕子的语言："蜘蛛死了还会活"（置之死地而后生）。

我们的外景队，看到我停拍的意志坚决，他们反而激起了一股斗志。导演当晚就和我通了一个很长的电话，安慰我，鼓励我，要我信任他，他一定克服各种困难，完成这部戏。接着，琇琼、演员们、经济台的工作同仁……纷纷打电话来，表示所有的不顺利，到此为止，以后，大家会勠力同心，"化力气为糨糊"，消除各种成见，完成这部戏。

于是，《还珠格格1》继续拍下去了。没多久，周杰也归位了。导演组和摄影组也讲和了，演员也越来越有责任感和默契了。周杰也克服了心理障碍，重新上马补镜头了。

这样，才有了大家喜爱的《还珠格格1》。有了《还珠格格1》，才有接下来的《还珠格格2》！

## 拍摄第二部，鲜事一大堆

去年五月，我看到《还珠格格1》的轰动情形，感动得不得了。在台湾中视的力邀之下，决定拍摄《还珠格格2》。我是一个急脾气，想到什么就会立刻去做。鑫涛更是积极，要我"打铁趁热"。拍戏对我来说，最沉重的工作是剧本，我就先去写剧本，看看后续的情节，是不是可以做下去？这剧本一写，就写出了兴趣。写了三集，想想不对，万一拍摄起来，像第一部那样状况不断，我岂不是"作茧自缚"？于是，我停下剧本，和鑫涛飞北京，去探视我的"还珠家族"。

当时，我们曾经犹豫，是不是要换掉一两个主要演员。因为《还珠格格1》大陆演员太多，被台湾新闻局裁定是"大陆戏"，要我们"逐集送审",带给我们太多的困扰。谁知,可能换角演出的消息走漏,各种猜测四起,观众的反应竟然强烈到让我招架不住,台湾中视和各个新闻媒体,都收到来信,要求"原班人马"演出。我的书桌上,更是堆满了来信,为每个演员请命。既然不能换演员,我必须在写剧本以前,把演员敲定。

六月初,我在北京首次和我的"还珠家族"见面,我带去了大批的观众来信,大家传阅着,个个兴高采烈(当时,大陆还没有播出《还珠格格1》,演员们还没有感受到大陆也疯狂的热度)。我在北京停留了一个星期,签订了重要演员。这样,我的心定了,回到台北,就夜以继日地钻进编剧工作里。

大概有了第一部的信心,第二部的剧本,我写得很顺利。许多喜悦的情节,我写得嘻嘻哈哈,常常自己觉得很好笑,也不知道别人看了好不好笑。我顺着我的灵感走,也不管拍摄有没有困难,越写越高兴。所以,第二部里,有许多高难度的戏。什么鹦鹉飞飞飞、蝴蝶飞飞飞、蜜蜂飞飞飞……都写进了剧本,拍摄和制作起来,却比我想象中难了千倍万倍!

在拍摄上,和第一部的拍拍停停比起来,第二部顺利了很多。主要是演员和导演,都有了默契,不像当初那样格格不入了。演员们也有了信心,知道自己在拍摄什么样的戏,比当初敬业多了。再加上分两组拍摄,孙树培导演主拍外景,李平导演主拍内景,两位导演合作无间。这部长达四十八集的第二部,在五个月中如期完成。

但是,那些拍摄过程的艰苦,那些应变能力的考验,那些意料之外的发生……仍然是层出不穷。我就在这儿,随便举例谈谈吧!

# 含香引蝴蝶，一秒钟三万元

当初，决定加入香妃这个角色，我就想给香妃创造一点新奇的点子。香妃既然"天赋异禀"，生来就有"奇香"，如何用画面去表现这种"异禀"呢？我灵机一动，何不让她和蝴蝶一起翩翩起舞？于是，先去打听"蝴蝶起舞"的制作，有没有困难？当时，有好几家动画公司，都表示只要摄制时有准备，动画加上蝴蝶不是问题。于是，我也放胆去写了。写了童年时的含香引蝴蝶，又写了长大时的含香引蝴蝶，写了进宫后的含香，和小燕子、紫薇一起引蝴蝶，又写了含香临终，蝴蝶成群飞来告别。写了蝴蝶还不够，还写了小燕子引蝴蝶不成，引来了一群蜜蜂，螫了满头包。写得我不亦乐乎。

戏完全照我要求的拍摄完成了。演员们假装有蝴蝶，和蝴蝶也玩得不亦乐乎。然后，就是后期制作的工作了，要在没有蝴蝶的画面上，用动画画上飞舞的蝴蝶。这时，我们面对问题了，好几家动画公司，看了我们的成品，发现要画那么多蝴蝶，还要只只飞舞，就摇头不敢承担。并且，告诉我们，制作的过程非常慢，要先画蝴蝶，再计算振翅的频率，再计算蝴蝶的动线，一只只画好了再让它们飞舞，然后还要和我们的画面合成……蜜蜂的制作方法一样，只是画起来比较容易而已。我们这么多场戏，大概要画几个月！天啊！几个月？我们已经奉命四月上档，哪有几个月的时间？

这一下，大家都慌了。先想克难的办法，画几只蝴蝶意思意思算了。等到第一次画了样品来，我一看，差点哭了。我说：

"这是我们的出品吗？为什么国外做得到？我们做不到？如果给观众看到的是这样的效果，未免太辜负我写剧本的一片心了！"

鑫涛看我真的伤心了，马上命令交给广告公司去试试看，并且许下"不计成本"的诺言。结果，为了赶时间，这几场戏是分别由好几家公司制作的。你们知道制作费是多少吗？一秒钟三万元！当大家看到蝴蝶绕着含香飞舞，有谁帮我们计算过时间？几场戏加起来，到底有多久？一秒钟三万元！算算我们为了这些蝴蝶，花了多少钱？有时想想，我写剧本，确实带点傻气，不玩花样，让演员耍耍嘴皮子，不是最容易拍吗？

## 鹦鹉大闹御花园，飞走了八只鹦鹉

同样，也是剧本惹的祸！我居然写了一场"鹦鹉大闹御花园"的戏。

写剧本的时候，我就知道这场戏不大容易拍摄。所以，我在剧本上加了一行注解："如果拍摄有困难，请简化拍摄。"谁知，导演孙树培，是绝对不会"简化"的人，也是不肯"认输"的人。他不但要拍鹦鹉，还要拍摄鹦鹉飞起来的时候，小燕子、永琪、尔康也同时飞起来抓鹦鹉，要带到鹦鹉也带到人。这一下麻烦了。鹦鹉不是演员，鹦鹉听不懂人话，鹦鹉不能 NG，最糟糕的，是鹦鹉有翅膀！

负责道具的工作人员，准备了三只鹦鹉，以为一定够用了。谁知，这些鹦鹉只要卸下脚环，扑扑翅膀，就飞向自由了。导演面对过各种不听话的演员，有时，大声一吼，可以威震八方。这次，全部派不上用场。不只导演被这几只鹦鹉弄得疲于奔命，摄影师更是可怜，上树上房，爬高爬低，好不容易镜头对准了我们那位"超级大牌"，呼吸都不敢大声，刚刚按下快门，鹦鹉却扑棱棱一声飞了。至于演员们，为了配合这位超级大牌，更是苦不堪言。第一天，没有拍到几个镜头，三只鹦鹉就全飞走了。

这场戏足足拍了五天。一共飞走了八只鹦鹉。最后，导演在鹦鹉脚上绑了绳子，这样才不至于拍一只飞一只。但是，戏里却不允许看到绳子。今天，大家看到"鹦鹉大闹御花园"，不过是十来分钟的戏。有谁研究过，这场戏到底是怎样完成的？

## 狼狗追蒙丹，场面大失控

动物演员，实在不好惹！

在《还珠格格2》第五集中，有一场蒙丹和含香在沙漠里私奔，骆驼罢工，赖地不走，阿里和卓却带了狼狗，来追捕两人的戏。

这场戏在北京近郊的"天漠"拍摄，"天漠"距离北京有两个多小时的车程，所以，外景队在凌晨四点钟就出发了。当地是一片真实的沙漠，风大沙大，拍起来十分艰苦。

拍戏那天，又是骆驼，又是临时演员，又是狼狗，真是热闹极了，工程浩大。导演知道狼狗不好拍，雇用了狼狗的主人，拉着狼狗，充当临时演员和替身。这场戏又要打，又要逃，又要追，又要滚……无论是演员还是工作人员，都被折腾得很惨，最惨的还是"狗咬蒙丹"那个镜头。

为了怕出状况，狗主人自告奋勇，充当蒙丹的替身。导演要拍一个狗扑上去，咬住蒙丹手臂的特写。这种戏也无法排演，只能抢拍，拍到几分就几分。摄影师架好了机器，导演一声"五、四、三、二、一！"替身开始跑，成群的狼狗就放开了链子，狂吠着往前冲去。

　　摄影师把握机会，赶紧摄影，只见一群完全不受控制的狗，飞奔四窜。说时迟，那时快，摄影师眼前一黑，什么都看不见了。原来有一只狼狗，扑向摄影机，张开大口，一口咬住了我们那全新的、名贵的摄影镜头！天哪！摄影师惊得目瞪口呆，想也来不及想，就全力和狼狗抢机器。所有工作人员喊的喊，叫的叫，乱成一团。就在这惊险时刻，另一边传来一声惨叫，大家再一看，原来饰演蒙丹替身的那位狗主人，竟然真的被他的狗儿咬住了手腕，还咬得鲜血淋漓！这么逼真的画面，我们居然没有拍到，因为，我们的摄影机在狗嘴里！

　　别提那天有多么狼狈了。

　　一天折腾下来，没有拍到几个镜头，替身受伤了。饰演蒙丹的牟凤彬，也被地上的沙子磨破了手指甲，血流不止。摄影机不只被狗咬伤了，还进了沙子。所有的工作人员和演员，在风大沙大的"天漠"追追喊喊，个个精疲力竭。他们说，都是我那首歌写得不好，什么"你是风儿我是沙"，他们个个都成了"你是风儿我是沙"！

　　这一场戏，我们也拍了好几天才完成。至于受伤的机器，至今没有修复。

## 伟大的道具师，居然发明"墨汁鸡"

谈完了蝴蝶、蜜蜂、鹦鹉、狼狗，我要谈谈我们戏里一个最特别的动物演员——墨汁鸡。

在剧本中，有一段戏，是小燕子在流亡生涯中，苦中作乐，和五阿哥去看斗鸡。小燕子不只斗了鸡，赌了钱，打了架，还买下一只斗鸡，带回客栈，准备带着这只斗鸡一起逃难。

坦白说，写这段戏的时候，我并不知道斗鸡长得什么样。我们的工作人员，居然没有一个人知道斗鸡的长相。在大陆，只有河南，目前还有斗鸡。所以，我们必须通过斗鸡学会，路远迢迢地把真的斗鸡和斗鸡主人请到北京来，拍摄这场斗鸡的戏。因为公文往返，交涉费时，斗鸡迟迟不来。大家就决定先拍小燕子带着斗鸡回客栈的戏。我们拍戏的时候，是跳着拍摄的。也就是说，许多后面的戏，可能先拍，前面的戏，可能后拍。完全看怎么方便怎么做。

这时候，问题来了。我的剧本中，写的是一只"黑色斗鸡"，小燕子给它取名字叫"黑毛"。导演就叫道具师去准备一只"黑色的公鸡"。谁知，北京的养鸡场，迷信养黑鸡不吉利，道具师找遍了北京近郊，就是找不到一只黑色的公鸡。找了好几天，黑鸡还没有影子，戏已经非拍不可了。导演对道具师说："一只黑色公鸡都找不到，你还算道具师吗？"

那位道具师没办法了，就想起拍第一部的时候，曾经把松鼠的尾巴毛剃掉，染成黑色，充当老鼠。现在，不妨故技重施。于是，抓来一只白色大公鸡，要给它染色。谁知，鸡的羽毛很难着色，染来染去染不上。这位道具师也真天才，竟然找来几瓶墨汁，把这只白鸡硬给染成"墨汁鸡"！

第二天，大家赶进度，道具师抱来"墨汁鸡"。但见那只鸡"不灰不黑也不白"，模样儿实在"够奇够怪也够鲜"。但是，进度已经落后，不能再为一只鸡耽误时间了，导演就下令照拍！于是，小燕子抱着"墨汁鸡"说说笑笑，"墨汁鸡"又扇翅膀又伸脖子，还挺抢镜头。只是，翅膀一张，翅膀下染色不匀，原形毕露！

等到真的斗鸡一来，大家全傻眼了。原来斗鸡黑得油亮，鸡冠是从小就剪掉了的，和普通公鸡长相完全不同，更遑论和那只"墨汁鸡"的差别了。但是，戏已经拍了，也没时间重拍。

等到我看到这只伟大的"墨汁鸡"时，已经是剪接到斗鸡这场戏的时候了。我一看到这只"奇特"的"墨汁鸡"，差点没有昏倒。天啊，这怎么连戏？我的第一个念头是，把"墨汁鸡"的镜头全部剪掉！但是，剪来剪去，都会伤戏，偏偏这只鸡还要连戏，晚上，还在小燕子床上踱方步。最后，我只好妥协了，保存了若干剪不掉的镜头。

所以，观众们如果看到了这只不连戏的"墨汁鸡"，请原谅！这都是我编剧的错，为什么要写"黑鸡"？为什么不写"白鸡"？我怎么也想不到，蝴蝶可以拍，蜜蜂可以拍，鹦鹉可以拍，狼狗可以拍……却奈何不了一只黑鸡！

# 小燕子偷柿子，一个柿子值多少

在我的剧本里，为小燕子设计了两场"柿子林"的戏。我想，观众们一定还记得，在第一部里的小燕子，本来是个混江湖的"女飞贼"，出场就是半夜上房，要偷梁府的新娘家，结果救了新娘。接着就大闹婚礼，偷空了新房里的细软。在写第二部的时候，我觉得小燕子这个人物，应该要维持她原有的个性，不能改变太多，如果她不再是"小燕子"，变成一个知书达礼的"格格"，这部戏剧就会原味尽失。可是，小燕子经过了宫中一年的调教，经过皇阿玛和五阿哥的熏陶，她的江湖气，也应该收敛不少。所以，直到她重回江湖之后，她才发表"小小的偷，不算偷"的高见。第一次，为了医治自己和含香的"离愁"，去柿子林偷柿子。第二次，为了和永琪"怄气"，知道永琪不喜欢她偷柿子，而故意偷柿子。两次偷柿子，都发生很离谱的状况。一次被狗追，摔进了河里。一次被柿子林里的孤儿寡妇，哭得呼天抢地，闹得手忙脚乱。

写这两场戏以前，我先要确定北京近郊有没有柿子林？等到确定有柿子林以后，又要确定柿子的成熟季节，能不能赶上我们拍戏的时候？结果，答案都是肯定的。于是，我就大胆地写了"柿子林"。

我们的外景队，九月十五日在北京开镜，必须在冬天来临之前，先把一些外景抢掉。尤其是御花园的戏，如果花不开，树不绿，柳条儿不再飘呀飘……御花园的感觉就会不对。再加上香妃入宫，蒙丹劫美的戏，也需要先拍。一时之间，大家忙着抢拍必须先拍的戏，顾不得"柿子林"。我在台湾，想想不对，万一柿子没有了，怎么办？于是，每天打长途电话到北京，提醒大家："别忘了还要拍柿子林！"

导演第一次去柿子林勘景，见到柿子都是绿的，就交代道具师和置景师，等柿子红了再拍。谁知，柿子是要在绿色的时候采下来，再慢慢放着，等它变红，这样才好吃，不能等到红了才采收。所以，农人们才不管我们要"红柿子"拍戏，到了时候，就把柿子采收一空。我们预定的柿子林，等到我们要拍戏的时候，居然一个柿子都没有了！

这下道具师慌了，赶快再找柿子林，好不容易，找到一个柿子晚熟的柿子林，柿子还没有采收，道具师赶紧和导演商量，就拍"绿柿子"吧！导演立即反对，那怎么行？绿色的柿子，在树上看都看不出来，怎么拍？执意要拍"红柿子"。道具师就和柿子林的主人商量，请他不要采收，柿子林的主人说："那我留两棵柿子树不采好了。"导演听了，又说："那怎么行？总要一片柿子林才好看！"

北京的外景队，赶快打电话给我，问我能不能和导演沟通一下？就用"绿柿子"将就将就。我想了想，问："如果我们把那整片柿子林包下来，要多少钱？"

结果，我们包下了那片柿子林的所有果实，主人算多少就是多少。硬是等到柿子红了，这才去拍那两场柿子林的戏。据说，当初张艺谋拍摄电影《红高粱》，种了一年的高粱才拍摄。我们拍摄电视剧，为了两场戏，包下一片柿子林，也算"大手笔"了。不过，后来我看到"墨汁鸡"之后，这才惊觉，这笔钱用得真是值得！想想，万一柿子都没有了，我们那伟大的道具师，说不定会"制造出"一种"染色柿子"来，那可就啼笑皆非了。好险！

## 油漆桶当头泼下，演员全部跑光光

不知道大家还记得不记得？在《还珠格格2》第一集里，有一场大家在会宾楼帮柳青装潢，小燕子提着油漆桶"耍帅"，从架子上跳下地，不料油漆桶翻落，大家全都"有福同享，有难同当，有油漆同脏"的戏？

这场戏拍摄的时候，所有的演员，都对那桶油漆"视为畏途"。我们戏里的阿哥、格格们都知道，这桶油漆如果真的淋得一头一脸，那可是一种灾难。于是，在拍摄以前，几个人就私下研究，如何能让"伤害减到最低程度"？周杰对心如说："到时候，我只要看到油漆桶一翻，拉着你就跑，地上的油漆很滑，真摔一跤就惨了！"五阿哥和柳青，听到尔康这样说，看看娇弱的柳红和金锁，立刻"有志一同"，准备"英雄救美"。几个人都有了默契，大家就虎视眈眈地看着那桶油漆。

导演不知道几个演员，已经"严阵以待""胸有成竹"。油漆桶准备翻落的同时，导演开始喊："五、四、三、二……"接着，油漆桶翻落，油漆漂亮地"从天飞洒"。然后，导演只觉得眼前一花，油漆桶翻得确实漂亮，但是下面的演员，像闪电一样全部不见了。原来，我们这些演员，练了一年的功夫，也有一些心得了，"闪"得还真快，全部"身手敏捷""行动如飞"（这一会儿，也不需要替身了）。摄影师倒带一看，银幕上哪儿有演员，只拍到一桶油漆空洒的镜头。导演大骂说："你们也跑得太快了吧？都是兔子吗？重来！"几个演员，你看我，我看你，又是笑，又是怕。

再拍一次，大家仍然默契十足，只要油漆一洒，又个个都不见了！当然，只好再 NG！但是，大家对油漆的恐惧，实在严重，每拍一次，都本能地逃开。拍了好多次都没 OK，导演忍无可忍，和化妆师低声嘀咕，只见化妆师走上前来，拿了几瓶颜料，对着那一群爱漂亮的演员，一阵没头没脸地喷洒，大家还来不及反应，已经是"有油漆同脏"了。

大家拿着镜子一看，又叹气，又摇头，真是人算不如导演算，在劫难逃，个个都成了"五彩大花猫"！


## 清朝街道不好找，招牌处处穿帮


每次拍摄古装戏，所有的编剧，都会奉命少写街道。因为，现在这个时代，要找一条复古的街道，真是千难万难。以前，在大陆，还有一些古意盎然的街道可用。但是，这几年，已是大厦林立，霓虹灯满街闪烁。就算小乡小镇，屋顶上也耸立着天线，街头的电线杆、街灯、招牌……处处会穿帮。所以，一般制作人，碰到街道景，就找一块空地，随便搭上几个摊贩，拍大特写，再放很多烟，管他合理不合理，遮丑避穿帮为第一要件。

《还珠格格 2》里，街道的戏特别多。斩格格，香妃进京，会宾楼前，马车出入，随时都有街道。等到格格、阿哥们浪迹天涯时，一会儿在街上斗鸡，一会儿在街头救小鸽子，一会儿在街上卖艺，一会儿参加聚贤大会……街道景，不可避免地左一场、右一场。这可把我们的道具师和置景师忙惨了。

《还珠格格2》的外景，有一部分，是在北京城外的昌平区拍摄。昌平区有一群古建筑叫"老北京"，是当地政府依照旧时北京城的景观，搭建出来吸引游客的地方。有旧时的建筑，有楼台亭阁，有街道，有部分的商店景观。这个地方的原始构想很好，但是，昌平距离北京市区太远，北京城里，真实的名胜古迹又太多，谁会舍弃真北京，而来游览假北京呢？这个"老北京"因此游客不多，生意萧条。我们的外景队，发现这个地方，不禁大喜，正好租下来拍戏（后来《还珠格格1》在大陆红了，学生和影迷听说我们在这儿拍戏，全部拥到现场争睹，"老北京"卖门票，居然收到从建造以来，最高的收入）。

我们的街道景，有的就利用"老北京"的街道，改改招牌，加些摊贩，凑合着拍摄。有的只好去借北影场，或其他影视基地的街道来用。北京附近，能够利用的街道景，全都给我们拍完了，就算这样，仍然不够用。所以，常有一景两用的时候。到这种时候，置景师和道具师的责任就很重，要把"街道甲"成功地变成"街道乙"。这两条街道，还常常分别在两个城市里。

"老北京"这个地方，基本上是依照民国时期的北京建造的，不是"清朝北京"。因此，在建筑的墙上，常常有各式各样的大字，什么"万金油""蝴蝶霜""花露水"……应有尽有。我们拍戏时，想避掉这些招牌，实在难上加难。

我在台北，只能凭剧照或是剪接出来的带子，来了解拍戏的情形。每当发现有问题时，戏早已拍过了，挽救都来不及。有天，我看到一张剧照，是永琪和小燕子、萧剑等人在街头卖艺，被李大人发现踪迹那一场。我看到剧照中，个个演出精彩，但是，看来看去就有一些不对劲。再仔细一看，永琪身后，赫然有块直立的布招牌，迎风飘飞，上面写着斗大的三个字："照相馆"。

乾隆时期有照相馆？我快要昏了，赶快打电话到北京，问怎么可能发生这样的事？导演愕然地说：

"那个招牌上面写了'照相馆'啊？我没注意！本来，那儿有一个招牌，写着'花露水'还是什么的，我说穿帮了！让场务找个招牌来挡一挡，他就搬了这块招牌来。我急着拍戏，没有细看，真的是'照相馆'吗？"

哎呀，这真是从何说起？这块招牌居然是为了"掩饰穿帮"而搬来，再"造成穿帮"的？我听了，真是哭笑不得。这场戏又有武打，又有临时演员，又有替身，拍了两天才拍完。现场这么多人，没有人发现穿帮，还要我在台北的人来发现，这不是"天下奇闻"吗？但是，错误已经造成，怎么办呢？导演说，如果有时间就重拍，如果不能重拍，只好利用剪接来弥补。后来，我们为了要赶在过年前，让离乡背井的大伙回家过年，毕竟没有时间补拍这场戏。于是，我们剪接时，大费工夫，一个镜头一个镜头地修剪，修到只有隐隐约约的镜头。当然，由于这个疏忽，修修剪剪，这场戏难免比原先的设计，大打折扣。

同样也是招牌惹的祸，我发现道具几乎在每条街上，都挂上一个布制的招牌，上面写着"萃华阁"三个字。在北京有"萃华阁"，在洛阳有"萃华阁"，到了小镇，有"萃华阁"，到了南阳，还有"萃华阁"。为了这个"萃华阁"，我们也是修修剪剪，到处补洞。即使如此，仍然有修不掉的地方，我只好叹气说："萃华阁是乾隆时期的 7-11，到处有分店！"

在会宾楼前，有好几条大道。当会宾楼重新开张，在"火炬舞"中，乾隆带着福伦，驾着马车前来参加。马车在夜色中，在火炬舞的腾欢中来到，乾隆步下马车，惊喜地看着这一切。这个马车驶到会宾楼前的整组镜头，都被我们剪掉了，只保留了乾隆下马车的特写，因为，马车后面的墙上，有三个大字，写着"银行牌"。

拍戏，每个工作人员都很重要，只要有一个人出错，就会造成很大的遗憾。但是，想要人人不出错，实在是难啊难！

## 拍摄格格大婚，李导演晕倒片场

《还珠格格 2》分为两组拍摄，演员非常辛苦，两位导演也"劳苦功高"。李平导演，是个"苦干型"，宠演员也宠工作人员，自己却经常"咬紧牙关，任劳任怨"。我们拍到十二月底，天气变得非常寒冷，北京流行性感冒盛行，我们的演员和工作人员，一个个被传染，现场这个咳嗽，那个发烧。每天晚上收工，医生穿梭在每个房间，给大家看病，总有一半的人需要打点滴，第二天再抱病拍戏。那种情况，真是凄惨。有时，我想到一部戏是这样完成的，就会满心不忍，甚至没有勇气再从事这一行。

我们的演员里，苏有朋、林心如、周杰、陆诗雨……都先后病倒，心如咳到痰中带血，依旧抱病拍戏。周杰烧到三十九摄氏度，仍然演出"舅公舅婆做伪证"那场重头戏。有朋咳嗽咳了一个月才好。陆诗雨发烧那天,正好我去探班,他裹了一身好厚的衣服,发了一身的汗。我开玩笑说:"你好好保护自己,不可以生病,因为我奉导演之命,如果有演员体力不支,不能停工,只能删戏。"陆诗雨听了急忙点头,一迭声地说:"我已经好了,以后不敢生病,绝对不敢生病!千万别删我的戏!"(我觉得我好残忍哦!)

演员们生病之外,两位导演,也不能幸免。孙树培导演首先病倒,住进医院。李导演见孙导演倒了,一人挑起导演工作,奋不顾身。谁都不知道,李导演那时已经在发烧,却咬牙不说。有天,我打长途电话给李导演,问他身体好不好?他才轻描淡写地说:"没事!每天早上发烧,好在只有三十八摄氏度。这儿感冒药应有尽有,吃它一大把,就压下去了!"我觉得不对,要他休息两天,他马上说了几百个"不",坚决地说:"我没事,没事,没事……"又说了几百个"没事"。

然后,我们开始拍漱芳斋里,两位格格大婚那场"大戏"。那场戏几乎是"演员全部到齐",院子里,又是花轿,又是吹鼓手,大厅里,除了主要演员外,还有许多宫女、太监和临时演员,场面非常热闹。

这场戏事先筹备了很久,因为动员的演员太多,都希望能够尽快拍完。那天,漱芳斋里红烛高烧,灯火通明,挤了一屋子的人,再加上打光,室内的空气很不好。几万瓦灯光一照,李导演就脸色苍白,满头冷汗。他依旧咬牙撑着,继续拍戏。拍着拍着,大家就听到砰然一声,李导演直挺挺地晕倒在地。这一下,大家才知道他病得不轻。

李导演被送进了医院，我在台北，立即得到消息，真是忧心如焚，急忙打电话到医院去问情况。一位工作人员接了我的电话，说是李导演刚刚醒来，我在电话里，就听到李导演在那儿气急败坏地交代："我跟你们讲，灯光不要撤，演员不要散，请大家等我两小时，我打完点滴就没事了，今天还要拍下去！"

天啊！演戏的是疯子，导戏的也是疯子！

当然，那天，我们没有让李导演"拍下去"，还是把灯光、演员都撤了。可是，第二天一早，李导演就不顾一切地"逃出医院"，坚持抱病导完了那场戏。如今，大家看到两位格格苦尽甘来，风风光光上花轿，皆大欢喜。有谁知道，幕后的种种辛劳呢？

## 我偏爱的几场戏

《还珠格格2》在台湾已经播完了，在大陆才刚刚开始播放。大陆地广人多，一个地区一个地区轮流播放，大概还要几个月才能轮完。有时，想到大陆有十三亿的人口，看电视的人口大概有几亿，真是惊人。想着想着，就会让我惶恐起来。因为，对编剧的我来说，连续剧推出时好像在面对考试，希望得到大家的认同。但是，我一个脑袋里装的思想，如何去满足几亿个不同的脑袋？何况，大家生长的环境不同、思想不同，观念也会不同。例如，台湾的观众，对于尔康和紫薇那个"世纪之吻"念之盼之，津津乐道。北京的观众却说："清朝的人，会有那么亲热的举动吗？"这种反应，实在让我愕然。

其实，《还珠格格2》里，有好多场戏，是我自己非常喜欢的。写下来和大家谈谈，不知道大家是不是也喜欢？

## 小燕子的"如人饮水"论

小燕子在《还珠格格2》里，有种种状况，大祸小祸闯了一堆，这些，都不难写，难写的是一些"文戏"。

小燕子做文章，这种"点子"，基本上就很"大胆"，我犹豫了好久要不要写。只要写得不好，就会"沉闷"。试看所有的连续剧，几部戏里，敢用"做文章"这种点子？可是，我就逃不开写这场戏的"诱惑"，觉得它应该很好玩。那篇"喝水"论，害我想破了脑袋。它不靠动作取胜，不靠剧情的张力，纯粹是文字的趣味。写的时候，必须考虑到小燕子的个性和程度，还要为后面的戏作呼应。我写了这篇"喝水论"，虽然句句都是废话，也句句都是至理名言，写完这场戏，我还拼命问看过剧本的人："好笑不好笑？好笑不好笑？"

直到看到拍摄好的带子，我才对这场戏有了把握。看到小燕子清清嗓子，一本正经地念出："人都要喝水，早上要喝水，下午要喝水，晚上要喝水……"我就笑了。到了小燕子把"冷暖自知"听成"冷了蜘蛛"，乾隆举起手来说："冷了蜘蛛，还烫了蜻蜓呢？朕打你一百大板！"乾隆那夸张的表情和动作，让我又笑了（只怕我自己觉得好笑，观众觉得不好笑，那就是我"自我陶醉"了）。

# 皮肤受罪

小燕子学香妃，被蜜蜂叮得满头包。那场被蜜蜂螫的戏还好，回到漱芳斋，埋怨这个，埋怨那个，怪罪永琪不该说"皮肤无罪"（匹夫无罪），害得她"皮肤受罪，皮肤好痛，皮肤有包！"

如果你是小燕子，发生了这样意料之外的事，一来是委屈，二来是撒娇，三来是"痛"，你会不会怪东怪西，迁怒于人？我想一定会。就在这种分析下，我写了这场戏。赵薇演得真好，把这些感觉都演出来了。等到乾隆来了，小燕子要躲却躲不了，拉开蒙脸的衣服，露出满头包，乾隆发现这个"东施效颦"的结果，惊愕之下，大笑不已。这场戏，也是我深爱的，看到剪接好的片子，我就跟着乾隆笑不停。

# 小燕子拍马屁

紫薇失明，小燕子弄丢了紫薇，一心赎罪，听箫剑说，马尾可以做琴弦，立刻跑到马房去和马儿商量，要跟马儿要几根毛。于是，又"拍马屁"，又"摸马头"，对那匹马儿说了一车子好话。还念念有词："马儿好，马儿妙，马儿呱呱叫，给我几根毛，做个好宝宝！"然后一掀马尾，一根毛也没有拔到，却给马儿踹了一脚，踢翻在地。不服输的小燕子，开始倒骑着马，千方百计要拔马尾……这场戏，也是我自己很喜欢的，因为这种点子，别的戏肯定没有拍过。小燕子有"小聪明"，却没有"大头脑"的个性，也在这场戏里交代得很清楚。我常说，小燕子这个人物，是我的挑战，她那"不会拐弯的思维模式"，也是我最大的挑战。

## 小燕子掉斧头

和前面一场类似，小燕子和永琪吵架讲和，一定也是"与众不同"的。小燕子生气以后，就想"用体力"，这是她的本能。所以，才会在皇阿玛要她"化戾气为祥和"时，她会大惊地反弹："我如果'化力气为糨糊'，我就升天了！"小燕子说这种话，我不只想表示她对成语的曲解，更想写出她的个性。这次，和永琪闹了别扭，不能打架，不能采柿子，那么，只好背着斧头上山砍柴去。她的思维模式，不是胡闹，而是"见了山就上，见了柴就砍"，把体力消耗掉，把"气"也消耗掉，是一种"消气"的办法。

但是，尔康、紫薇和永琪不能让她这么"任性"，劝的劝，拉的拉。于是，有了第一次掉斧头，砸到永琪的脚，小燕子一慌，忘了生气，扑过去问东问西。等到永琪抱住她，她又"矫情"起来，但是，看到永琪手腕流血，她再也忍不住了，丢下斧头冲过去，这才有第二次掉斧头，砸了自己的情节。这场戏，在两次掉斧头的笑闹中，写一对"欢喜冤家"的"真情流露"，我觉得比只用对白来"讲和"，更有趣味性。

看戏很容易，但是，对编剧来说，"点点滴滴"，都是千思万想才能写出来的，实在不是"很容易"。

## 乾隆亲赴南阳接儿女，大家落泪

除了好笑的戏以外，我对《还珠格格2》里的一些感情戏，都曾花过很多心思，去细细地写。像尔康在紫薇病床前的深情细诉。紫薇失明，尔康疯狂点蜡烛。小燕子把紫薇弄丢了，尔康的痛不欲生。紫薇找回来之后，小燕子的歉意，紫薇的宽容，和大家的讲和。但是，其中我自己最喜欢的一场，却是乾隆亲自到南阳，要把几个儿女接回家的那场戏。

那场戏，完全靠对白来"动之以情"。乾隆是皇帝，无论心里多么柔软，身段气度，还是皇帝。几个小辈，在乾隆说心情、拿点心……之后，个个感动得无以复加，小燕子和紫薇，更是哭得稀里哗啦。乾隆在这场戏里，说了很多话，其中一段，是这样说的："漱芳斋里面，火炉准备好了，棉袄准备好了，厚厚的棉被都准备好了，明月、彩霞、小邓子、小卓子都在等你们……还有那只鹦鹉，整天在窗户下面喊；格格吉祥，格格吉祥！"乾隆这段话一说，几个孩子，就全部崩溃了。

当初，"鹦鹉大闹御花园"的伏笔，到这时才派上用场。如果乾隆不是常常去漱芳斋追念几个孩子，不是常常对着鹦鹉思前想后，这番话是说不出来的。

## 晴儿和萧剑

晴儿和萧剑这两个人物，确实是我很用心塑造的。宫里的晴儿，宫外的萧剑，两个不可能见面，也不可能有故事的人物。一个在宫里，成为紫薇、小燕子、永琪、尔康的"贵人"。一个在宫外，成为大家的"生死之交"。晴儿的"外表清冷孤傲，内在热血奔腾"。萧剑的智勇双全，热情潇洒。两人的心灵世界，是非常接近的。但是，两人的生存世界，是非常遥远的。在没有交集中，我分别写出两人的特质。却在最后的婚礼中，让两人有了相遇的机会。留下许多未完的、隐藏的故事，让观众去遐想。

当台湾播完《还珠格格2》之后，我接到一大堆观众的来信，都殷殷询问：

"阿姨，到底萧剑和晴儿怎样了？请你快告诉我们吧！那么好的萧剑，那么好的晴儿，只在婚礼上见了一面，我们看不够啊！"

看不够，留点想象空间，不是也很好吗？每个观众，都可以在心里，为他们继续编写故事。


编剧，是一件很难很难的工作，尤其是这么长的一部戏。我承认许多地方力不从心，总觉得写得不好。我从事编剧以来，早就体会到一件事，戏剧不能太"写实"。真实的人生，实在乏善可陈。日子是千篇一律的，不断地重复、重复、重复。白天过了是黑夜，黑夜过了又是白天。春、夏、秋、冬，不断地更迭。连人类的感情，也是重复的，亲情、爱情、友情。每个人面对的问题，都是重复的。学生重复地上课下课，重复地面对考试升学的压力。进了社会，重复地上班、下班、拼业绩、回家。连吃饭、上厕所、睡觉都是重复的。至于生、老、病、死这种大事，也是重复的。在这么重复的生命里，想写一点"不一样"的东西，有时，是一种"能力"以外的事。就像人类不能像鸟类那样飞，不能像鱼类那样游。超过了"能力范围"，你就只有"做不到"。《还珠格格》虽然让我绞尽脑汁，仍然逃不出人类重复的"喜怒哀乐"。至于我因为"做不到"而没有"做好"的部分，请大家原谅。

我特别把这篇《点点滴滴话还珠》收录到《我的故事》里，因为只要看了这篇文章，就了解我的电视剧生涯。鑫涛在二〇〇四年出版过一本他的自传，在那本书里，他对于我拍戏时的求好心切，有这么一段描写：

> 写作，由她自己控制，可以尽量做到完美，拍戏就不同了！导演、演员、工作人员都会影响品质，不是琼瑶所能把握，她就全程掌握拍摄过程的各种细节，从毛片、初剪、配音、配字幕，琐琐碎碎，她都不厌其烦地把缺点调整到最低，一部电视剧所花的心力，比她自己写小说多过十倍、百倍。

这就是我在电视剧时代的工作情形。由鑫涛笔下写来，看得更加清楚。当然，我的电视剧不只《还珠格格》，我后来又拍摄了《情深深雨蒙蒙》《又见一帘幽梦》……直到二〇一三年的《花非花雾非雾》为止，我一共拍摄了二十五部电视剧，真是不可思议的工作量！

# 二十八、沧海桑田，物换星移

现在，是二○一八年二月，距离《我的故事》初版完稿，已经二十九年，在这二十九年中，我的生活，忙忙碌碌，风风雨雨，到了晚年，还面对了一场"生与死"的大风暴。为了让这本书完整，我必须把这本书里的人物，都交代一下。

一九九一年，小庆和他的同班同学何琇琼结婚了。这是一场爱情长跑，他们是辅仁大学大众传播系班对，大一时两人还只是同学关系，大二就进入了恋爱阶段，结婚时两人已经交往十年了。琇琼的父母都是很有学问和爱心的人，有六个子女，琇琼是最小的一个。我常常说，琇琼是何家的掌上明珠，居然被我儿子追到，所以，我总是喊她"何珠"。当他们大学还没毕业，因为"怡人""可人"的成立，他们两个，就常常到传播公司来帮忙了。因此，我早期的电视剧里，经常可以看到小庆和何珠，在里面充当各种"临时演员"。有一次，导演找不到临时演员，居然让小庆去客串一位神父，小庆天生娃娃脸，如此年轻的"神父"，怎么看怎么不像，让我看到就大笑不已，简直是"喜剧效果"。至于何珠、丫头、女学生、女工……什么都客串过。

一九九二年，我的孙女儿可柔就报到了！可柔的来到，带给我非常巨大的欣喜。四年后，第二个孙女儿可嘉也报到了！我们一家六口，终于到齐。因为孩子们都跟着我姓陈，有时，我觉得鑫涛不是平家人，而是陈家人。他也宠爱两个孙女，宠得无以复加。连他的个性，也被我同化。因为小庆和何珠，常常带队去大陆拍戏，两个孙女，就跟着我们长大。我忙着写作编剧，还要隔海监督拍戏，应付随时要改剧本的种种问题。鑫涛会带着她们去逛玩具反斗城（大型玩具店），每次都带回满车子的玩具。我抗议可柔、可嘉太浪费，可柔才说：

"不是我们要买的，都是爷爷买的！"

保姆在一边频频点头做证。鑫涛就带着一脸笑，振振有词地说：

"去反斗城，不买玩具要做什么？"

怎能想到，在我补充这本书的今天，当初那两个黄毛丫头，现在一个已经从伦敦留学归来，开始工作了！另外一个，疯狂地爱上了猫，也爱上了画猫，取了个笔名"猫疯子"，她的第一本绘本，也即将出版了！


庆筠和我离婚以后，没有几年，就再度结婚了。听说婚姻很幸福，生了两个儿子。还听说，他不再赌博，也放弃了写作。我不得不相信，婚姻一定要碰到对的人，才会走上对的路。庆筠婚前，偶尔还会来我家，带小庆出门玩，那时小庆也不过四五岁。等到他婚后，就再也没有出现。这样，日升日落，年复一年。大家都各自过着自己的新生活。

小庆婚后，有一天出门，晚上回家后对我说："我今天去医院陪了我爸！"

"你爸？"我问，一时间都不知道他在说谁，鑫涛不是整天在家吗？后来才知道是庆筠。原来，庆筠出了车祸，在医院里忽然想起这个从小就没有接近的儿子，打了个电话到怡人传播公司，找到了我儿子。小庆听说他车祸在住院，二话不说，就直奔医院，甚至没有告诉我。到了医院，才发现伤势不重，他的妻子要上班，儿子要上课，没人陪他。小庆就坐在床前，陪他聊天，照顾了他一会儿。那时，我这本《我的故事》（注：一九八九年版）已经出版，他也看过了。当儿子离开医院时，他笑着对我儿子说："告诉你妈，她在后记里有一段写错了，他说我放弃了写作，我没有！现在我真的退休了，可以好好开始写作了！"

我愕然地听着，然后笑了。庆筠还是庆筠，到了老年，还在想他那部未开始的作品！


鑫涛的前妻，在离婚以前，就开始学画。等到我和鑫涛结婚后，她也嫁给了这位教她画画的艺术家。这应该是另一场"师生恋"吧！总之，她有了很好的归宿，我和鑫涛，都非常代她庆幸。人，总会犯错，我一直认为，鑫涛爱上我，追求我长达十六年，是他的过错，我没逃掉，是我的过错。可是，我也很不解，人，为什么有离婚制度？不就是要挽救那些在婚姻上犯错的人吗？如果嫁错了，还要错一生吗？娶错了，也要错一生吗？错误的婚姻不能纠正吗？离婚有时是喜剧而不是悲剧。勉强维持一个没有爱的婚姻才是悲剧！当鑫涛前妻再婚，而且嫁给她的老师，我才惊觉，我的"命运"论是存在的，一切可能上苍老早就安排好了，才让我当初"退无可退"！我还记得母亲痛骂鑫涛的那晚，还记得鑫涛在停车场拉住我，说的那句话：

"时间会证明一切！我会用我的一生，来证明我对你的爱！

相信我！"

　　时间，是的，时间才是关键。他确实用他的一生，来证实了他的爱。在我补写《我的故事》的此时此刻，他已经依赖插管维生两年了！事实上，在两年前，或者更早，在他重度失智时，他这"一生"，已经走到了尽头。从他对我说那句话到今天，早已超过了半个世纪！我们两个用这么长的时间，来证明什么是"碰到对的人"，什么是"碰到不对的人"，这是真实的人生！在世俗的眼光里，在道德的眼光里，或者有错！但是，在用正能量追逐生命真谛的原则下，我们付出了努力，也付出了代价！不但共同打拼，让双方的子女衣食无忧，还留给他们可以继承的事业。就算我们有错，谁受到了伤害？谁又得到了益处？在错的时间，碰到对的那个人，放弃和争取，哪一项才是"正确做法"？谁能回答我呢？


　　我的母亲和父亲，一直住在我为他们买的北投小屋里。可是，母亲个性倔强，常常和父亲一言不合，就离家出走。走到哪儿去呢？当然是我家。我在可园里，一直为父母保有一个房间，因为父母亲会轮流住进来，不是母亲出走，就是父亲被母亲锁在门外，回不去了。那时，我帮母亲请了不少女佣，都被她赶走。可园以前那栋四层楼的小洋房，不堪岁月摧残，火车震动，风吹雨打，和几次的大地震，终于退休。我们把它拆了，重建了现在的可园（这新可园也已经快三十年了），不管是旧可园，还是新可园，那时父母都常常和我住在一起。

　　母亲，一直是我心中永远的痛。我们母女之间，只要住在一起，就会摩擦起火，分开两地，又会牵肠挂肚。鑫涛对我母亲，一直是戒慎恐惧的，即使我们已经结婚，母亲也没把鑫涛放在眼里。有时，甚至会认为鑫涛是个掠夺者，从她身边，抢走了她的女儿。我夹在中间，左也不是，右也不是。那时，我认为母亲的脾气太难控制，对我和父亲，都是极大的压力。现在回忆起来，母亲一定很早就害了忧郁症。只是那时大家对忧郁症都不了解，认为她只是个性因素，造成她偏激的言辞和举动。长期疏忽，延误了治疗的时机。

等到母亲病情日益严重，有了被害妄想的症状，认为我们兄弟姐妹都是她的仇人，全世界的人都要害她，我们才急忙请医生诊治。母亲脾气刚烈，拒绝任何治疗。我们兄弟姐妹和父亲，都束手无策。这时，母亲的眼睛又因为白内障，渐渐看不见了。失去视力的她更加恐惧，却坚决不肯动手术，认为医生也要害她。这时，对于母亲的病，各大医院都不肯收，至于动手术治眼疾，更是天方夜谭，没有医生肯对一位情绪不稳的病人动刀。

有一天，我在报纸上读到一篇文章，是访问一位治疗白内障的名医。我立刻打电话给报社，要来这位名医的电话。然后，我恳求这位名医帮我母亲治疗，那位医生三天后就将出国，告诉我不可能。我失望已极，一天打了好几通电话给那位医生请示我该怎么做。最后，他被我感动了，同意在出国前诊治一下母亲。那天，我和弟妹，把母亲用轮椅推到医院给医生检查。奇怪的是，母亲并没反抗，竟然让医生做了检查。然后，医生对我说：

"琼瑶，我被你感动了！为了你的坚持，我就冒险帮你母亲动手术，她的精神状况，使这手术必须全身麻醉，两个眼睛一起做，手术后不能乱动，那就是你们家属的事了！"

我拼命点头，和弟妹商量，让母亲住院，请了特别护士，我们要二十四小时按住母亲，让她的手术成功！

这样，母亲动了白内障的手术，医生开完母亲的刀就出国了，介绍了另外的医生做术后的治疗。开刀后，我们硬是守着母亲，抓着她的手，不让她去掀开眼罩。果然，母亲麻醉苏醒后，非常恐惧，又喊又叫地闹了很久。可是，当术后治疗的医生，揭开母亲的眼罩时，母亲呆住了！她看向我，看向弟妹，看向窗外……那是华灯初上的时候，医院对面的大楼上，有很大的霓虹灯广告，母亲无法置信地对我说：

"我看到了！那儿有霓虹灯，是 S——O——N——Y！"

听到母亲清楚念出那几个英文字母，我知道手术成功了！立刻抱住母亲，弟妹们也加入我，在那一瞬间，我和弟妹都哭了。


母亲恢复视力以后，只活了两年。这两年，她又患了"失智症"，医生说，是她多年的忧郁症造成的。我和弟妹研究之后，我在附近的永吉路上一座十四层大楼里，买下一个单元给他们住。因为我的两个弟弟的家，都在永吉路附近，这样，我们三家都可以随时去照顾他们。当然，我还是请了二十四小时的护工，陪伴照料着他们。母亲害了失智症后，刚开始很暴躁，我和弟弟都会随时奔去应付各种突发状况。然后，她很快就忘记了父亲是谁，忘记了我们的名字。但是，她平静下来了，变得很依赖父亲，对我们兄弟姐妹，都不再仇视。我想，在她生命中的最后一年，她终于"忘记了恐惧"，"忘记了爱恨情仇"，"忘记了过去"……甚至忘记了她活着的这个世界。她的"失智"没有到末期，她一直可以行动，还没到"失能"阶段，却因为突然而来的一场"败血症"，在二十四小时之内，离开了人世。当我们送她去医院时，我很庆幸，我们全家一致，都没有再为母亲插管，她几乎是在睡着的情况下走了！那是一九九〇年十月！母亲享年七十四岁。

我的父亲，在母亲去世后，挨过一段悲伤的时光。然后，闲暇时作作诗，到棋社下下围棋。二〇〇二年，他已经九十四岁，身体才开始衰弱。有四个月，他无法进食，吃什么都吐。可是医生却诊断不出任何病症，告诉我，他是"老化"，胃壁的皱褶已经磨平，无法消化吃进去的食物。我又束手无策了！医生可以治病，却无法治老。这时我才体会到"老"比"病"更可怕！

这样，有一天，父亲摔倒了！我们立刻把他送进医院，到了医院，他就没有再醒过来。同样，我和弟妹们，放弃开颅治疗，也放弃插管和多余的急救。二〇〇二年七月三十日，他得到"善终"，永远地离开了我们。父亲一生钻研中国历史，留给了我们六百多万字的著作。有《秦汉史话》《三国史话》《什么是中国人》《中华通史》等。其中《中华通史》一书，更于一九八一年，荣获台湾图书金鼎奖。他一生颠沛流离，又因母亲的长期生病，饱受折磨。但是，他却一直是个幽默风趣的人，永远活在我们兄弟姐妹的心中。

我的双胞胎弟弟麒麟在美国获得硕士学位，曾留在美国八年，当工程师。然后回台湾发展，弃学从商，办了一家贸易公司，专营小五金的进出口贸易。和小霞育有一子一女。子女们也早就有了儿女，也是三代的大家庭了。麒麟近年来身体状况较差，把公司转给了儿女经营。可是，侄儿在美国的事业依旧很成功，只能两边跑。

小弟在美国念了一年书，就回台湾了。他天性洒脱，不喜拘束，完全是艺术家的作风。回台湾后就专心从事艺术生涯。婚后有一儿一女，儿子现在是检察官，非常优秀。女儿在美国，嫁给了一位大陆留学生，真正做到"两岸一家亲"，也有一儿一女。

小弟对于祖父为了期望抗战胜利，给他取的名字"兆胜"实在不喜欢，学画后，自己又取了一个艺名"陈怀谷"，他的老师是欧豪年大师，欧大师常常说一句话：

"我的学生里，最得到我真传的，就是陈怀谷！"

小弟经常开画展，每次到场买画的，总有我这个爱画的姐姐！

小妹和阿飞在美国结婚，双双取得博士学位，留在美国发展事业，一帆风顺。先在美国太空总署工作，后来自组一家顾问公司，有职员数百人，每个职员都是博士学位。优秀的小妹，毕竟是优秀的！他们夫妇，到了五十几岁以后，就把公司合并给别人了，退休享受自由自在的生活。最关心的不是美国未来怎样，而是"台湾大选"怎样。父亲去世之后，他们很少回来，但是，每当"台湾大选"，他们一定飞回来，投下他们神圣的一票！

这，就是我身边人的故事！然后，回到我自己身上。

# 二十九、乱石崩云，惊涛裂岸，卷起千堆雪

二〇〇二年七月，我的父亲去世了。当年的九月，鑫涛生病了！

鑫涛的病名，是"带状疱疹"，开始只是嘴唇内长了一颗痘痘，因为连续五六家医院都误诊，住院后又被庸医耽误，后来竟然变成不可收拾的大病。这场病，让鑫涛的面部神经麻痹，整个右脸都垮了下来，让他的右眼合不拢，还让他面部溃烂，几乎毁容。我从那时起，就遵照医生的指示，整天帮他的面部清创，成了他贴身的"特别护士"。关于鑫涛生病的种种，我曾出版了一本《雪花飘落之前》，在那本书里，我有详细的叙述。我的读者们，如果关心我的晚年生活，那是一本不可不看的书。在这儿，我就不再赘述。

鑫涛那年的病，在我悉心照顾之下，总算逐渐康复。但是，他的健康，就此走了下坡路。那场病留下很多后遗症，包括永远不停的"神经疼痛"和面部的麻痹。各种小病接连而来，一直不断。二〇〇七年，他的体重开始下降，我惊觉到不能再忽视他的健康。年终，我毅然关闭了我所有的网站，把全部精力放在他的健康上。二〇〇八年，鑫涛的体重从六十五公斤一路下降到五十一公斤，已经骨瘦如柴，他常常半夜胸口痛，痛到我们全家慌慌张张送他去挂急诊。二〇〇八年年底，医生告诉我，他必须做一个很大的"开胸"手术，因为他的胃已经整个移位到横膈膜

上方，压迫到心脏和肺。假若不拉回原位，他将面对"生死"的问题。

鑫涛是个热爱生命的人，面对疾病的时候，比我坚强积极，完全是个生命的斗士。他立刻决定动手术，他的儿女也全部赞成。十二月，他住进医院，我开始签署各种手术"同意书"，每签一张，我都胆战心惊。我的担心、害怕、恐惧、脆弱都不能让他知道。每天在医院，笑着为他打气，告诉他绝对没危险。晚上回到家里，房间是黑暗的，迎接我的，是冬日冰冷的空气，我一个人坐在房里，痛楚兜心而来，泪水就不禁决堤。

手术因为许多突发状况，一再延期，最后定在十二月二十五日，刚好是圣诞节。二十四日晚间，我陪着他，他忽然拉着我的手，郑重地对我说：

"万一我没能撑过去，答应我，你会好好地活下去！"

我咬紧牙关，咽住泪水，生气地说：

"说什么废话？如果你没能撑下去，你还管得了我吗？你什么都管不了！所以，你最好撑过去！"


二十五日一早，鑫涛动了手术，我和他的儿子，我的儿子、媳妇一起在手术室外等待，手术动了四个多小时，终于完毕。在推进加护病房前，他先进了恢复室，医生允许我进去看他，他仍然在麻醉中，身上插满了各种管子。医生笑着对我说：

"我送了你一个圣诞大礼！手术很成功，现在就看恢复和复健的情形了！"

我知道后面还有漫漫长路要走，但是，总算第一关是过关了！接着，是一连串治疗和复健的日子，他撑过来了！当他出院后，我又开始像二〇〇二年那样，全心全力地照顾着他，即使请了二十四小时的护士，我依旧陪着他复健，每天和营养师研究他的饮食，不断地调整又调整。我的生活里，没有我的小说、我的戏剧，只有医生、医院、营养师……和他的体重！因为，只有他的体重上升，才能证明病情都控制好了！这样，到了二〇〇九年四月，他的体重已经上升到五十八公斤，他依旧每周三次去医院，每天持续复健。但是，他痊愈了！

他痊愈后，还鼓励我回去工作，不要整天牵挂着他。这样，我带着编剧助理素媛，还写了一部电视剧《新还珠格格》，根据原来的小说《还珠格格》改编，长达九十八集。我的生活，变成鑫涛健康第一，写电视剧和拍摄电视剧，成为调剂护士生涯的业余工作。我不只写了《新还珠格格》，二〇一二年，我还写了《花非花，雾非雾》，二〇一三年播出。然后，鑫涛的健康，又占据了我的整个生活。到了二〇一五年，鑫涛确诊为"血管型失智症"，从此，我就掉进最深最深的深渊里去了！上苍造人，实在造得不好，为什么在必定会来临的"死亡"之前，要有一段生病痛苦的日子呢？为什么不能时间到了，就一睡不醒呢？从二〇〇二年起，鑫涛的健康，就成为我生命里的主题！照顾他，爱护他，保护他……如果说，他曾经是我的大树，这段时间，我却是他的大树！他信任我，依赖我，仰仗我……最后，却完全遗忘了我！

二〇一六年二月二十九日，鑫涛在重度失智的情形下，躺在床上（那时也已失能）就忽然意识完全不清，喉中发出啊啊的声音。三月一日，再度住进医院，从此，他再也没有醒过来，也没有离开过医院。在荣总，经过各种检查，证实发生了"大中风"。脑中有 $11 \times 8 \times 3cm$ 那样的大面积血管栓塞，医生告诉我："这是不可逆的病，他不会好了，也不会再醒来了！**他没有意识，已经不在我们的世界里面！**"我哭着问："那么，我们该怎么办？"医生说："如果插上鼻胃管，他可能可以'活'很多年，只是一个什么都不会的'卧床老人'，如果不插管，就会慢慢地走了！"

鑫涛，他在二〇一四年，就交代过他的后事，也写下他的意愿，亲手交给他的儿女，再三叮嘱，不能在他身上插管维生，我和小庆、琇琼，都早有共识。**我这样一路陪伴着他，太了解他的"强人个性"，我不舍，却深知"爱，必须学会放手"！**我一直哭，然后点头，表示不插管，我能为他做的最后一件事，应该是让他"善终"！他那篇写给儿女的遗嘱，因为当时他已经写不清楚文字，写得乱七八糟，是我帮他打字完成的。他要我帮他打印三份，分别给他的三个儿女，我说，一份就可以了！给三个儿女嘛！他说：

"不行！我不知道三个儿女会不会有一个不听话，必须三份，每人一份，以示慎重！"

那张遗嘱，我附录在下面。这张是签名给他儿子平云的，当医生表示想看看病人的想法，我请平云带到医院，拷贝了几份给医院存底，我也留了一份。全文如下：

　　這短短的叮囑，也就是後來我發表在臉書、收錄在《雪花飄落之前》中那封《給兒子兒媳的一封公開信》的原始藍本。不過我寫得更加詳細、更加深入，不是這樣寥寥數語。這封鑫濤"簽名"的文件，也是我在醫院裡第一次看到。可憐的他，簽名的手，一定戰抖得很厲害，才簽得如此歪歪斜斜，字不成字。這是他專程去《皇冠》大樓，親自在兒女面前簽署的。回來還跟我說，兒女都會照辦。當醫生看了這文件，更加力勸我們尊重病人的自主權，不要再做只會讓病人身體持續痛苦的延命治療了。

但是，当面临插管问题时，他的儿女完全不愿接受父亲的叮嘱，坚持父亲还有"奇迹"，只要插管，一定会好！我太了解鑫涛了，半个多世纪，多少挣扎，多少痛苦，多少甜蜜，多少幸福，多少风波……我们真正地度过了丰富的一生！还创造了很多的纪录！我不能让他面对"死亡"一关时，成为一个"被豢养"的生命体。这太残忍！我和他的子女试着沟通，三个儿女深爱着父亲，就是"不要他死""不忍他死"！只要活着，他们认为就有希望！我们在医院里产生了很大的歧见，坚持到十天以后，我已心力交瘁，筋疲力尽，而且快要窒息了……最后在强大的压力下，和鑫涛日渐衰弱的状态下，我支持不住，崩溃地投降了。鑫涛插了鼻胃管，我把他转进一家医院长期住院，开始了他自己最痛恨的"生不如死"的日子！这家医院不是长照医院，是私立正式医院，收费昂贵。我宁愿每月付出高额的住院医疗费用，也不愿送他去长照医院。（这是二〇一六年三月十五日的事）

如果我不这么在乎鑫涛，事情到了这个地步，我责任已了！我可以出国去走走，我已经为了他，十几年没有出国了！但是，我却生活在自我煎熬中，我走不出我违背他"善终权"的阴影，我依然在医院和家里两边跑，痛苦把我包围得透不过气来。我一天一天地数着他住院的日子，觉得每个日子，都是我带给他的"酷刑"！他爱了我超过半个世纪，我却这样报答他！这种折磨的日子，足足过了一年。那时，我会每天把他的手脚面部拍照，为了去请示更专业的医生，看看还能有"奇迹"吗。在我内心，也深深盼望着有奇迹呀！二〇一七年，我拍到的照片，他的手脚都已严重变形。本来，我在这儿加上了两张照片，代替我的文字。有时，照片比文字能够表达得更多。但是，照片下载后（尽管我插入的，只是不太惊悚的）我却被我贴上去的照片吓到了。当时，我陪着他，每天看着他的变化，因为是一点点进展的，我还没像这次再看照片时的战栗！那只僵硬的右手，每个关节都肿成球形，四根手指并在一起，无法分开。手指抵着床单，整只手完全不像手。左手却像一只鸡爪，手指全部弯曲到手心，再也伸不直。这双手，还是人类的"手"吗？至于双脚，更加惨不忍睹，腿细瘦如竹竿，脚的大拇指外翻，所有脚趾也都并拢在一起……我无法用文字来描写这样的畸形。写到这儿，除了心痛，还是心痛！不忍你们看到这样的照片，我把照片删除了。

我的读者们，永远不要用这种方式，来爱你们的父母！我一直相信人间有爱，但是，"有爱"还不够，还要"懂爱"，"懂爱"还不够，还要"会爱"！真爱不是占有，不是自己希望怎样，而是"无我"地为对方去想。那个禁锢在自己还会痛的躯壳里，什么都不知道、不能做的"卧床老人"（这是台湾对这种老人的专门用语）会愿意这样无止境地等待永远不会来临的"奇迹"吗？

你们不能想象我那段生活，当我看到他每天的变化，手脚身体的变形……或看到医生拿着大大的唧筒，来给他灌肠，我胆战心惊呀！真是心痛如绞。人，在生命的最后，不应该像这样走向死亡，这实在太残忍！这是慢慢凌迟呀！我对于那个向他儿女妥协的我，简直恨之入骨！

二〇一七年三月十二日，我开始把《雪花飘落之前》的第一篇文章，贴在脸书上。我决定了，我要把我遭遇的"生死问题"，告诉这个社会的大众。当时，因为我经常跑医院，已经看到很多和我有类似经验的人。我想让更多和我一样痛苦的家属，把他们遭遇的问题也写出来，然后，说不定我们大家的故事，可以结集成书，唤醒很多同样观念的子女，救救那些已经无法为自己发声的病患！

没想到，我的贴文引起很大的回响，我片片段段地写，也把脸友的故事一起讨论。这样，在我写到五月初的时候，一场风暴使我停止了写书，我必须面对排山倒海而来的各种报道，这事当时对我造成了毁灭性打击。发起这场风暴的，正是鑫涛的三个儿女。他们指责我写的不是事实，说他们的父亲还能走还能说话，只是失智了，不会天天对我说"我爱你"，我就不想照顾他，不愿他插管求生而要他去死！并且把五十几年前，因为我的介入，让他们的母亲受尽委屈，一并批判；最后还说，如果我不想照顾他们的父亲，就把"父亲还给他们吧！"，因为他们不在乎父亲会不会说"我爱你"，都会深深爱着父亲。

这是一个炸弹性的"大新闻"，我的世界一夕之间，完全变色了！我的书在写"善终权"，讨论的是：**面对人生最后一站，怎样的爱，才是正确的爱？**这是一个严肃的课题，却被有意地引导到五十几年前的八卦上去。所有谈话节目都只听片面之言，对我指指点点。鑫涛已经不能为他自己发言了，我也不能代他发言了，眼看事态扩大，无人关怀我的主题"善终权"，大家要知道的是五十几年前的往事！我立即像是被卷进强烈台风中的一片落叶，一任风吹雨打。如果我把鑫涛当时的照片发布，可能所有的谣言都会不攻自破！可是，那时他还躺在医院里，我怎么忍心让他如此不堪的样子曝光？（今日补写这段，他已经去世五年了，我依旧没有发布那些照片。虽然有照片才有真相。）

当时，我的书写不下去了，我心灰意冷，并有一了百了的想法。我对脸书上爱我的朋友说"珍重再见，后会无期！"，关闭了留言板。

这段痛楚的日子，正像苏轼《念奴娇》中的句子：

乱石崩云，惊涛裂岸，卷起千堆雪！

鑫涛数年的生病，开刀、失智、失能、急救、住院、出院、再住院、再出院……对我来说，早就把我的生活弄成"乱石崩云"；鑫涛大中风，我不得已同意插管，使他生不如死时，正是"惊涛裂岸"（还真有一个"涛"字）！等到我写书被阻，成为媒体疯狂报道的目标，就是"卷起千堆雪"的时候。火花已灭，雪花在天空飘飘欲坠。我不想活了，也没有活下去的理由。可是，当我关闭脸书留言板，就有许多爱我的朋友看穿了我，用各种方法鼓励包围我。有几位朋友，通过私信，对我喊话，最长的一封信，长达三千字！第一句话就是："你不能倒！"

我不能倒？我已经倒了，而且不想醒来。那夜，我在恍恍惚惚中，又梦到鑫涛了。他对我很诚恳地说：

"对不起，我处理得不好，让你面对这样的委屈和打击，千错万错，都是我的错！我真怕你过不了这个关。听着！你正在写的书，将会影响整个华人社会，非常重要，不能放弃！你要勇敢一点，无论阻止你的是什么人，不能屈服！无论打击有多大，你要写下去！不能停止！这是你的使命！"

鑫涛的话才说完，我就惊醒了！发现我正躺在可园的床上，我躺了片刻，就起身走到窗前，天色早已大亮。我站在窗前，拉开窗帘，呆呆地看着窗外。窗外那棵巨大的火焰木，开了一整年的花，现在终于休养生息，没有花了，却有一对八哥鸟，忙着在树叶茂密处筑巢。我下意识地看着那对鸟儿，我的耳边，还响着鑫涛的声音（或者是我内心的声音）：

"你正在写的书，将会影响整个华人社会，非常重要，不能放弃！你要勇敢一点，无论阻止你的是什么人，不能屈服！无论打击有多大，你要写下去！不能停止！"

这句话在我脑中不停地回响。我转身徘徊在我们两人的房间内，认真地思索，我想起他曾经入梦，要我"写"！我沉思又沉思，想到我和鑫涛这场"世纪之爱"，想到他一直是我写作的"推手"。想到他最怕的，是他走后，我会追随而去。想到他生不如死的处境和我不生不死的处境，想到我自己常说的话："生时愿如火花，燃烧至生命最后一刻，死时愿如雪花，飘然落地，化为尘土！"

于是，我听到自己的声音，在坚定地说：

"脸书上的贴文可以停，我生命里最重要的这本书，绝不能停！"

我立刻走到书桌前，打开了电脑。

# 三十、《雪花飘落之前》及《琼瑶经典全集》

二〇一七年八月一日，《雪花飘落之前》这本书出版了！我生平第一本著作，不是鑫涛出版的！出版当天，有一个盛大的"新书发布会"，我第一次走进人群，面对所有的媒体，回答各种问题，谈论什么是"真爱"，什么是"断、舍、离"，什么是"善终权"，什么是从爱中学会"放手"。台湾各电视台，全程直播。我写了一辈子的"小说"，从来没有面对这么大的阵仗。我从书房走进了社会，走进了我的议题中，接下来一段时间，我都在为"善终权"呼吁和努力！参加一场又一场的访问，还开了"新书座谈会"，重量级的人权医生，制定"病人自主权"的台湾地区"民意代表"杨玉欣都参加了，还有很多我这本书的读者，和很多的媒体。

在新书出版那天，我也重启我的脸书留言板，面对我"正能量"的人生！也面对那些爱我、关心我、鼓励我和体恤我的朋友们。我在脸书上一一回答他们的问题，知无不言，言无不尽。

第二天，我拿着《雪花飘落之前》到医院去看鑫涛，我把书直立着放在他的面前，虽然他连眼睛都没睁开，我却含泪对他说：

"鑫涛，我做到了！你明白的，我一生不相信鬼神，不相信灵魂。可是，面对你的生死，我的写书，好像你一直都在我身边驱使我写，或者，灵魂真的存在。以前，我只有一个出版人，就是你！这次，虽然没有你，我依旧在最短的时间内，出版了这本书！"

我正说着，医院的护理长和护士们都来了，拿着我的书，要我签名。她们好多都是我的粉丝。事实上，当鑫涛刚刚转进这家医院的时候（二〇一六年），护理长为了买书要我签名，对我说：

"你知道你的书都绝版了吗？"

"不可能！"我说，"我有六十五本书呢！"

"现在不到十本！"

我愣住了，这才回忆起来，大概在二〇一一年，鑫涛曾经告诉我：

"时代不一样了！你以前的书，都出版得太简陋，出版社决定要为你重新出版全集，取名叫'典藏琼瑶'！要设计全新的封面和版面，让年轻族群也能认识你！我们要扩大宣传你的书，今年定为琼瑶年，你赶快选十本书，我们先出十本'典藏版'，然后再把六十五本，一本一本地出齐！"

"哎呀！"我高兴得轻飘飘，那些年忙着鑫涛的健康，都没有管我的书。"你们对我这样好！要重新出全集呀！"

"是呀！你快选十本出来！"

我选了十本，鑫涛还亲自为这十本书写了序。可是，后来这十本出版得非常缓慢，至于其他五十五本，似乎没有进一步的音讯。我这才恍然大悟，其他五十五本，大概早就停止出版了。我看着在病床上人事不知的鑫涛，想着当初，他怎样千方百计，要诱出我每部新作来！那些书，都是在他的鞭策鼓励下，一本一本完成的。我看着他，喃喃地说：

"还好，你现在什么都不知道了！否则，你大概比我更难过吧！"

从医院回到家里，我想着，《雪花飘落之前》已经出版，我的心愿已了。我以后的人生，应该怎样度过呢？我是眼看着鑫涛怎样从老年，走到多病，走到失智，走到"求生不得，求死不能"的今天！我呢？我也要重复这条路吗？虽然全世界都知道我的愿望，可是，万一事到临头，小庆和琇琼舍不得我，不能执行我的愿望呢？想着想着，我心头戚戚，怅然若失。忽然，我似乎听到鑫涛的声音，不知从何处隐隐传来："先把六十五本书解决吧！当初从来没有跟你签约，你一直是自由的，我不再能保护你，你还有很大的天空，飞吧！用力地飞吧！"

　　我觉得从内心涌起一股热流，是啊，我的六十五本书，是我的一生，我不能让这些书莫名其妙地消失，虽然我已经八十岁，我还没变成雪花，还没落地，我依然是"火花"！我对自己说："飞吧！我应该重新开始了！开始就是新生，开始就是勇敢，开始就是正能量！"于是，我飞了！飞进城邦集团的"春光出版"！繁花盛开日，春光灿烂时！

　　二○一八年二月初，我的《经典作品全集》第一辑十二本书，精致完美地出版了！"春光出版"和台北故宫博物院合作，用了宫廷画师郎世宁的工笔花卉作为典藏书盒，简直美不胜收。我捧着如此豪华精致高雅的第一辑书，眼泪在眼眶中打转。我曾经对每个朋友和家人都发誓："二○一八年，我只会笑，不会哭！"我要收起眼泪，活得像一簇燃烧的火花，直到上苍把我变成雪花为止。所以，我没有让眼泪掉下来。只是到医院里，对着鑫涛诚挚地说了一句：

"真正的琼瑶典藏版，已经隆重地出版了！你，也对我放心吧！"

自从二○一七年五月，我面对风暴开始，到我出版了全集第一辑为止，这段时间，我几乎忙得喘不过气来，很多事情，也无法深思。或者，我用忙碌来避免我去思考一些"问题"，和一些"谜团"。可是，我的很多老朋友，目睹我和鑫涛一路走来的经过，看到我现在的处境，都纷纷为我不平。有人直接骂我"愚爱一生"！有人说我："难道你生命里只有爱吗？你甘心一生当爱的俘虏吗？"有人说："有这么一个人，对你无微不至，长达五十几年，你就被爱冲昏了头！"还有人，持怀疑态度，问我写了一辈子的恋爱小说，走到今天，还相信爱情吗？还有位老友，对鑫涛有很多不满，质问我："一切值得吗？你还爱他吗？相信他吗？"

# 三十一、相信爱情

公元二○○○年是千禧年，那一年五月三日，有个计算机病毒，名叫"情书"，使五十万台电脑瘫痪，造成天下大乱。被病毒感染的人，都快要崩溃了，许多企业都停摆了。这"情书"病毒，利用三个字"我爱你"进行传播，并且迅速扩散。当时，这是一件大事！在这事发生的时候，鑫涛七十三岁，他写了一封信给我，虽然我们早就是"老夫老妻"，时时刻刻都在一起，他还是喜欢写信给我。那封信里有些错字，信的内容如下：

亲爱的老婆

"情书"瘫痪了全球数千万台计算机！计算机本来就有好多防毒措施，但"我爱你"三个字，却轻而易举地攻破了一切的防御。

这三个字，最有威力的一种力量，不论古今中外，无坚不摧！

计算机被瘫痪了，So what！人类活了几千万年，没有计算机还不是活过来了，现在被瘫痪了数千万台，又怎样呢？大家还不是活得好好的。

再说，有了计算机网络，虽说是科学的极大进步，但带来了多少负面的影响，甚至可说是灾难。

网络四通八达，可以放肆的和陌生人谈情说爱，但实际上，却使人与人真正的关系，愈来愈淡漠。如果全面瘫痪了，说不定因祸得福。

至于这三个字，如果不再存在，人类还可能怎样生存下去？绝大多数的小说、戏剧、音乐、以至"历史"都将不再存在。

大学时代有位同学很喜欢我，我也有点喜欢她，但到离别那一天，始终没有说过这样的话。

但，"自从有了你"，我用各种方式表达了这三个字。

也因为这三个字，改变了我的生活、人生。假使这是一种"病毒"，我欣然接受。

谢谢你

老公

2000、5、7　5：30

当然希望感冒的病毒，早日离你而去！

他的原信：

鑫涛，他的细腻浪漫，到底从何而来？这也是他锁住我的原因。我想起，多年前，他出版了我的第一本书《窗外》，多年前，他带我到野柳修改《烟雨蒙蒙》，多年前，他闪电推出我差点放弃的《几度夕阳红》……我每一本书，都有个关于他的幕后故事！在我想放弃一切时，他会出现在我思绪里，才让我完成了《雪花飘落之前》！鑫涛，他的"打铁趁热"哲学，造就了我！他在我生命中，占据了五十几年。他和我的相遇，是我逃不掉的命运，尽管他失智忘了我，大中风又因插管问题，引起我和他子女的风波。但是，他和我共同创造了神奇，他也主宰了我的喜怒哀乐！

记得，我刚认识他的时候，称呼他"平先生"，我不喜欢直呼他的名字，就是觉得别扭。有一天，我陪着儿子看卡通影片，发现里面有只北极熊，可爱无比又胖乎乎的，和鑫涛竟然有几分神似。从此，我给鑫涛取了个绰号"阿熊"。尽管有点不敬，他却沾沾自喜。我们结婚后，我的弟弟妹妹、弟媳妹夫，还是这样喊他，改了好久才改正过来。对于我，鑫涛一直充满了歉意。他认为我跟他这一段感情，让我受到很多不公平的批判，都是他的过错！我们婚后第三年，出国旅行，到了酒店，我就收到一束只有三朵花的花束，和他写的一张卡片。

Love grows anew.

亲爱的凌涛

三朵鲜花代表我三個
意願：

1. 对太生一十九年的垂青

2. 謝謝妳一段变了好的人生

3. I LOVE YOU！

阿烈

NOV. 16, 1982
在一古老的城 SAN JUAN
Festivale 之旅

三朵花代表结婚三年，以后，我们又过了三十几年，每年我都会收到他类似的卡片和鲜花。我不知道世间有几个人，能够做到像他这样？

我在十几岁的时候，曾经问我母亲一个笨问题，那时我看了很多爱情小说，对爱情却完全懵懵懂懂。我问：

"妈！如果有两个男人喜欢我，第一个爱我不深，却非常会表现，随时都能让我快乐。第二个爱我很深，却不会表现，总是弄巧成拙。我应该选择哪一个？"

我母亲连考虑都没有，就立刻回答我：

"当然选择第一个！"

"为什么？"我不解地问，"他没有第二个爱我呀！"

"爱是什么？"母亲问我，"爱是要你感觉自己被爱，第一个就算是假装爱你，假装到你一生都感到被爱，那么，假的就是真的！第二个就算爱你到刻骨铭心，你感觉不到他的爱，那么，真的就是假的！"

母亲这番充满智慧的话，我到很多年后才体会出来。爱，没有真和假，只有你能体会多少，被爱多久。爱到让你一生都觉得他爱你，这份爱，就是"真情不渝"！我还相信爱情吗？我想着那个到了七十几岁，还会不断给我写情书的鑫涛；想着每次离别，都会给我写"长信"的鑫涛；想着我的生日，挖空心思想花招的鑫涛；想着用双钩的英文字，告诉我他的爱有多长的鑫涛。是的，我依然相信爱情！我们曾经携手走遍世界各地，他一向很严肃，只要和我在一起，就会开怀大笑，玩到疯狂！我们也曾像我写的歌："让我们红尘作伴，活得潇潇洒洒！驾着骆驼，共享人世繁华！"（改了字）为了我爱旅行，我们在四处留下我们"爱的行踪"。凡走过必留下痕迹！我们曾有过的幸福时光，永远定格在那儿。爱，是在丝丝缕缕的感觉中，是在绵绵密密的回忆中，是在内心的深处。写到这儿，已是黄昏，窗外的细雨打着树叶，发出簌簌声响。我忽然想起苏东坡的词《定风波》：

> 莫听穿林打叶声，何妨吟啸且徐行，
>
> 竹杖芒鞋轻胜马，谁怕？一蓑烟雨任平生。
>
> 料峭春风吹酒醒，微冷，山头斜照却相迎。
>
> 回首向来萧瑟处，归去，也无风雨也无晴。

这阕词，好像是苏东坡为我而写的。在我的生命里，一直充满了"穿林打叶声"。很巧，"一蓑烟雨任平生"，我还真是"烟雨蒙蒙任平生"，就这样信任了那个姓平的人！遭受打击的我，正是："料峭春风吹酒醒，微冷，山头斜照却相迎。"至于我的一生，还真是："回首向来萧瑟处，归去，也无风雨也无晴。"

总有一天，我的故事会随着生命的消失而"归去"，那时，也无风雨也无晴！至于现在呢？我挺直了背脊，在计算机上打下："莫听穿林打叶声，何妨吟啸且徐行！"没有什么需要我在乎的事了！没有什么需要我赶路的事了！没有什么需要我打铁趁热的事了！慢慢走吧！看看风景，迎着细雨，唱首歌吧！因为，我相信爱情，这种"相信"，是任何人都抢不走的信念！我是为爱而生的！

# 三十二、鑫涛之死

二〇一九年五月二十三日，鑫涛在宏恩医院的加护病房里，咽下了最后一口气。他，还是没有逃过进入加护病房的命运。自从平云在网络上公开喊话，要我把他们的父亲"还给他们"，我想到这事也有理，几十年来，鑫涛都跟我住在一起，跟他儿女共处的时间太少，两代之间才有这么大的思想差距。或者，在他生命的最后时间，也希望跟儿女多多相处吧！至于"照顾"，那时，鑫涛在我安排的医院里，还有我请的外籍看护哈达二十四小时看护，我和他们子女，都是"探视"的人，不是"照顾"的人了！**他需要照顾的时间，是在插鼻胃管之前。插管在医院长住之后，就是医院和苍天的事。**想通了这些道理，我就把他们的父亲，"还给"他们了！因为不放心，我把他需要的药品和应该注意的事项，都一一写下，告诉了他们。

所以他们接手了。所谓接手，就是依旧让他住在我安排的医院里，连病房都没换。我仍然时时去探望他，每天了解病情，也跟护理长交谈，跟医生联络，和没"还给"他们前，没有什么差别。只是，这时的我，不再让自己困守在他的病情里，生死有命，我尽量不去纠结。同时，我让自己陷进忙碌的工作里，《琼瑶经典全集》六十五本，在一年多的日子里，全部出齐。我又开始把以前写了一半的剧本，因为被于正抄袭，打起官司的《梅花烙传奇》重写成小说，改名为《梅花英雄梦》。不只这样，梦里英雄和梦外英雄也同时存在。《梅花英雄梦》长达八十万字，就在那段时间里完成，并且郑重出版。这分散了我对鑫涛的注意力，让我那千疮百孔的心，有了其他的寄托。

二○一九年五月二十三日，医院打电话告诉我他快要走了，我正在吃晚餐，放下碗筷，就和家人们火速赶到医院的加护病房，我赶去时，看到他罩着一个"人工苏醒球及面罩"，两位护士小姐正在用手轮番捏着那球，把我不知道是什么的气体，挤压到他的口鼻中。旁边的监视器上，他的心跳、呼吸、血压等数字不规则地跳动着。我看到那透明的面罩下，他张大着嘴，紧闭着眼睛，看不出什么生命的迹象。我知道他终于要离去了。他不要的插管维生，终将结束了！刹那间，各种心情齐涌我的心头：是喜？是悲？是痛？是爱？是解脱？是不舍？……我不知道。一位好心的护士，让我坐在他的床头，把我的手塞进棉被里，去握住他还有余温却变形的手。我就这样握着，一直握了三个小时。终于家人们都到齐了，主治医生也来了，我才惊觉地问医生，是这"人工苏醒球"在维持他最后一口气吗？医生说："是的，为了等家人到齐。"我看看平家人，轻声说了一句："我们让他安息吧！"大家都无异议，我就对医生示意，护士停止了挤压，**我握着的手立刻失去了温度，监视器上跳跃的数字也瞬间归零，他终于走了！**真是："千古艰难唯一死。"

二○一九年六月四日，我带着我的儿孙，跟他的儿孙，依照他生前的指示，把他用花葬的方式，葬在阳明山"臻善园"。（因为树葬已经满额，没有位置了。）我事先去看过，本来选了较低的地方，视野很美。可是，当他的儿孙都到了，却希望葬在比较高的地方，所以，我们就往高处走，直到走到第二层，葬仪社的人说，没有更好的位置了。

我在事先，就准备了一大篮的花瓣，和一束"文心兰"。我想象中的"花冢"，是粉红色的花瓣堆满，再用文心兰铺上。选择"文心兰"，并不是为了它的颜色。而是为了它的名字。我和他，我以"文"相识，他对我，以"心"相交。所以我选择了"文心兰"，作为最后的"隐喻"。谁知到了现场，才发现放骨灰的位置很小。当我和平云，一起握着那盛着骨灰的封袋，将骨灰撒入墓穴后，葬仪社立刻用一层黑色的土壤掩盖，再铺上白色的小石子就完成了。那不是我心目中的"花冢"，相信也不是他心目中的"花冢"。所以，我固执地弯下腰，开始撒花瓣，先撒玫瑰花瓣，再撒牡丹花瓣，中维怕我跌倒，在后面扶着我的腰。平家诸人，默默地看着我撒花瓣，没有任何一个人来帮我。我撒着撒着，一阵风来，撒好的花瓣纷纷飞去，依旧是一堆黑土白石子。我这才知道，我犯了一个"严重的浪漫错误"。人都化为灰了，花瓣还有什么意义？美感，是给活着的人看的。是"给我"看的！我叹了口气，把篮子里所有花瓣，都一起洒在"花冢"上，再把最后那束"文心兰"郑重地放在上面。此时，我已汗流浃背而且站不住了。

我站起身来，大家都准备各自回去了。我看着平家的小辈，我五十几年来，眼看着他们长大，和他们的父亲共同努力去壮大出版社，让儿孙衣食无忧还有事业继承。我自己，却从来没有插足"他们的出版社"，连版税都随便他们给不给。自从他们父亲常常生病，每到过年过节或父亲过生日，他们都到"我家"来相聚。是的，我家！可园是用我传播公司的钱建造的，因为以前我赚的钱，都交给鑫涛处理，皇冠大楼老早就造好了，我的钱不够，晚了好多年才建造可园。在预算下，不可能用很好的建材，他又坚持要建大房子，不肯接受我"小巧别致"大花园的意见，这栋可园，建造得虽然不是我理想中的，却是他理想中的。其中还包括了我们传播公司的办公室。当我的连续剧迁到大陆去拍摄，办公室没用了，就成为他杂志社的办公室。皇冠大楼，是出版社的办公室。他在可园里办公，每天在杂志社里喝着咖啡，和四个女编辑谈论杂志内容，经常笑得嘻嘻哈哈。可园，我儿子媳妇在这儿结婚，我的柔柔嘉嘉在这儿出世。**我常常觉得，他是个幸福的男人，在我们陈家三代爱的包围下，每日笑容可掬，满足得像个国王。**

那些年，他的儿孙，也在我家和他团聚或办公，笑语喧哗，多么美好的时光！我在墓地，忽然心中怆然，一个冲动，我居然忘了他们怎么对我，怎样编造故事诬蔑我。我诚挚地看着他们说：

"我们的反目，都为了爱你们的爸爸，现在他走了，我们把所有的不快，都放下吧！"

说完，我面对着他们，知道我又犯了第二个错误：以为他们是我想象中的人！他们不是。他们没有一个人理我，平云急着用

336

手机发新闻，原来新闻早就准备好了？里面有提到我吗？他都走了，我还在乎什么！平大小姐顾左右而言他，对二小姐叽咕着墓地对面的亭子，不知会不会影响了风水。**我愣了愣才想，他们现在不懂，总有一天，他们会明白过来的！爱包括"将心比心"和"知恩感恩"！**

我和平云共同将鑫涛骨灰撒进墓穴。扶着我的是我儿子中维。平云旁边是他的儿子，后面拿手机的是平云的妻子。

一切都结束了！死亡解脱了他。以后，他再也不会痛了！我转身和我的家人向停车场走去，回头再看一眼那"花冢"，心里，浮起苏轼的《水龙吟》，我小改成我的句子："三分离恨，二分尘土，一分流水。细看来，花落花飞，点点都是离人泪。"

那天，我在我的脸书上，写了一篇文字《悼鑫涛》，其中，有这样几句：

　　鑫涛，你解脱了！我，也放下了。从今以后，我要活得快乐，帮你把过去三年多的痛苦一起活回来。你若有知，也会含笑于九泉吧？！至于那些对我们不了解的人，编出的各种故事，我也希望随着你的去世，烟消云散！让我们用有爱的心，把过去一切的不快，都化为祥和。

　　安心地去吧！我相信你去的地方，是没有病痛、没有纷争、没有爱恨、没有折磨、没有矛盾、没有报复、没有贪婪、没有嫉妒、没有谎言……没有一切贪嗔痴的地方！奔向那片美好的净土吧！你九十二年的生命里，也曾经有过很灿烂美好的日子。如果人有灵魂，让那些美好陪着你，不好的，都随着你的离去而消失。

　　你会永远活在我记忆中……你若有灵，保佑我在有生之年，只有笑，没有泪，活得像火花。行吗？好吗？永别了！我爱！

这，就是鑫涛和我这一生交集的最后一章。葬礼后的第三天，他的儿女送来一张他的"手写遗嘱"，如下：

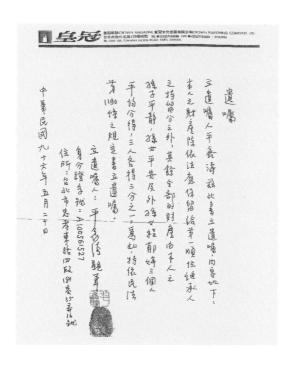

遺囑

立遺囑人平鑫濤茲此書立遺囑，內容如下：

本人之財產除依法應保留給第一順位繼承人之特留分之外，其餘全部的財產由本人之孫子平靜、孫女平雲及外孫程郁婷三個人平均分得，三人各得三分之一。爰此特依民法第1190條之規定書立遺囑。

立遺囑人：平鑫濤 魏華
身分證字號：A100561527
住所：台北市忠孝東路四段○巷35弄16號

中華民國九十六年五月二十日

　　收到这张意外的遗嘱，我有点纳闷。一直以来，我和他都是"夫妻财产共有制"，当我们逐渐老去时，我觉得我们的财产都是他管，糊里糊涂分不清。曾经提议去改为"夫妻财产分有制"，免得将来儿孙有争执。他总是笑而不谈。原来他已经这样清清楚楚地写明白了。算算时间，是在二〇〇七年写的，正是他害"带状疱疹"还在神经痛，他的体重又开始下降时。他把他所有的遗产，都遗留给他的儿孙，这张"手写遗嘱"，取代了政府规定的"夫妻财产共有制"的遗产条文。所以，我只有政府保留给"第一顺位继承人"的"特留分"。当时他的财产已经陆续转移给儿孙了！这"特留分"只有皇冠大楼前面空地的八分之一！因为是与其他七人持分，我完全不能运用。至于他，没有给我任何金钱、房屋、公司。（外传有别墅、公司、×亿×千万都是讹传讹。）我想想，这就是鑫涛吧！他把所有的爱都给了我，把所有的钱都给儿孙，在他内心，可能认为这样是公平的。只是，没有事先和我讨论，让我在他去世后才知道，也未免太用心机了！

两年后，我在可园里，依旧苦苦思念他，走不出来。想到墓地的一切，想到当我和平云一起拿着他的骨灰，撒进那小小的墓穴时，心里多么难过，他这一生要强好胜，精打细算，岂止三个大梦？只有我知道，他最大的一个梦，始终未圆。最后，就是这样一撮骨灰，什么都带不走，也完成不了！那天我心里很痛，还为他写了一首小诗：

花冢

花冢初撒玫瑰瓣

二度撒下粉牡丹

知君生前爱花切

殷勤再放文心兰


一别音容两渺茫

几番思念空断肠

三个大梦随君去

独留花冢向斜阳

# 三十三、从"可园"到"双映楼"

可园，是包括"旧可园"和"新可园"的两栋房子，前者，是为了建造后者而拆除的。因为要用旧可园的地。我建造"新可园"的时候，资金并不丰富。从一九八〇年起，我写的书，都会在后面加上"完稿于可园"的字样，从年代推算，前面的是"旧可园"，后面的是"新可园"。我这一生，故事很多，可能犯过很多错。但是，我最骄傲的事，就是不管我买房子，或是买土地，都是用我自己赚的钱。（新旧可园都是如此。）在我结婚后，鑫涛都住在"我家"，朋友们称呼我琼瑶，称呼他平先生。直到他去世，都是如此！我是个外柔内刚的人，"太太"两个字，像"附属品"，我不喜欢，何况，他前面已经有过"太太"，就让我做单纯的"琼瑶"吧！

我的"旧可园"，是一栋三层楼的小楼，有个小得只有几坪大的小花园，我喜欢极了，开始在我的著作上，留下"可园"的名字。但是，那"旧可园"是二手屋，我住进去，就发现处处漏水，修了这边，那边又漏！我只好不停地修理它，在里面住到第八年，旧可园的四楼有间加盖出来的小房间，我儿子坚持住在那儿。有一天，这房间忽然冒出水来，滚滚如长江黄河，一泻千里，从楼梯上奔流而下，把我整栋房子都吞噬了！我这才知道李白的"君不见，黄河之水天上来"的意思，也明白我的旧可园买错了，我必须搬家。

我和鑫涛商量，他说我的传播公司有钱，再加上向银行贷款，应该可以盖一栋"坚固"的房子。反正我的钱都交给他管。我的传播公司属于我，他最初占了五分之一的股份，我们陈家人是大股东。后来，他自己也知道，传播公司都是在拍我的戏，我写小说我编剧我选演员，我组班子，决定导演，我和我的儿子媳妇制作。有时，他会陪我去探班，我在剧组忙得团团转，解决各种疑难杂症。他却无所事事，什么都插不上手。于是，当公司必须改组时，他退出了我的公司。可是，他是很在乎面子的人，我每部戏都给他挂名，出品人、制作人、发行人都挂过。我自己，只挂一个"编剧"，还是电视公司坚持我一定要挂的！

　　我最后一部戏是《花非花雾非雾》，因为没有小说，他也在多病的时刻，几乎没有过问。播出时，电视公司限制挂名的人数，必须挂名的人又太多。我就没有挂他的名字。他知道之后，竟然和我儿媳琇琼大发脾气，吓得琇琼赶紧把他挂上。**我写这件事，是说明我和他虽然相爱相处半个多世纪，基本上，两人的境界并不相同。我心底一直是明白的，但是，因为爱，我包容了那些"不同"！**

　　在可园，我们的生活，如果不是他那多病之身，几乎是"甜蜜"的。他总有千方百计来逗我开心。我，享受着被爱的生活，就一切"知足常乐"。直到他去世，我被迫要面对他的"手写遗嘱"，和后来陆续冒出来的他在银行里还有两个秘密保险箱。我从来不知道，钥匙一直在他儿女手里。他对金钱的重视，使我到此时才明白，他虽然爱我，却更爱他的儿女。这也是应该的吧！他去世后，我在可园又住了两年多，整栋房子里，处处都有他的影子，我触景伤情，心里充满疑惑。往往呆呆站在他空下的病床前，久久不能自已。我的心情，正像我小说引用过的句子："心似双丝网，中有千千结。"

可园有大大的花园，里面有我的火焰木，和我的凤凰木！其他，桂花、紫荆花种了好多。三十年来，长得又高又大。若干年前，一次大台风，把可园外墙的二丁卦都吹了下来，差点打伤了路人。接着，漏水的问题又来了！我又花了一笔钱修理它。挨到这两年，它真的不行了！琇琼告诉我，可园已经不再美好，我们趁着政府推出的"危老建筑更新"计划，和建筑公司合作，拆掉可园搬家吧！

将捷建设集团，一次次来商量改建的事宜。当他们答应移植照顾我的树木，我才点头了。点头就不能后悔，我在二〇二一年，就开始为"搬家"而努力。太多的东西要整理，断舍离此时才逼上眉梢，许多书信照片档案文件都被我从各处挖了出来，每件都要看看是什么。喔！真是"才下眉头，却上心头"！

这样一看，好多遗忘（或故意要遗忘）的回忆都来到眼前。当初要出版《雪花飘落之前》，天下文化出版社要我提供照片，我一张都找不到，此时，全部都在眼前。我看着我和他的各种合照，真是"聚也依依，散也依依"！那些最后在可园的日子，我是非常不快乐的。为了振作我自己，我去拍摄《诗情花意》，为了让我忙碌一点，我还为我收集的小瓷人，拍摄《小瓷人之歌》。后来又修修改改为《我的心灵密码》，这些心声，有小小一部分发表在我脸书上。我自己虽然不快乐，为了让我的粉丝和读者放心，我每次都把我笑容满面的照片，发给他们！我是"火花"，我要带给大家"正能量"！

二〇二二年三月三日，我离开了可园，搬进了我在淡水的新家。我有一位知情的朋友听说我选择了这天离开可园，打电话对我说："三月三日，是删去删去吗？你把过去都删了吗？删得彻底吗？"我笑而未答。心底，还是酸酸的。

搬进我的新家后，是完全不同的景观！

这栋大楼建立在水边，从我的窗外，可以看见淡水出海口，和对面的观音山。我迁居的第一天，就在阳台上拍下了鲜红的落日，还拍到我卧室窗子反映出两个太阳的照片。就因为这"两个太阳"，我的新居，取名"双映楼"。我顿时陷在欣喜里，尽管离开可园时，心中还飘过一丝惆怅。这惆怅也被窗外那浩瀚的天空，和"两个落日"的奇景给赶走了！我一生都在别人的要求下生活。现在，没有人能要求我了，终于，我可以为自己享受余生！

于是，我站在双映楼的阳台上，眺望着落日彩霞大山大海，成为我最新的生活。"山映斜阳天接水"，几乎是每天可见的画面。如果下雨，就绝对可以看到"山在虚无缥缈间"的情景。这样的风景，一定是上苍给我最后的恩赐。因为，我爱的诗情画意，每天都在我眼前上演，我觉得，此时此刻的我，宛若神仙！是的，删去删去！人生，到了最后，是减法而不是加法。我现在最关心的问题，是"我一定要为我的死亡做主！"我相信，上苍会给我一个"有尊严的死亡"。在那一天来临之前，我每天的任务，就是找寻快乐！活得像一朵灿烂的"火花"！

下面，是双映楼拍到的落日，和我的小诗《双映楼》。

双映楼

落日灿烂又纯圆

彩霞红炽艳无边

盈盈相映如天眼

闪闪注视这人间

人间世事多变幻

也曾无语问苍天

问遍斜阳终不悔

赢得眼前一片天


往事功过皆尘土

今生成败亦飞烟

双映楼上人慵懒

碧海青山伴我眠


——全书完——

一九八九年二月十四日原始版本完稿于台北可园

一九八九年五月十一日原始版本修正于长沙华天酒店

二〇一八年二月二十八日增订完整版本完稿于台北可园

二〇一八年三月十五日增订完整版修正于台北可园

二〇二四年五月十六日最后增订完整版于淡水双映楼

# 后记

就像我在《缘起》中所写的，这本书，原来是一九八八年，我第一次回到大陆，看到坊间有无数报道我的书，把我的一生，写得牵强附会，因而，让我兴起写一本"真实"自传的念头。所以，这本《我的故事》原始版本，是在一九八九年完成的，那个版本，写到我和鑫涛结婚，就结束了。我完全没有料到，从结婚到今天，又过去了四十五年，这四十五年等于是我的后半生，发生的故事更多，我面对的喜怒哀乐也更强烈。我更没料到，在我八十六岁的今天，在时势所趋之下，我会重新整理我全部的作品，出版一套《世纪典藏全集》。这套全集里，如果缺少这本《我的故事》，等于不是全集。如果要包括这本书，我却不能不把我的后半生补足，即使是大略地写，也该有个交代。

以前，我就说过，真实的故事很不好写，因为要牵涉很多真实的人物。人类是很奇怪的动物，发明了"文字"，发明了"衣服"，发明了"科学"，发明了"医学"，发明了太多太多的东西，这些东西，是别的动物怎样也不会发明的。所以人类是"万物之灵"。万物之灵太厉害，又发明了"法律""婚姻""政治""道德""孝道"……种种东西来"管理"人类。因为人类的头脑千变万化，人类的感情千变万化，人类的行为也千变万化……必须建立制度来管理。这样重重管理的人类，依旧复杂无比，几乎任何制度都有漏洞。因为，人类还有会说谎的嘴、会仇视报复的行为、会粉饰太平的虚伪……我在二〇一七年完成的著作《雪花飘落之前》中，写过这样一段话："**真实的人生里，有太多的虚伪，你一旦写出了真实，虚伪会像一群野兽般跳出来反噬你！**"

　　这个道理我懂，但是，如果要我亲笔写一本自传，我只能删减生命里的情节，却不能杜撰故事。所以，在一九八九年的版本里，已经有很多的情节，被我简化或删减了。那时，我对人性还没有这么深刻的认识，我的简化和删减，主要为了保护我爱的人。记得，第一版《我的故事》是在大陆完成的。那时我们住在长沙华天酒店，湖南电视台招待，整个总统套房让我和鑫涛住。那套房有好几间，我在书房中写这本《我的故事》，湖南台的副台长、秘书、公关……和若干女职员都在客厅里陪伴鑫涛。我写完之后，觉得客厅里的气氛有点诡异，我走到客厅门边悄悄一探，却看到鑫涛正在对所有招待他的人"说故事"，听故事的人，不但个个动容，还有好几位女士，在那儿频频拭泪。我仔细一听，鑫涛说的，正是我们的故事，而且，他正说到"乌来山顶，车子冲向悬崖"的一幕。听的人，全部感动得稀里哗啦。可是，我那时的版本中，却刻意避掉了这一段，并没有写进书里。当时，我惊讶地喊：

"鑫涛！你连这个都敢说！我都不敢写！"

鑫涛回头看着我，还没从他说故事的情绪中恢复，他坦荡荡地说：

"真实的事实，你为什么不写？如果不是发生了那天的事，或者你已经嫁给别人了！"

"哦？"我惊愕地看着他问，"我可以写吗？你不避讳吗？"

"如果你要写我们的故事，只要是真正发生的事，什么都别避讳，如果你这也避讳，那也避讳，还算'真实故事'吗？"

"好！"我一转身奔回书房，"我补写这一段！"

我在酒店补写了那一段，完成了《我的故事》原始版本。（注：我先写的"乌来"是一九七〇年前的乌来，那时乌来还没有公路，只有可以双向通车的碎石子路，路一边是山壁，另一边是悬崖，悬崖旁边，每隔几步距离，有简易的水泥块相隔，作为护栏，实际错车都相当危险。）

这次，重新整理全集，我必须把这本书后面的四十五年补充起来，对我来说，这又是一件很困难的事。因为我晚年的遭遇，都写进我另外一本书《雪花飘落之前》里，再写必然重复，不写，这本书单独看，就会有遗漏。我只能尽量补充，有的情节，也在隐隐约约中交代。人生如梦，梦如人生。我不想把这本书写得很冗长，有些，就用以前曾有的文字来补述，例如我的"电视剧生涯"，我用了一篇《点点滴滴话还珠》来取代。二〇一五年，

《我的故事》简体字版，曾经再度出版，我被要求补写后面的故事。当时，鑫涛已经患了失智症，我在心力交瘁的照顾下，哪有情绪继续写下去？何况，鑫涛的儿女，每次对父亲生病，都很怕外人知道，有一次，连鑫涛都生气地对我说："生病是我的错吗？生病就见不得人吗？为什么生病不能跟朋友说？"

人，就算有血缘，有时在观念上都有很大的不同。所以，在那一版中，我只增加了一篇后记，交代我身边的人物，后来的状况，没有时间，也没有情绪去真正地补足。连我当时的"水深火热"，我也避而不谈。这次，我的补充才是完整的，但是，如果读者能够和《雪花飘落之前》一起看，才是真正的完整。

《我的故事》完了吗？我不知道。因为我还没有落地成尘！每次我以为故事已经结束，都会意外地跑出新的故事来，让我无法回避地卷进故事里。经过了鑫涛插管的"生死风波"，我更加认为，人来世间，是一趟苦难之旅，如何在苦难中挺立不倒，是最大的学问。我一生中，坎坷的岁月实在不少，痛楚的体验也深，我能化险为夷，完全靠我自己的迷信，迷信人间有"爱"就是最大的原因。假如有一天，我发现世间的人，都失去了爱的本能，我相信，我的精神支柱也就会随之倒塌了。我这几年，生活里的"大风大浪"，几乎没有停止过，我仍然坚信，会发生这些风浪，也是因为"人间有爱"！"爱的冲突"有时比"恨的冲突"更加激烈！

写到这儿，我又想起当我母亲痛骂鑫涛，并且把他关在门外，他在车上等我一夜，见到我之后，说的那句话：

"时间会证明一切！我会用我的一生，来证明我对你的爱！相信我！"

当时我相信了他，五十几年后的今天，当他终于撒手人寰，我依旧相信他！

不只相信他，我还感谢他，在我漫长的人生里，让我完成这么多本书，让我发生了这么多故事（很多都因他而起），让我知道老年才"成长"，让我……始终相信爱！是的，对于人生，不能太苛求，爱，就要包容对方的缺点！这，一直是我坚持的，我仍然坚持着。因为，人生，只有"爱"这种感情，是美丽的，是快乐的，是浪漫的，也是他曾经给过我的。

今年，我已经八十六岁。在他倒下后，在没有他的帮助下，我又出版了七部新书，累积到七十二本！我还做很多事，一度当上高雄市"爱情产业链总顾问"。我的"写作六十周年"庆，又出版了一次《窗外》。我还生平第一次，踏上了台北小巨蛋的舞台，面对来参加"琼瑶创作60周年演唱会"《当那一首歌响起》的观众，说出我对爱的信念！那晚我好兴奋呀！最后一本《琼章瑶句》出版，圆满了我的写作生涯。这趟"生命之旅"实在曲折、离奇而丰富。有悲有喜，有笑有泪。如今，我剩下最后一里路。感谢他用他的故事，启示了我，千万不要步上他的后尘。今天，写到这儿，窗外的落日，正红艳艳地对我招手！好美的天空！使我想到我迁入双映楼后，写下的另外一首小诗：

我有一片天
经常看不见
埋头书桌前
文字代替天

如今忽发现
我有一片天
时时变颜色
气象万万千

有时云缠绵
有时霞惊艳
有时乌云起
有时落日圆

我有一片天
为我当演员
即使我不看
它却演不完

往事已成烟
如今皆随缘

快乐与翩然

就在这片天

　　是的，活到生命的最后一段日子，我是快乐的、自由的、翩然的。从二〇一五年到今天，足足九年了，我终于走出了伤痛。"三年养伤血淋淋，过去恩爱无法断"，是我在《我的心灵密码》里写过的句子。不过，《我的心灵密码》已被冷藏，我从没有让人知道我在"养伤"。伤痛在生命里是一种"淬炼"，没经过伤痛淬炼的人，都是不成熟的。总算"两岸猿声啼不住，轻舟已过万重山"！我熬过来了！今天的我，很满足，因为，我有一片天！

　　2019 年 4 月，我被聘请为"高雄爱情产业链总顾问"，在"琼瑶宴"上，与韩国瑜夫妇、琇琼、淑玲合影。

　　2023 年 8 月，《当那一首歌响起》演唱会，我在后台与动力火车、殷正洋、潘越云、李翊君合影。

　　2024 年 4 月 20 日，我八十六岁生日，在各方送来的生日花海中。拍摄于双映楼。

因为，我始终相信爱！我这个"爱"字，包含很广，国家、社会、家庭、朋友、读者、粉丝……我一直付出很多的爱，也一直收获很多的爱！这一生，值了！

琼瑶

写于淡水双映楼

二〇二四年五月十六日

二〇二四年五月三十一日深夜修正完毕

（京权）图字：01-2025-0195

**图书在版编目（CIP）数据**

我的故事 / 琼瑶著 . -- 北京：作家出版社，2025.1.
（琼瑶作品大全集）. -- ISBN 978-7-5212-3236-3

I. K825.6

中国国家版本馆 CIP 数据核字第 2025P59T57 号

**我的故事（琼瑶作品大全集）**

作　　者：琼　瑶
责任编辑：韩　星　李　雯
装帧设计：棱角视觉　纸方程·于文妍
责任印制：李大庆　金志宏
出版发行：作家出版社有限公司
社　　址：北京农展馆南里 10 号　　　邮　　编：100125
电话传真：86-10-65067186（发行中心）
　　　　　86-10-65004079（总编室）
**E-mail: zuojia@zuojia.net.cn**
**http://www.zuojiachubanshe.com**
印　　刷：三河市紫恒印装有限公司
成品尺寸：142×210
字　　数：267 千
印　　张：10.25
版　　次：2025 年 1 月第 1 版
印　　次：2025 年 1 月第 1 次印刷
**ISBN** 978-7-5212-3236-3
定　　价：2754.00 元（全 71 册）

品 琼 瑶 经 典

忆 匆 匆 那 年